총총한 밤,
티타임즈입니다

총총한 밤,

티타임즈
입니다

케이시 장편소설

고즈넉
이엔티!

차례

1년 전

♂

티라노

　희미한 기억을 붙들어 근거를 찾아야 했다. 어디선가 들었는데 가수는 가사를 따르고, 배우는 맡은 배역의 운명을 따른다고 했다. 난 비웃으며 정해진 운명 따위는 없다고 믿었다. 이미 써진 내 이야기가 있다니. 그걸 누가 써. 말도 안 된다. 실은 그 이야기를 고치는 악전고투가 운명이었다. 그때까지만 해도.

　사진관을 운영하는 부모님 덕분에 난 괴로운 표정을 다양하게 지을 수 있었다. 부모님은 고등학교 졸업사진을 찍고 나면 큰 도시로 나가는 여학생에게는 따로 선물을 줬다.

　주짓수 도복을 입은 내가 프레첼처럼 구겨져 바닥에서 괴롭게 포효하는 역할을 도맡아야 했다. 복싱 글러브를 낀 상태에서 맞는 장면을 실감나게 찍기도 했다. 이 스틸컷을 인화해 큰 도시로 나가는 여학생들에게 줬다. 여학생은 하나 같이 위풍당당 으르렁댔고, 나는 치한과 괴한 사이의 악당으로서 인과응보의 표정을 지었다.

고작 연출된 사진으로 안전을 보장할 수는 없겠지만 다들 웃으며 액자를 품에 안고 나가는 뒷모습에 나도 뿌듯했다.

그렇게 실패의 근거를 찾다 보니, 괴로운 표정 연기 탓에 운명의 방향이 뒤틀린 게 아닌가 생각했다. 실제가 돼버리다니. 운명은 왜 비극에만 적용되나, 그것도 바보에게만.

지금껏 바보가 비관론을 펼치는 건 못 봤다. 바보는 근거도 없이 모든 위험이 비껴간다는 망상에 빠지기 십상이다. 인정하기 싫지만 내가 그랬다.

추락에 가속도가 붙을 지경이었다. 하늘을 향해야 할 엔진 불꽃이 바닥으로 내리꽂혔다. 낙하산마저 고장났다. 모든 걸 포기하고 눈을 질끈 감았다가 떴다. 이건 또 무슨 운명일까.

시야가 뿌옇게 흐려지는 가운데 착륙 장소가 뚜렷하게 보였다. 너른 마당이 있는 사진관 겸 집. 난 집이 쿠션처럼 보이기 시작했다. 이 집을 팔면, 아니 팔아주면 살 것 같았다.

그러다가 삼삼오오 기술자들이 땅을 거머쥐며 측량하는 모습을 떠올렸다가 불현듯 죄책감이 일어 내 뺨을 때렸다. 집을 팔다니! 그건 아니었다.

다른 방법을 강구하는 동안 바닥은 더 가까워졌다. 다시 사진관 집을 떠올렸다. 10여 년 거래를 바탕으로 시세를 추정하면, 2년은 버틸 여유가 생길 것 같았다. 새로운 게임 개발과 프로모션 하기에도 충분한 시간이었다. 미리 준비도 했다. 드론으로 항공촬영과 사진도 찍어 매물을 올렸고, 내 전화번호를 등록했다.

조회수 800이 넘어갈 때 부동산 개발업체에서 호조건으로 연락이 왔다.

흥정할 생각도 못 할 괜찮은 금액이었다. 3년은 버틸 수 있었다. 그 정도면 게임 두 종을 개발하고 런칭할 수 있었다. 엄마, 아빠는 공기 좋은 근교에 더 넓은 곳으로 새 건물을 짓고, 나는 재기를 꿈꿀 수 있는 합리적인 제안이라고 생각했다.

늦은 오후 고향 집으로 서둘러 가 엄마를 만나 자초지종을 설명했다. 땅을 사고 싶은 사람이 있다고. 조금 더 외곽으로 가서 새 건물을 지을 수 있고, 아들도 도울 수 있다고.

물론 지금 사진관보다 규모는 작겠지만….

"이곳 어디에나 아빠 지문이 찍혔을 거야. 알아볼 수 없을 만큼 겹겹이."

엄마는 단칼에 거절했다. 그럼 땅을 팔지 않고 담보 대출을 받게 아빠를 설득해달라고 했다. 엄마는 또 아빠에게 묻기 전에 어려울 거라 말했다.

"한번 물어나 봐줘!"

급한 마음에 엄마를 붙들고 졸랐다. 급기야 해서는 안 될 말까지 배설해버렸다.

"미리 상속해준다고 생각하면 되잖아!"

엄마가 손가락을 입술에 올리고 오므렸다. 이어 아빠가 아무것도 모르는 얼굴로 나왔지만 목소리가 제법 컸으니 들은 게 분명했다. 그러나 아빠 특유의 뚱한 표정에는 변화가 없었다. 못 들은 걸로 믿기로 했다.

사진관 집을 나와 한적한 국도변에 차를 올리고 멍하니 움직이자, 고향 이정표가 다시 만나자는 인사말을 했다. 비빌 언덕이 맥없이 무너지니, 그 위로 드러난 건 분노였다. 돈에 쫓길 때는 괴물이 된다고 누가 그랬던가. 잠을 잃은 붉은 눈 괴물로 변한 시간이었다.

헝그리 정신 말고는 설명할 방도가 없다. 이 분노를 원동력으로 삼아 빠르게 게임 개발을 마쳤고, 모든 운이 합쳐져 런칭 이틀 후 온라인 스트리머가 우리 게임을 방송하며 유저가 급격히 늘었다. 초기에 참여한 개발자와 디자이너 월급을 줄 수 있었고, 게임도 괜찮은 반응이었다.

북미를 비롯한 유럽, 아시아 유저들까지 더해 200만 명 유저를 넘기는 시점에 동종 게임업체에서 투자도 받았다. 6개월 동안 부모님과 연락도 거의 못 할 정도로 바쁘게 보냈고,

팀원들과는 힘들지만 즐겁게 보냈다.

「앵그리 스톤」은 원시인 부족 간에 전쟁하는 게임인데, 돌도끼를 던져 상대의 머리에 꽂으면 피가 얼굴을 타고 흐르는 리얼한 게임이었다.

모바일 아케이드 게임 특성상, 모든 휴대폰이 게임기가 되는 거대 마켓이었다. 수익은 돌도끼 아이템 판매였는데, 상대 부족에게 돌도끼를 던지면 화려한 효과음과 함께 공격력이 20%가량 상승하는 아이템이 인기였다.

덕분에 바닥을 보이던 투자금도 다시 채워져가는 양상이었다. 모든것이 순조롭게 진행됐다. 다운로드 500만 명을 돌파했을 때는 유니콘 게임회사가 될 거라는 칭찬이 들리면서 어깨가 으쓱해지기도 했다.

이 가파른 성장세를 5년간 유지하면 기업 가치 10억 달러 게임회사가 된다! 어느덧 개발자와 디자이너를 비롯해 마케팅 담당 직원까지 구성원은 15명으로 늘었다. 고생한 직원들에게 금전적 보상을 얹어줄 생각에 들떠 잠을 못 이루는 나날들이었다. 수면 시간은 더 줄어들었다.

주차장이 없는 도심 사무실까지는 대중교통을 이용했지만 퇴근 이후엔 집에 들어가기도 전에 시동을 켰다. 법인 명의로 뽑은 빨간색 BMW 3시리즈 기본형 모델로 외곽 드라이브를 즐겼다. 멋진 조향 감각이었다. 경쾌하고 시원하게 코너를 빠져나갔다. 이대로만 가면 자동차 모델 숫자는 더 높아질 것이 확실시된다. 저 멀리 어렴풋이 다른 자동차 로고도 보인다. 네 발 달린 짐승이. 어느덧 공상이 수면을 대체하기 시작했다. 어쩌면 망상.

3개월 전

♂

티라노

가슴에 태울 게 많은 상태에서 고향에 가는 건 죽기보다 싫었다. 마음을 붙잡아두던 굵은 홋줄도 투툭 끊어졌다.

간간이 '최근 게시물이 없습니다'로 근황을 확인하며 보낸 시간. 배가 정박하지 않는 적막한 항구, 오랜만에 온 고향은 낯선 친척 집처럼 어색했다. '다녀왔어'보다 '아… 안녕하세… 요?'라는 어정쩡한 인사가 어울리는 곳이 돼버렸다. 간간이 섞여 나오는 사투리만 토박이라는 것을 알렸다.

텔레비전 고치느라 머리를 한곳에 모은 아저씨들이 눈에 들어왔다. 은퇴하고 동네에 이벤트가 벌어지기만을 기다리는 허긋한 머리들이었다. 주로 취미로 전자제품 고치는 걸 좋아하는 아저씨들이다. 고장난 중고물품을 가져와 고친 뒤 주변에 나눠주는 재미로 산다.

"여전하시네."

만년 꼴찌 축구팀을 응원하는 열렬한 팬들로도 유명하다. 응원을 구실로 먹고 노는 게 아닐까 싶을 정도다. 붙임성 있게 인사를 건넸다. 시끌벅적한 안부가 오갔고 바쁜 척 자리를 벗어나야 했다. 부모님 몰래 용돈을 쥐여주는 할아버지와 불량식품을 사줄 수 있는 삼촌이 없다는 게 아쉬웠는데, 아빠 친구들이 그런 역할을 해줬다.

길목에 들어서자 만물상을 연상케 하는 편의점이 보였다. 편의점 본사 정책을 깡그리 무시한 듯 오만 것들을 판다. 벽면을 복싱 사진으로 도배해놓은 것도 여전했다.

세월의 바람에 머리는 벗겨졌지만 지금도 주인아저씨의 다부진 몸은 그대로였다. 오랜만에 인사를 나누고 돈 안 받는다고 우악스러운 얼굴을 만드는 아저씨를 보며, 옛날 생각에 빠져들었다.

옷 태그가 밖으로 흘러나와 있을 서너 살까지 거슬러 오른다. 어릴 때부터 친구인 무리는 언제봐도 즐겁다. 먼 친척 집의 강아지처럼.

이름 대신 다들 별명으로 부른 지 어언 30년.

난 무척 좋아한다는 지극한 이유로, 티라노였다. 구순기와 항문기 다음 공룡기를 거칠 만큼 중요한 오브제로 삼았다.

친구들을 만나는 일은 고향에서 누리는 유일한 즐거움이었다.

불시에 친구를 놀리는 것을 낙으로 삼고, 취하면 진지한 인생 얘기하며 속내를 터놓는 가까운 새끼들이었다.

문득 친구들의 어린 얼굴이 아른거리며 지난 시간의 장부를 맞추기 시작했다. 로지를 봤다. 뚱한 표정만 봐도 보통내기가 아니다. 자기 별명을 자기가 지은 것부터. 지기 싫어하는 나와도 투닥거리며 친해졌다.

"뭐? 네가 95점이라고? 난 110점이야! 선생님이 플러스 점수 주셨어!"

40점에 수정액으로 불필요한 선을 지워 110점으로 만들고 진지하게 맞받아쳤다. 대체로 '웃기지 마'와 '닥쳐'를 몇 번 주고 받다가 웃음이 터지는 식으로 마무리됐다. 좋아한 적은 맹세코 한 번도 없었다.

"강아지는 멍멍, 고양이는 야옹야옹이잖아. 바퀴벌레가 어떻게 우는 지 아는 사람?"

"모르지."

이때 곤충 채집통에서 바퀴벌레를 꺼내면 큰 덩치가 무색하게 꺄악, 초고음을 질렀다.

"저렇게 울어."

눈을 닦고 책상, 의자를 밀며 진격해오는 로지는 실체적 위협이었다. 난 도망가며 자비를 구했다.

"너희 아빠 목사님!"

로지는 아나운서가 꿈이었지만 어찌보면 울림통이 좋아 성악을 하는 게 나았을지도 모르겠다. 메타인지가 확실한 아이였던 로지는 일반인들 사이에서는 노래를 잘하는 축에 속했지만 돈 주고 살 정도의 목소리는 아니라는 걸 잘 알았다. 자조적인 얘기를 꺼내면서 이렇게 말했다.

"그래도 지금 성우 비슷한 거 시작했잖아. 지역 라디오 코너도 맡았고."

그러고는 자기가 제일 크게 박수 치고 오호우, 승리의 고함을 질렀다. 그 기세에 눌려 나도 박수 치고 말았다.

옆에서 로지 남편 히포가 손나팔을 불며 맞장구쳤다. 쿵짝이 잘 맞는 부부였다. 죽은 강아지를 되살리겠다며 의사가 되겠다던 친구. 히포크라테스 선서를 랩으로 외우던 녀석이었지만 성적이 모자랐다. 그렇게 히포가 된 녀석은 공교롭게도 하마를 닮았다. 보들보들하고 통통한 새끼 하마는 음악을 하고 싶어 교회에서 드럼을 치고 악기를 불고 담배도 불어보자며 은밀히 내밀었다.

"한번 펴볼까?"

꼬드기며 곁담배 피는 모습에 나는 비웃으며 연기를 빨아들였다. 기침을 참으며 고통스럽게 시작된 호기심 어린 중독에 7년을 흡연자로 살게 한 놈은 정작 담배를 피우지도 않았다. 녀석이 내게 담배를 가르쳐줬다면 난 선정적인 웹사이트를 알려주며 사춘기 생기를 앗았다. 그럼에도 불구하고 히포는 190cm에 가깝게 컸다.

디지털 오디오 프로그램에 미쳐서 녹음, 편집 같은 음향기술을 장난감처럼 다루다가 지역방송국에 입사한 걸 보면 꿈의 변형 과정을 보는 것도 즐거웠다. 나도 히포와 어울리며 컴퓨터를 만지작거리다 프로그래밍 언어를 배웠으니 우리는 서로 영향을 주고 받으며 자란 것이다. 난 가만히 있는 너구리를 보고 괜히 시비 걸었다.

"너 그 뿔테 안경은 바꿀 때 안 됐냐? 집에 돈도 많으면서. 너희 아버지 배가 열 척도 넘지 않냐?"

비꼬면서 라식 수술을 권했지만 빌게이츠도 안경 낀다며 한사코 마다했다.

자전거 선수가 되겠다는 녀석과 함께 자전거를 타며, 손 놓고 오래 타기 내기를 하곤 했다. 보통 자전거는 시시하다며 산악자전거를 타다 산에서 기절한 뒤로는 엔진이 달린 자전거를 사야겠다고 까불다가 극심한 반대에 부딪혀 쫓겨날 뻔하기도 했다.

"내가 밤낮 없이 알바해서 가죽옷, 부츠부터 샀는데…."

울먹이는 너구리 눈이 아직도 선하다. 아마 1,000cc급이었다는 걸 알았다면 나도 뜯어말렸을 거다. 대학 입학 전에는 함께 운전면허를 땄고 대뜸 카레이서가 되겠다며 중고차를 사 드리프트 연습하며 동네방네 소음과 먼지만 풀풀 날렸다.

"야! 미친아. 전륜구동이라 잘 안 되지."

"그래? 그럼 후륜구동으로 사야지."

그렇게 돌아본 중고차. 레몬마켓의 신맛을 보고 결국 너구리는 중고차업으로 꿈을 틀었다.

거울에 비친 나를 보며 흠칫했다. 나는 어땠나. 사춘기와 엄마, 아빠의 비밀을 알게 된 시기가 겹치며 잠깐이나마 파일럿이 되고 싶었다.

"혼자 조용히 일하면서 돈 벌고 싶어. 하늘을 나는 파일럿 되려고."

"웃기지 마. 파일럿은 입이 엔진이야. 종일 지상과 교신해야 하는데 과묵한 파일럿이 되시겠다?"

로지 특유의 공격적이고 비꼬는 말에 맞받아쳤다.

"그럼 두번째 꿈. 산악인 되려고."

너구리가 반색하며 박수쳤다.

"그래그래, F1 드라이버 옷 봐봐. 전부 광고판이지? 산악인도 광고판이야. 옷에 뭐 붙는 사람이 멋있는 사람이라는 거잖냐. 훈장, 후원사 같은 거. 그럼 우리 아빠 배 이름 전부 다 스티커로 붙여줘."

"산에 가는데 무슨 배 이름을 붙이냐?"

장난스럽게 구박했지만 말에 방향타 눈금이 움직이는 기분이었다. 다음 날부터 뒷산부터 루트를 나눠 오르며 언젠가는 히말라야에 갈 계획을 세웠었다.

"나 혼자서 산에? 그러다 길 잃으면, 끝내 산이 나를 잡아먹으면! 산악인이 혼자 가는 거 봤어? 내가 잘못되면 너희는 의리 없다고 소문나서 이제 절대 새로운 친구도 못 사귀어!"

이름을 맨 위에 새기는 일은 멋져 보였다. 그즈음 관심을 가진 게 게임이었다. 단계를 밟고 이름을 새기는 일이 즐거웠다. 어쩌면 등산과도 비슷했다. 히포와 음악 프로그램을 함께 익히던 시기와 맞물려 프로그래밍 언어 공부에도 재미를 붙이며 치열하게 살다가 거울 속 남자가 됐다. 겨우 나, 고작 나. 깊은 한숨을 뱉었다. 다시 지긋지긋한 현실이었다.

그때, 로지가 주먹으로 팔을 툭 치고 찻잎 세트를 밀었다.

"네가 건강해야 오래 두고 괴롭히지."

얼그레이는 어쩌고 카모마일은 또 어쩌고 뒷말이 무성했지만 흘려들었다. 히포가 머그컵 세트를 건넸다.

"회사에서 줬는데 갖다 버리기 아까워서."

너구리는 세차권, 주유권을 주머니에 넣었다.

"새끼야, 정신차려. 차가 꼭 지 얼굴같아요. 좀 씻고 가라."

종잡을 수 없는 꿈의 변천사에 얽힌 친구들이었다. 언제나

꿈을 고백할 때마다 '네가?'보다는 '어떻게 하는 건데?'라며
관심을 보이고 방법을 물었다. 그럼 각자 방법을 찾아와 호기
롭게 설명했다. 꿈이 얽힌 친구들 얼굴을 보며 웃지 않을 수
없었다.

"너 파티쉐 애인 생겼냐?"

로지가 다짜고짜 공격을 시작했다. 로지의 촌스러운 본명
으로 놀리려다가 진심으로 때릴 것 같아서 억눌렀다.

"커브볼이냐? 서점 사장이라고 참 우아하게 맥이네. 그래,
살쪘다. 왜! 스트레스 받으면 쩌."

"하여간 눈치는 빨라요. 스트레스 받는 일 있어?"

"뭐, 그렇지. 알잖아, 시끄러운 거."

맥주 한 잔에 눈이 풀리는 약한 간이지만 그래도 마셨다.

"살아가는 건 돈 없이 떠나는 여행이잖아. 계속 일도 해야
하고 욕도 먹지."

"너무 퍼먹여서 잔인한 여행이다."

힘껏 앓는 소리를 냈다.

"다 억울한 일도 당하고 성과를 뺏기지. 1등석은 기대하지
말라고. 화물칸에 낑겨서 타고 가축 칸에 탈 일도 많고. 느린
경유로 가는 건데 볼거리 다 놓치고, 푸념만 한다고 달라져?"

로지가 말했다.

"알아. 뭐랄까, 추락을 인정해야 하는 데서 오는 좌절이랄

까.”

“그럼 네가 난다고 생각해.”

“배부른 소리야. 돈 걱정 크게 안 해봤으니까 그렇지.”

나, 티라노는 비웃는 어조로 대답했다.

“그냥 청소면 일반인데 특수청소면 프리미엄 가격을 받을 수 있잖아.”

“어, 사건현장 청소 같은 거?”

맑은 눈으로 되물었다.

“그래, 이 특수야. 그냥 식단보다 특선요리가 되라 이 말이야.”

“말이 심하네. 특수와 보편을 나누는 것도 잔인한 일인데….”

혼잣말하듯 푸념했다.

“그냥 효과보다 특수효과가 좋지. 안 그래?”

“그건 맞지만….”

“깃발을 따르는 관광은 자유와 낭만이 없어. 순례자들 발바닥이 아기 발처럼 보들보들하겠냐고. 굳은살 박이면서 고통도 좀 줄어들고, 히치하이킹 노하우도 생기고 그런 거지. 네 발바닥은 어떠냐? 굳은살 좀 박였냐? 뒤꿈치 좀 딱딱해졌어? 퉁명스러운 사람에게는 히치하이킹이 없어. 그니까 좀 웃어라. 죽상으론 뭘 해도 안 돼.”

로지의 말에 그의 전직 따까리이자 남편인 히포는 열심히 고개를 끄덕였다. 수행비서처럼 평생 로지 곁에 맴돌면서 수발을 드는 운명인가 보다. 그래도 애는 착하다.

"하고 싶은 거 다 해보는 거 쉽지 않아. 네가 부러운데… 마셔."

히포가 내게 건넨 술을 마셨다.

"그래도 앵그리 베이비는 달랐어."

"맨날 그 게임 얘기."

"입에 쪽쪽이 문 아기가 기저귀를 던져서 고양이를 잡는데…, 그 고양이가 점프할 수 있다고…. 날아다니는 식탁 위에서 고양이가 컵을 떨어뜨려 아기를 공격하면, 아기도 쪽쪽이 던지면서 치열한 공방이 이어지는데…."

"야, 쟤 눈에 눈물 고였다."

로지가 날 손가락질하며 비꼬듯 말했다.

"기저귀에 맞은 고양이 머리엔 뿌지직! 황금색 똥이 꿀처럼 떨어져. 그게 무슨 동물 학대야… 게임과 현실을 구분 못 하냐고…."

"또 시작이네. 울지 말고 숨 쉬면서 얘기해."

"동물단체에서만 뭐라 하면 다행이게? 아동보호단체에서도 난리였어. 환경단체에서도…. 아니! 고양이를 못 맞추면 똥기저귀가 바다로 떨어진다는 게 그 이유가 돼? 환경 감수성 어쩌고…. 내 감수성은… 어? 대체 날 보호해줄 단체는 없냐고…. 내 인권은!"

"나 저 대사 따라할 수 있다?"

속을 긁는 로지 말에 괜히 입만 달싹였다.

"마지막에는 어떻게 되는데?"

시무룩한 내 얼굴을 보고 히포가 물었다.

"엄마가 후라이팬 들면, 고양이 엄마가 등을 세우고 털을 바짝 세우면서 옆으로 걸어오고 파이널 파이트! 이기면 기저귀가 하늘에서 쏟아지면서 고양이 무덤이 돼."

"고양이가 이기면?"

"엄마랑 아기랑 같이 울어서 바닷물이 차오르지."

"아주 난장판이네. 가관이야. 아동학대 맞잖아. 아기 입 모양이 이미 욕이던데?"

"아무튼! 그렇게 됐다, 새끼들아. 이 손등에 있는 영광의 상처 좀 봐. 이거 산재도 안 돼. 고양이 화난 거 녹음하려다가 코너에 몰린 너석이 ‥."

"닥치고…."

"부닥쳐!"

친구들과 회포를 푸는 일은 즐겁고 고됐다. 모바일 게임 앵그리 베이비는 티라노 소프트에서 만든 게임으로, 과격한 초등학생 아이들에게 잠시 인기를 끌었다가 곤두박질쳤다.

아동 정신 건강에 해롭다는 의사 인터뷰와 각종 보호단체의 성명이 뒤를 이었다. 세상에 보호를 자처하는 단체가 이렇게 많았나. 아기를 군인 캐릭터로 바꾸고, 고양이를 외계 괴수로 바꾸겠다고 서둘러 대응했지만 반응은 싸늘했다.

괴수가 수류탄에 맞는 효과음을 자체 제작하는 상황에서 들려온 소식은 믿기 힘들었다.

'우리도 손해 감수하고 투자 철회하기로 했어.'

이때 내지른 가슴 찢어지는 울부짖음을 괴수의 효과음으로 써도 효과적이었을 것이다. 티라노라는 이름처럼 찬란히 멸망했다. 겨우 취한 발자국만 남겼다.

"자, 여기. 치킨이라도 뜯어."

히포가 억지로 손을 당겨 치킨을 쥐여줬다.

"후손 살을 뜯는 게 미안해지는구만."

난 치킨이 공룡의 후손이라는 말을 좋아한다. 아침을 여는 조류. 기운차고 희망차다. 물론 맛있기도 하다.

"닥치고…."

"그래, 부닥쳐!"

잔 부딪히는 소리가 청량했다. 쓰린 굴욕감을 씻기 위해서는 오랜 친구들과의 농담만 한 게 없었다. 뱃속에 있을 때부터 이미 교류가 있었다. 크게 잘된 녀석도 없고, 다들 고만고만한 친구 사이다. 수입과 지출이 대체로 비슷하고, 각자 삼사 년 수입을 고스란히 모아야 갚을 수 있는 빚도 있다.

나는 이십 년, 어쩌면 삼십 년쯤 지출없이 모아야 갚을 수 있을까 말까 한 빚을 어깨에 이기 직전이다.

할부금 남은 자동차, 바싹 말라가는 계좌…. 깊은 한숨이 새어 나왔다. 괜한 화살을 히포에게 돌렸다.

"히포 쟤가 나한테 가르쳐준 게 있어. 담배. 저거 아주 나쁜 물이야. 나한테 가르쳐놓고 자기는 바로 끊었어. 난 재작년에 겨우 끊었는데. 내가 면요리 먹을 때 후루룩 못 먹지. 볼 때마다 면발로 때리고 싶다, 아으."

"머리카락이라도 빌려줘?"

로지가 머리를 내밀었다.

분위기를 바꾸려는지 너구리가 웃음기를 감추지 못한 채 자기가 말하기도 전에 웃었다.

"오늘 손님이 와서 묻는 거야. 자동차 트렁크에 사람 몇 명 구겨 넣을 수 있어? 들어가 봐."

"설마, 들어가…."

"여사님, 요즘은 골프백 몇 개 들어가는지로 설명합니다. 그랬더니 뭐라는 줄 알아? 그래, 좋아. 그럼 사람 넣은 골프백 몇 개나 들어가?"

너구리가 깔깔대며 웃었다.

"그래서 팔았어?"

"세 대 팔았지. 장난기 많은 여사님들 웃겨."

"네가 밥 사도 되겠는데?"

"안 그래도 여기 봐라."

너구리가 카드를 손가락에 끼우고 흔들었다. 장난스런 비난으로 시작해 걱정과 한탄을 지나 진한 인생을 논하는 철학으로 옮겨갔다.

"거기 결혼도 못 한 아이야, 네가 뭘 알아. 결혼은 귀여워 보일 때 하고, 불쌍해 보이면 헤어질 수 없게 되는 거야. 결혼도 안 한 이 루저야."

로지가 턱까지 치켜들고 말했다.

"저거 막말하는 거 봐라."

딱히 반박은 못 하고 메신저만 공격했다.

"딱 포기할 수 있는 만큼 사랑하는 거야. 아니면 견딜 수 있는 단점만큼."

"너 진짜 인내심 대단해. 고문도 견디겠어. 절대 헤어지지 마라."

난 히포를 돌아보고 짠하다는 얼굴로 말했다.

"사랑은 사람을 변하게 만들어. 더 잘 견디는 쪽으로."

로지가 말하면서 날 노려보고 있었다.

"맞아, 밤의 달콤한 키스야 당연히 좋지. 아침의 입냄새를 견딜 수 있느냐지. 자동차를 살 때도 그래. 진짜 중요한 건 단점을 커버할 수 있을 때 진짜 내 차가 되는 거거든."

너구리가 말했다.

"친구 사이도 그래. 어릴 땐 그냥 친구였는데, 이젠 장바구니에 저장만 해두고 구매 버튼을 누를지는 나중에 결정한다? 친구로 둘지 고민하는 시간이 필요해. 해를 끼칠지 아닐지 두고 보는 시간."

여러 동호회와 인맥 활동에 열심인 너구리가 하는 말이라 귀담아들었다.

"물건 구입비로 끝나면 다행이게? 그 이상의 유지보수를 생각해야 돼."

너구리가 깨달음을 전하듯 힘주어 말했다.

"자동차, 집, 사람도. 태어나는 것보다 유지보수가 더 들어. 자식 하나 키우는데도 유지비가 장난 아니지. 연비 최악에 수리비는 시도 때도 없이 나가지. 그렇다고 정숙성이 뛰어나길 하나. 잡소리가 많아. 환불도 안 돼."

"환불이 안 돼?"

"너 말이야, 너!"

로지가 목청 높여 말했다. 맞는 말이어서 나도 모르게 슬며시 눈을 피했다.

"나이 들어서는 데이팅 앱에서 만나는 거 같아. 어릴 때 편하게 놀던 미팅은 매칭으로 바뀌었어. 우연히 만나는 불확실한 기대보다 쇼핑하는 세대. 신뢰를 말하지만 서로 믿을 수 없는 가벼움이 있어. 언제든 대체 가능하고. 물론 나도 적당히 거짓말하고 가면을 써. 진정한 사랑, 우정…. 그게 뭔데?"

로지가 목소리 톤을 낮췄다. 히포가 측은한 얼굴로 날 똑바로 보며 말했다.

"사는 게 계획대로 되냐, 어디? 계획 그놈이랑 오목 두는 거나 마찬가지야. 근데 그 새끼는 마스터야. 4줄까지 만들고도 안 죽여. 대놓고 희롱하는 거지."

"보장된 건 하나도 없어. 기대, 예측 이런 게 상처 주는 것들이야. 인생은 예상 밖인데. 근데 또 재밌는 건 다 예상 밖에서 나와. 의외성이 유머와 활력을 안겨다주니까 꼭 미워하진 말어."

로지가 손을 턱에 괴며 말했다. 세상 다 살아본 듯한 표정이었다.

"맞다, 맞아. 삶이 다소 꼬인 거지."

나는 한숨까지 푹 쉬며 말했다.

"피스타치오와 농담 까먹으면서 보내는 시간이 소중해. 자로 잰 듯 더할 것도 뺄 것도 없이, 자기계발만 하면서만 사는 건 피곤하지."

히포가 거들었다.

"뭐, 그렇지…."

"꼭 영양가 있는 시간만 중요하진 않더라고. 뻘짓과 실없는 농담, 쓰잘데기없는 일도 중요해. 진지하고 무거운 곳에 웃음의 자리는 없잖아. 내일이면 기억도 안 나는 웃고 떠드는 그 시간은 돈 주고 못 사. 파는 게 아니라 만들어야 하니까."

히포가 제법 어른스럽게 말했다.

"맞아, 시간은 그래. 없는 게 아니라 만드는 거."

"감성과 유머가 더 필요해."

히포의 말에 나는 한숨만 푹푹 쉬었다.

"우리 초등학교 옆에 집 짓는 아저씨네 있잖아. 그 집이 비었거든? 임대도 안 나가고. 몇 달 안 돼서 집이 엉망이 됐어. 누가 일부러 그렇게 해도 그 정도까지는 안 될 텐데. 여기 빈집 보면 너무 신기해. 제아무리 튼튼한 집이어도 사람 온기와 말이 없으면 폭삭 내려앉더라니까."

히포가 로지를 보고 말했다. 로지가 선뜻 말을 이어받았다.

"내 말이. 골다공증 걸린 뼈, 임대가 나붙은 쇠락한 동네, 비어 있는 집. 온기로 채우지 않으면 부서지지. 뚝 부러지지 않고 날카로운 조각으로 갈라져서 위험한 흉기처럼."

난 멍한 표정으로 가만히 둘의 대화를 듣고만 있었다.

"요리하고 창문을 여닫는 그런 숨결이 집을 살리는 거야. 사람도 그래. 쇠락하는 도시를 지탱하는 것도 자발적인 봉사자들의 두 팔과 두 다리고."

"네 마음에 주인이 살고 있긴 해? 넌 딴 데 있지 않고? 그러다 몸이 무너져. 네 안에 너를 두라고. 이상한 데다 두지 말고."

히포와 로지가 번갈아 말했다. 왠지 내게 하는 말처럼 들려 뜨끔했다.

"맞아, 노스텔지어는 늘 먼 곳에 있어. 한 발 다가가면 이젠 가보지도 않은 다른 향수가 아른거려. 멀리 보지 말고 가까운 거 봐. 가족, 친구들."

너구리가 거들었다.

내 마음을 들여다본 것처럼 말하는 친구를 보며 많은 생각을 했다. 진지함에는 두드러기가 나는 병이라 재빨리 화제를 바꿨다.

"닥치고, 부닥쳐!"

시끌벅적한 모임이 끝나도 집에 들어가기 싫었다. 어느새부턴가 아빠는 아버지가 됐고, 어색하고 불편해 배타적 거리를 두고 살았다. 그러면서 아빠를 피하는 데 능숙해졌다.

'어, 엄마, 아빠는 안 바꿔줘도 돼.'

엄마와의 통화도 마지막 인사는 변질됐다. 그럭저럭 유지도 아니고 쫄딱 망하는 건 한없이 부끄러운 일이었다. 한도에 가까워지는 신용카드, 발끝으로 가까스로 서 있었다. 유동성 위기가 파도처럼 밀려오다 손 쓸 틈 없이 삼켜지겠지. 내 수

명은 길어야 3개월이었다.

아들의 열렬한 변호사이자 영업담당자인 엄마는 친척들에게 아들의 미래가 아직 남았다는 것을 상기시키고 열심히 준비 중이라고 알렸다.

아빠는 검사이자 기술적 검토를 맡은 실무자처럼 깐깐했다. 눈에 차는 경우가 별로 없다. 말을 잘 안 믿는다. 남들에게는 따뜻하고 정작 아들에게는 차가웠다.

엄마는 아빠도 아빠가 처음이라 어떻게 말을 트고 다가가야 할지 어려움을 겪는다고 귀띔했지만, 그건 역시 변호사의 말이었다. 불편한 집보다 역시 친구들 사이에 있는 게 나았다.

"네 사무실에 간이침대 있잖아. 하루만 재워주라. 과거는 제가 비밀로 해드릴 테니까. 너 옛날에 옆집 누나 시리즈…."

히포에게 넌지시 과거를 들출 듯이 말했다.

"아… 또 협박이네. 그거 안 통한다니까?"

"너 실제로 우리들보다 한 살 어리잖아. 너 장인어른이 목사님인데. 우리 엄마도 그 교회 다녀!"

"하아, 이 주둥이에 사탄 들린 고객님아. 지랄 반입 금지 규정을 위반하지 마시라니까요. 하아아, 비밀번호 1219*."

정복을 단정하게 입은 야간 경비원 아저씨가 출입키를 대신 찍고 엘리베이터까지 대신 눌러줬다.

사무실 층에 도착해 비밀번호를 한 번 더 묻고 잔소리를 들었다. 씻지도 않고 좁은 간이침대에 누워 멍하니 천장을 바라보는데, 머리 안에 나비가 날아다니는 것 같았다.

통증도 없이 끊임없이 작은 바람을 일으킨다. 지겹게 신경 쓰이는 바람이었다. 위로 내뿜는 한숨과 더불어 지겹게 신경 쓰이는 바람이었다.

되는 일도 없고, 특별히 이룬 것도 없이 텅 빈 건물처럼 공허했다. 헛된 꿈을 꾸며 살았나. 차라리 자고 일어나면 벌레가 되길. 카프카였던가. 카카였던가. 변신이었나. 병신이었나. 모르겠다. 졸음이 쏟아졌다. 생각이 잘게 조각나서 말도 안 되게 이어지는 꿈속 같았다. 모든 게 헛되고 무의미한 거 아니….

다음 날이었다. 눈을 뜨자, 엄마가 내려다보고 있었다.

"여기 파리가 주변을 붕붕 날아다닐 거 같다."

나비는 파리로 진화했다. 문득 엄마 얼굴에 주름이 보였다. 많이 늙었구나.

지금껏 엄마, 아빠의 생기를 빨아먹으며 자랐나 보다. 흡혈귀보다 더하다. 등골을 빼먹고 피를 먹고 살까지 야무지게 먹었다. 주름진 얼굴과 목, 거친 손을 보며 문득 미안해졌다.

혼난 뒤 안겨서 달래주던 너그러운 품. 엄마 옷을 적시던 작은 인간은 어느덧 가냘픈 어깨를 감쌀 크기로 커졌다.

"집에서 자! 집에서!"

엄마의 거친 잔소리가 듣기 좋았다. 그 잔소리를 오래오래 들을 수 있기를 빌었다.

4천 번은 다투고 화해한 엄마와 달리, 아빠와는 한 번의 전쟁으로 등을 돌렸다.

더 이상 다투지 않고 지레짐작해버리는 식으로 관계를 이어나갔다. 그러려니 하며, 말 안 해도 이해해주기로 협력한다는 식의 양해각서 같은 합의가 있었던 것도 아니면서.

속내를 꺼내지 않다 보니 서운한 마음이 생겨도 풀지 않고 지낸, 사춘기 이후의 시간이었다. 가정에 소홀한 가장이 사회봉사하는 건 결국 자신을 위한 이기심의 발로였다고 믿었다. 그것도 일종의 중독이라고 생각하면서.

다섯 살 때는 공룡 벽지, 초등학생 때는 알파벳, 중학생 때는 주기율표, 고등학생 방에는 거리낌 없이 추워 보이는 여자가 내려다보고 있었다. 벽지가 여자 사진으로 바뀔 때, 아빠와도 어색해졌다. 특별한 이유는 모르겠다. 본격적으로 털이 나면서부터 자발적인 집 안 격리가 시작됐다.

투신

♂

티라노

어스름한 저녁, 앓는 소리를 내며 어슬렁거리다 공원 벤치에 몸을 기댔다.

농구공 튕기는 소리, 잠깐의 정적, 이어서 그물망을 가르는 산뜻한 소리. 와아아, 하는 아쉬움과 환희에 찬 굵은 목소리가 하이파이브와 함께 어우러졌다. 젊고 건강한 소리였다.

길을 건너면 아이들이 뛰어노는 놀이터의 삐약, 소리가 예뻐 헛웃음이 터져 나왔다.

나만 힘든가, 다들 힘들다는데 왜들 저렇게 행복해 보이는지 모르겠다. 이 넓은 세상에 내게 할당된 영역이 없는 게 분명하다.

퇴근길 시선은, 창밖 풍경에서 작은 휴대폰 화면으로 바뀌었다.

작은 사람들의 큰 목소리에 더 집중했다. 다시 멀리 시선을 두고 활기찬 사람을 봤다. 작은 화면 속 스타트업을 하면서도 내가 진정 원했던 건 가리는 것 없이 펼쳐진 대지였다는 걸 숨길 수 없었다.

접속량 많은 서버는 지겹다. 비옥한 플랜테이션 작물 틈바구니보다 척박한 땅에 듬성듬성 구황작물처럼 살아야 할 때도 있지 않냐는 자조 섞인 물음에 스스로 결론을 내렸다. 아무래도 붐비는 건 발열, 소음, 비명만을 낳는다. 경직된 어깨를 풀고, 비가 내리면 바닥이 푹신한 땅으로 돌아가야지 싶었다.

반짝이지 않는 누추한 돌과 하늘에 박힌 무수한 보석이 그리웠다. 비가 내리면서 일으킨 흙냄새가 입꼬리를 들어올리는 날이 언제였나 생각했다가 무슨 의미가 있나, 또 생각하며 발을 옮겼다.

고작 이렇게 될 거였나. 잘못하지 않아도 사과하고, 잘못을 인정해야 할 때가 빈번한 슬픈 어른이 됐다. 사람은 소화력만큼 배포가 커진다고 아빠가 말했다. 지금이 딱 그 시기인 듯하다. 많이 먹으면 더부룩하다. 그래도 어렴풋이 어른이 된다고 느낀 것은 전철에서 엄마에게 안긴 아이를 보고 우스꽝스럽게 얼굴을 구기거나, 상사를 역겨워하면서도 겉으로는 함께 어울리며 존경한다는 이미지를 만들어낼 줄 안다는 것 정도.

먹이활동에 나섰다. 기껏해야 공과금 내면 별거 없다. 잉여 생산물이 없으니 서식지 이동도 잦다. 번식 활동은 없다. 전철은 컨베이어 벨트처럼 무표정한 사람들을 실어 날랐다.

모두 촛불처럼 흔들리며 몸을 맡긴다. 미지근한 인생, 시시하고, 남기는 것도 없다. 뭐 하나 쉽게 풀린 적이 없다. 수율이 낮고 타율도 낮다. 백 번 휘둘러서 한두 개 겨우. 그나마 파울, 병살이다. 난제다, 난제.

내 앞길은 악재와 돌발뿐인가. 내 집, 아니 집이라고 할 것도 없는 내 방은 거울의 방이나 다름없다. 수많은 내가 있지만 외롭다. 방을 나서면 괴로운 트라우마를 끌어안고 살아야 하는 소시민이다.

고흐보다 피카소가 되고 싶었다. 최소한 땅속에 잠긴 이름 없는 지망생이 되기는 싫었다. 살아서 잘돼야 했다. 죽어서 성공하는 게 무슨 쓸모가 있냐 말이다. 순수한 꿈을 상실한 빈자리에는 부자가 되겠다는 더 순수한 이데올로기로 메꿨다. 시간이 더 지나면서는 그저 실패하고 싶지 않았다.

반등의 여지는 전혀 안 보이고, 3개월 뒤부터는 월세부터 막막하다. 고지서로 도배를 해도 될 정도로 밀려들 테고, 더 지나면 거칠게 문 두드리는 사람들에 의해 깨는 게 다반사인 건 뻔한 일이었다. 망한 창업자들의 전철을 밟는 건 끔찍했다. 모든 것을 잃고 꿈도 희망도 사라진 잿빛 세상에서 할 수 있는 거라고는 다가오는 죽음의 가속을 바라는 일뿐이었다. 유가족들의 비통한 여생도 미리 엿봤다. 거기까지 가선 안 됐다. 죽음이야말로 정교한 기획이 필요했다.

내려보내야 할 것들이 역류하면서 배수구를 막고, 집은 난리 나기 직전이었다. 머리카락이 배수구를 메워 온통 꼬이고 꼬여서 피가 안 통하는 기분이다. 이빨이 드글거리는 바닥을 벗어나고 싶었다. 마지막 대출을 받아 그동안 하고 싶었던 것들 다 해야겠다고 마음먹은 건 그즈음이었다.

세상에서 가장 낮은 곳에서 높은 곳 그리고 더 높은 곳을 향해 가는 여정이라도 담고 싶었다. 상승을 갈망하는 인간으로 마무리하는 게 그동안 내 노력에 대한 대우라고 생각해 인도 바라나시, 히말라야 트래킹, 노르웨이 오로라 여행을 계획했다.

사랑 실조와 고갈로 황량하고 메마른 세상에서 무한으로 빠져든다. 내 선택에 의해. 중요한 건 순전히 내 선택이라는 점이다. 가장 인간적인 여정, 그 끝에서 마주할 종막이 기대되기까지 했다. 도망 대신 도전으로 비춰지는 게 내가 마지막으로 챙길 단 하나의 인간성이었다.

성인이 된 후 내 주소 이력은 두 자릿수. 짐도 없어서 자주 옮겨 다녔다. 그늘을 전전했는지 늘 눅눅한 빨래 냄새가 났다. 운송장 잘못 기입한 택배 신세, 사랑과 겨루고 일에 부역

했다.

삶에 복무하다가 끝나는 기분, 끝내자고 마음먹은 이 해방감이 나쁘지 않았다. 황금연휴 전날을 즐기다 가면 그뿐이다. 행복하게 살았답니다, 하는 동화 결말은 싫었다. 그 이후로 그의 소식을 들은 사람은 없었답니다, 정도가 깔끔하고 좋겠다.

'은행은 나를 대손충당금으로 처리하겠지. 여행자보험을 들고 사고사로 처리하는 거야. 인터넷 검색 기록도 남기지 않고 은밀하게. 당연히 유언도 없게. 생명의 가치를 보험회사가 책정하는 세상에 엿을 먹이고 최대한 높게 받아주는 게 옳다. 그래야 내가 잘못한 것들을 수습할 수 있으니까. 시끄럽고 붐비는 세상으로부터 벗어난다는 가벼운 정의를 내리자 오히려 불안이 걷혔다. 궁금한 것도 없다. TV를 끄자 사소한 일로 열받는 갈등 중독자들, 멍청한 짓에 웃는 더 멍청한 사람들, 고작 사랑 때문에 우는 바보들이 사라졌다.

역설적이게도 사후세계에 대한 궁금증은 커졌다. 모든 연결을 끊고 모두의 기억에서 지워지는 것. 아무것도 아닌 상태로 되돌아가는 것일 뿐이다. 그렇게 생각하자 오히려 평안한 상태에 접어들었다.

덜 복잡하고 고요한 세계로 가기 전, 붐비는 세계를 겪어보자. 죽음이야말로 의미를 만든다. 영원히 살면 모든것은 아득

해지고 사랑마저도 집어삼키는 무의미한 것이 된다. 난 그저 죽는 게 아니라 의미를 만드는 거야.'

스스로를 설득했다.

***

회사가 어려워진다는 건 은행 담당자들의 계산기보다 직원들 피부에 먼저 닿게 된다. 항의 전화를 대신 받고 액티브 이용자가 줄어드는 걸 체감했을 테니 말이다.

남은 돈으로 월급을 정리하고, 경력 증명서를 멋지게 써주는 일만 남았다.

초록이 우거지는 봄이었지만, 사무실은 황량한 겨울이었다. 마침 동종업계의 맏형이었던 투자사가 경쟁자를 죽이거나 키워서 잡아먹기 위한 용도였다는 흉흉한 소문까지 나돌았다. 완전히 지쳐버렸다.

하룻밤이 사나운 겨울을 견디는 것보다 춥고 버거울 때가 있다. 지출을 최대한 줄이면 4개월은 산다. 120번의 겨울을 나야 하는 고된 여정이 예상된다. 반등할 여지는 도무지 보이지 않는다. 고민 끝에 내린 결론은 버티다 망하느니 여행하다 장렬히 산화하자였다.

'연명치료 거부'.

인도 바라나시를 가기 위해 조사하던 중 알게 된 블로그였다. 인도와 네팔 여행을 자주 가는 사람들이 추천한 곳. 도메인은 따로 없이 블로그 제공업체의 기본 이름에 '블루스파크'라는 아이디가 눈에 띄었다.

전체적인 톤도 북유럽의 차가운 검푸른 바다보다 동남아시아의 스카이블루 색깔이었다. 여행지로서 마음에 드는 색이었다.

특히 인도 바라나시, 네팔 히말라야 코스 여행객들에게 입소문을 타 꾸준히 업데이트 하는 모양이었다.

공항에 내리는 시간대별로 다르고 연착으로 한 시간, 두 시간 늦어질 경우까지도 고려했다. 금액별로 숙소와 이동 경로까지 맞춰진 안내서다. 심지어 그걸 아날로그로 작업한다. 나도 모르게 이마를 짚었다. 오 마이 갓!

호기심에 계속 블로그를 둘러보는데 눈에 띄는 지명 발견!

다시 검색창을 보니 '인도 바라나시+내가 사는 도시'를 입력하고 있었다. 어떻게 이동해야 하는지 한 번에 검색하기 위해서였는데, 블로그 주인도 가까운 곳에 살고 있었다니.

심지어 이곳에서 직항이 있는 것도 아니다. 블루스파크를 다시 검색해, 놀랍게도 공항에 있는 카페라는 것을 알았다. 카페가 여행사를 겸할 수 있나?

짧은 의문은 사례금도 받지 않는다는 문구 앞에 금방 사그라들었다.

여행 계획을 대신 세워주는 것을 취미로 삼으니 당연히 사례비도 없단다. 불같은 호기심에 당장이라도 공항으로 달려가고 싶었지만, 새벽 두 시였다.

침대에 몸을 던져 계속 검색했다. 공항과 계약해서 입점한 카페였다. 대체로 친절하다는 리뷰가 스무 개 남짓이었다.

'라떼 잘하는 카페는 모든 메뉴가 맛있어요.'

'웃음을 머금은 입꼬리가 좋아요. 덕분에 좋은 여행 됐어요.'

리뷰 확인하다 스르륵 잠들어, 늦은 오후에야 공항으로 갔다.

한 시간여를 달려 도착한 공항, 자동문 하나가 세계를 구분지었다. 공항에서 보이는 유독 선명한 감정. 이를테면 사랑, 아쉬움, 설렘의 항연들이 뒤죽박죽 섞이지 않고 각자 영역 안에서 독립적으로 존재했다. 내가 가진 이질적인 감정이 들킬세라 최대한 같은 표정을 지었다.

***

사뭇 조용한 가운데 대리석 바닥을 청소하는 청소차만 요란한 소리를 내며 지나다녔다. 후드티에 검정색 무지 볼캡을 쓰고 구석진 좌석에 앉았다.

공항 카페치고는 넓었다. 4인 테이블이 8개, 야외 테이블이 2개. 입국장 근처라 야외의 의미는 없지만.

적당히 높은 테이블이라 노트북 작업을 하기에도 안성맞춤이었다. 카페를 지나 입국장 의자에 앉아 블로그를 다시 살폈다.

게시글을 가리는 어지러운 광고도 붙지 않아 쾌적했다. 잘 짜여진 여행 계획표는 완벽에 가까웠는데, 이를테면 바라나시 공항 몇 번 출구를 지나 어느 방향으로 가야 하는지, 주요 관광지의 입장료까지 꾸준히 업데이트할 정도로 정성이었다.

대체 몇 번이나 여행간 걸까. 글 쓰는 걸 봐서는 여자가 분명하다. 여행 계획을 짜는 게 취미라기에는 지나치게 정밀했다. 더구나 내가 가기를 원하는 바라나시, 히말라야, 노르웨이 세 곳은 모두 있다. 운명이라고 생각했다. 딱 죽기 좋은 안내서였다.

고마운 마음을 담아 댓글을 남겼다. 앱으로 만들면 정말 편할 것 같아요. 간단해서 이삼 일이면 만들 수 있는데 도와드릴까요? 무료로 만들어드릴게요. 이런 식으로 남겼던 것 같다.

안간힘을 쏟아 마지막 재능 기부를 하고 싶었다.

300여 개의 댓글 중에 내 댓글에 비공개로 답글이 달렸다.

─ 네, 그래 주실 수 있으세요?

그렇게 다시 방문한 공항이었다.

직원 두 명이 주문을 받느라 분주했다.

눈을 감으면 커피 그라인더 소리와 커피 머신이 내뿜는 스팀 소리가 주문량 넘치는 바쁜 공장처럼 들렸다.

20대 초반으로 보이는 직원 둘을 거르자 한 사람이 눈에 띄어 물었다. '블로그 보고…'라는 말에 나를 카페 안쪽으로 안내하고 뭐 드실 거냐고 물었다.

'제가 주문할게요'라고 말한 뒤 카운터에서 샌드위치와 카모마일을 결제했다.

분주한 실내를 살피는 사이 92번 고객님을 불렀다. 본능적으로 시간대와 이전의 91명의 고객 그리고 매출을 계산했다.

'샌드위치와 카모마일 나왔습니다' 하는 경쾌한 소리에 픽업대로 가 트레이를 들고 가려는데, 점원과 부딪혔다.

샌드위치는 바닥에 떨어졌고, 점원은 어쩔 줄 몰라 하는 얼굴로 다시 만들어드리겠다고 했다.

바닥에 떨어진 샌드위치를 그대로 트레이에 올리고 괜찮아요, 오늘부터 다이어트 하려고 했는데요, 하며 능글맞게 말했다. '그래도…'라는 말에 손을 내저으며 또 말했다.

"어차피 한 개는 많았어요."

바닥에 안 닿은 빵과 속재료를 손가락으로 긁어먹고 안쪽에서 사장님을 기다렸다.

벽을 등지고 앉아 카페 내부를 훑었다. 필름 카메라로 찍은 여러 사진들이 눈에 들었다. 사진관 집 아들인 나도 카메라는 좀 알아 유심히 봤다.

"죄송해요. 바쁜 시간이라서요."

상대가 의자를 당겨 앉으며 말했다.

"바빠서 좋은 거죠. 저기 사진들은 직접 찍으신 거예요? 저도 사진관 집 아들이라 눈이 가더라고요."

"아, 탐조하는 게 좋아서요. 새 좋아해요."

"새….”

나도 무척 좋아한다고 말하려다가 다른 말을 뱉었다.

"근데 액자는 왜 다 작아요? 액자가 커야 사진관도 먹고 살죠."

되지도 않는 농담에도 과하게 웃어줬다. 그래도 작은 공통분모 하나로 금세 편해진 기분이었다. 그새 가볍게 화장을 한 티가 났는데, 내 눈에는 붉게 손상된 입술만 도드라져 보였다.

손톱과 입술은 심리 상태의 바로미터라, 들떠 있다면 불안하다는 광고와 다름없었다. 이 사람도 무거운 짐이 있구나, 생각하며 오묘한 동질감이 들었다.

화제는 금세 다른 쪽으로 흘렀다. 여기까지 오는 게 힘들지는 않았냐부터 떨어뜨린 샌드위치 반쪽에 대한 보상방안 그리고 필름 카메라에 대한 찬양까지. 상대를 배려하는 모습을 보며, 좋은 사람인지 아픈 사람인지 구분하기 어려웠다. 비슷한 건지도 모르겠다.

"화질보다 역동성 있는 흔들리는 사진이 좋아요."

"저도 새가 하늘에 떠 있는 사진 좋아하잖아요."

"저도요."

"맞아요."

서로 말이 포개져 혀가 엉키는 야릇한 기분에도 빠졌다. 정적도 달콤하게 느껴졌다.

"그나저나 계좌번호부터 부탁드려요."

"아, 돈은 됐습니다. 너무 쉬운 일이라서요."

몇 번 더 완강히 거절했지만, 상대는 더 완강했다. 분명히 앱을 무료로 만들어준다고 했는데, 생각보다 큰 금액을 준단다. 미래는 정말 고양이가 쓰는가. 이렇게 개연성 없이도 돈이 들어오는구나.

준비해간 A4 복사용지를 반으로 접어 메모하는 나와 달리, 잠시 자리를 떠났다 돌아온 그녀는 정갈한 다이어리를 테이블에 올렸다. 불렛저널이라는 다이어리 브랜드를 물어보려다가 말았다. 메탈 시계도 눈을 끈다. 녹색 롤렉스.

'카시오를 차는 나와는 다르군. 둘의 지표면 격차로 에너지를 만들 수도 있겠어. 그래도 내 시계는 알람도 된다고.'

튼튼한 우레탄 시계줄과 메탈 시계줄만큼이나 우리 차이는 두드러졌다. 공통분모는 무슨. 두 원이 멀찌감치 떨어졌다.

난 어떻게 앱을 만드는지 간략히 설명을 하고 그녀는 다이어리에 꼼꼼하게 받아 적었다. iOS와 안드로이드 앱으로 만들면 접근성도 쉽고 유지하는 데도 손이 덜 간다고 설명했다. 데이터값을 입력하고 출력하기만 하면 된다. 무척이나 쉬운 작업이었다. 내가 개발한 앵그리 베이비를 보여주며 어필했다.

"와이파이 안 되는 상황에서도 확인할 수 있게 할 수 있어요."

"만드는 데 시간은 얼마나….."

허공에 손가락을 놀리며 계산하는 동작을 했다. 길면 삼 일이요. 짧게 대답했다. 그리고 너무 짧은 개발 기간 동안 많은 돈을 받는 것 같아 돈을 돌려줄 작정으로 다시 물었다.

"아까 주신다는 금액은 많아요. 겨우 이삼 일인데요."

"이삼 일 걸릴 정도로 능숙하시다는 거잖아요."

인정받는 느낌이 들었다. 공짜 여행하는 기분마저 들었다.

다음 날, 파란 불꽃이 튈 만큼 하루 종일 구석진 자리에서 작업했다. 평소 이어폰을 끼고 작업하지만 어느새 빼버렸다.

문틈을 비집고 들어오는 경적, 취객의 멍청한 웃음소리는 에어컨, 냉장고 작동 소리처럼 생활의 일부분이라 어딜 가든 이어폰은 필수재였다. 공항은 달랐다. 비행기 연착 안내방송, 웅성거리는 소리, 행복한 웃음소리, 캐리어 끄는 분주한 걸음 소리가 백색소음 역할을 톡톡히 했다. 공항의 떠들썩한 흥분과 기대, 설렘에 완전히 스며든 기분이었다. 즐거운 몰입에 쉽고 신나는 작업까지. 최상의 직업 만족도를 느낀 하루였다.

작업을 정리하고 일어서려는데 물었다.

"가는 길이면 태워다주실 수 있어요?"

옅은 미소를 주고받고 함께 가기로 했다.

공항을 빠져나와 한적한 국도에 올랐을 때 조수석에 앉은 그녀가 가발을 벗었다. 사이키델릭한 보라색 머리.

본능적으로 거부감이 들었다. 뱀을 처음 보는 인간이 느끼는 감정이랄까. 나와는 다른 종인 게 맞다.

카페 이름을 다시 떠올렸다. 블루스파크. 파란 불꽃인 동시에 우울한 공원이다. 후자에 무게추가 실렸다.

우울한 공원이라니, 더 할 말은 없었다. 우울증 안 걸리기가 어려운 세상 아닌가. '웃음 속에 감추는 게 보여요'라고 말하려다가 내가 숨기고 싶은 것과 같아서 멈췄다.

집에서도 작업을 이어가면 이틀이면 끝낼 수 있다. 아직 신용에는 문제가 없고 회사도 정상 가동되는 모양새였으니, 대출받으면 가벼운 마음으로 떠날 수 있었다.

다음 날, 들뜬 마음으로 노잣돈을 위해 은행을 방문했다.

"죄송하지만…."

이후의 말은 온갖 전문용어로 대체됐지만 어렵다는 말이었다.

'죄송하지만'이 아니라 '당장 나가라'는 말이나 마찬가지였다. 대출심사 거절. 내가 위기라는 건 돈의 흐름이 더 빨리 아나 보다.

오후에는 무거운 마음을 끌고 앱 사용법과 관리자용 로그인 ID를 알려주러 공항에 갔다. 혹시나 인수인계 필요할 경우를 대비해 문서 작업도 밤새 해뒀다. 어느덧 여섯 시, 함께 퇴근하자는 말에 흔쾌히 수락했다.

마감 직원에게 깍듯하게 인사하고 나서는 모습을 보며 몸에 밴 예절에 다시 눈이 갔다. 의례적인 인사말을 주고받고 유지, 보수에 대해 설명하며 시간을 흘려보내는 사이 어느덧 시내까지 도착했다.

"괜찮으면 가는 길이니까 공원에서 내려줄래요?"

"거기서 버스 타려면 좀 힘들지 않아요?"

"택시 부르죠."

"아….."

그녀를 내려주고 나서, 나도 멀지 않은 곳에 주차하고 시트를 뒤로 눕혔다. 스르륵 밀려드는 졸음에 한 시간이나 자버렸다.

초저녁에 자면 밤에 못 자는데, 한탄하며 내려서 주위를 걸었다. 저녁이라 불량스러운 오토바이가 요란한 불빛 잔상을 남기며 굉음을 냈고, 가로등 아래 더 불량스러운 머리를 한 여자가 위험하게 비틀거렸다. 오색딱따구리를 닮았다. 사이키델릭하다. 어? 왜 저기에….

갸우뚱 생각하다가 근처에 일행이 있을 거라 믿고 관심을 거두는데 갑자기 신발을 벗었다. 그리고 풍덩. 불빛 아래에서 탄산 같은 흰 기포가 터졌지만 허우적거리지도 않았다.

지체없이 달려가 잠수했다. 그때부터였다. 이상한 일이 생기기 시작한 게.

연쇄살인마일 수도 있으니까

♀
마리

여자의 삶은 어디를 가도 편하지 않나 보다. 낯선 이 앞에 서는 초조한 긴장이, 익숙한 이 앞에서는 더 많은 관심을 바라는 조바심이 내 안을 흔들었다. 그렇게 점점 고립되어 쇠락해 갔다. 중독은 교활하게도 외롭고 약한 가슴만을 파고들어 갉아먹었고, 나는 쉽게 믿었고 또 빠르게 배신당했다. 조각난 채 바닥에 널부러진 뼈에 관절이 생기고 다시 설 수 있었던 건 아이러니하게 아빠 덕분이었다. 말랑한 연골이 없어 여전히 삐걱대긴 했지만 잦은 이사는 적응력을 키워주긴 했다.

내 선택이 아닌 결과를 받아들이는 것. 눈에 띄지 않고 조용해지는 것을 생존 능력으로 키웠다. 환경에 적응한 듯 보이지만 실은 완전히 겉도는 주변인이 돼버렸다.

전학을 많이 간 아이는 진득하게 우정을 쌓는 경험이 없기에 사랑에도 어설픈 모습을 보였다. 반면 아빠는 이직할 때마다 몸값을 키워 승승장구했다.

아빠가 성공하는 사이, 엄마는 집 밖을 넘어서는 로맨스의 확장을 이뤘다. 아침은 맵고 저녁은 썼다. 그사이 난 고함량 우울을 들이켜고 손목에도 켈로이드 상처가 생겼다.

악한 일을 할 때의 악력은 의외로 약하다는 사실에 놀랐다. 외로움은 중독되지 않아 무섭고, 매일 같은 새로운 자극을 느낀다는 점이 짜릿했다. 고양이를 닮으면 좋으련만 왜 주인 잃은 개처럼 슬픈 소리를 내며 사랑을 갈구하나. 착하고 피곤한 존재가 돼버렸다.

일요일 오후 다섯 시, 독서에 몰입하기도 피곤하고 그렇다고 낮잠을 자기도 애매했다. 얇은 책 한 권을 끼고 산책에 나섰다. 차가 쌩쌩 달리는 다리를 올려다보며 생각했다. 난간 넘을 힘만 있으면 되겠지.

역시 악한 일을 하는 데 큰 힘이 필요치 않겠구나.

고소공포증을 이겨낼 만큼 죽음의 공포는 강하지 않았던 것 같다. 강을 유유히 떠내려가는 신발 한 짝을 보고 나머지 신발을 떠올리자 오싹해졌다. 두 토막 난 신발에 감정을 이입하자 더욱 오싹해진 나는 그 뒤로 줄곧 강변에 앉아 있기를 즐겼다.

아른거리는 생각에 다리를 올려다보며 무심코 강물에 발을 담그기도 했다.

"신발이 젖은 적절한 이유가 있다고 믿고 싶구나."

"친구랑 놀다가 그랬어요."

"친구 누구?"

아무 이름을 댔고 엄마는 고개를 끄덕이며 쉽게 수긍했다. 역시 관심이 없었다.

신발이 몇 번 젖어서 들어오는 동안 엄마는 더 이상 묻지 않았다. 발목을 간질이는 물의 감각도 더 이상 낯설지 않았다. 열일곱 살이었다.

집주인 없는 낯선 집이라는 기분을 떨칠 수 없었다. 여전히 임시대피소 같은 집. 사는 게 재미없고, 배고픔을 느껴도 먹고 싶은 것도 없다. 누군가를 열렬히 좋아하지도 않는다. 웃음도 멎었다. 아무 일도 없이 심심하게 지나간 하루는 내일의 반복을 예고했다.

드라마도 재미가 없다. 캐릭터의 감정선을 따라가는 게 버겁다. 뭔가에 마음을 두는 게 어려웠다. 관계가 귀찮고 말 못하는 짐승이 좋지만 그렇다고 단절되기를 바라지는 않는다. 그러니까 난 구제불능이다.

도대체가 본받을 만한 어른도 안 보인다. 막말하는 늙은 정치인과 추종자들, 사랑이 안 보이는 종교인들과 신도들, 사명

감 없는 교사와 이기적인 학부모들, 법적 권리를 과도 해석하는 무례한 학생들, 진짜인 척하는 가짜들, 죽음이 빠진 철학, 희생 없는 종교, 눈물 없는 사랑. 아무 의미 없는 것들만 가득하다.

그새 얼굴에 구멍을 두 자릿수로 뚫고 멀리 날지 못하는 텃새가 됐다. 그리하여 더 요란하고 위태로움을 뽐내는 것을 아름다움으로 삼았다.

청춘의 무능과 불안은 절망과 함께 뒤틀려 발밑이 혼란스러운 히피로 만들었다. 나를 학대하며 위험에 몸을 던지는 것에서 희미하게 비치는 존재의 이유를 찾았다. 취하는 것은 모두 좋았다. 강에서 흔들리는 피사체를 보는 게 좋았다. 그리고 찰칵.

사진에 담아서 보는 각양각색의 나를 수집하는 게 유일한 취미였다.

***

행복한 사람들 사이로 가면 혈중알콜농도가 0.03% 정도는 된다고 믿는다. 시간 날 때마다 공항에 갔다. 출국장은 들떴고 입국장은 피곤해도 갈 곳이 있는 사람의 여유로운 표정으로 넘실댔다. 그 속에 속하고 싶었다.

연휴 전날은 북적이는 기차역, 터미널, 쇼핑몰에서 행복한 척 시간을 보냈다. 불필요한 물건을 집어들고 쇼핑백 서너 개를 들어야 겨우 만족했다.

내가 흔들리는 동안 재혼한 아빠의 자식과 재혼한 엄마의 자식이 각자 가정에서 태어났다. 그러면서 증여인지 상속인지 모를 큰돈을 내게 쥐어줬다. 혼자 살기에는 조금 넓은 집 그리고 엄마, 아빠의 새로운 시작에 걸림돌이 되지 않을 큰 금액이 손에 남았다.

대진운이 좋았다고 인정한다. 경제적으로는.

내 삶에도 의문의 사건에 휘말리거나 거대한 음모가 있어 열정으로 해결하는 멋진 이야기를 기대했건만 한낱 형편없는 하루만 쌓였다.

공항에 카페를 열었다. 손님이 없을 때는 여행 계획을 세웠다. 여행을 떠나는 것보다 준비하는 과정이 더 좋았으니까. 정작 비행기는 못 타면서. 그래도 머릿속에 완벽한 계획을 세우는 게 진정효과는 있었다.

사흘 전 사원 입장료 변경이 있어 수정한 바라나시 게시글이었다. 바라나시, 히말라야, 노르웨이, 자기가 가려는 곳이 모두 있어 감사하다는 댓글이 달렸다. 여기까지는 그냥 넘길 만한데 앱으로 만들어주겠단다. 무료로 만들어준다고 했지만 빚지는 기분은 싫었다.

공항 카페에서 일한다고 하자 선뜻 와준다는 말에 일을 부탁드렸다. 게임 만드는 사람이라고 해서 검색해보니 요즘 문제를 일으킨 회사다.

퇴근길 그의 차를 함께 탔다. 블루스파크라는 카페 이름을 보고 의미를 알아차린 눈치 빠른 사람이었다.

산책하던 강이 보이자 내려달라고 했다.

그를 보내고 홀로 둔치에 앉아 다리를 한참 올려다봤다. 문득 찾아오는 불안은 이렇게 혼자 있게 만든다. 악몽 꾸지 않게 굿나잇 키스 많이 안 해줘서 현실이 악몽이 됐나 보다.

'쪽' 소리 나는 볼 키스는 들숨으로 아이의 불안을 부모가 대신 삼키는 거라고 했다. 그런데 우리 부모는 그런 적이 없다. 대신 중간에 멈출 수 없는 구토처럼 주체하지 못하고 말을 쏟아냈다. 더럽고 시큼한 냄새가 났다. 짐승이 먹이를 게워 새끼를 먹이는 사랑의 형태와는 다른 배설물이었다.

경솔한 짓을 하고 싶은 날이었다. 날 몰아붙여 학대하는 것으로 후회하고 싶었다. 술? 담배? 도박? 아니다. 내가 원하는 건 빠르고 즉각적인 후회였다. 내가 아는 가장 빠른 후회는 나를 죽도록 미워한 뒤 밀려오는 후회다.

상상 속에서 나를 다양한 방식으로 복수하고, 기진맥진하면 밀려드는 허탈감에 질식사하고 싶지만, 턱 밑에서 멈추고 만다. 강변에 앉았다. 신발 밑창만 수면에 적셔 아슬아슬하게 발장구치는데 가로등 빛이 아른거린다. '머리도 담가봐'라고 속삭이는 다리의 끝없는 물음에 '내가 못 할 줄 알고?' 홀린 듯 신발을 벗고 몸을 던졌다.

쾌락의 끝은 자기 파괴를 향한 갈망이라고 했던가. 둥둥 떠 있는 강이 허구에 존재하는 것 같은 느낌이었다. 물이 닿는 순간 후회했다. 물기를 머금은 옷은 무거웠다.

'그래도 지금은 아니야'라는 후회가 일자마자 또 다른 풍덩 소리가 들렸다.

이어 내 발밑에서 나를 미는 안간힘이 느껴졌다. 힘이 비틀 렸고 다시 허리를 감싸다가 목을 걸었다. 본능적으로 그의 몸 을 튜브처럼 잡고 떠오르려다가 오른뺨에 손바닥이 작열했다.

"힘 빼, 힘 빼!"

물에 젖은 손으로 맞아 생각보다 아프지는 않았다.

소리 지르기도 전에 목을 졸라 뭍으로 끌고 갔다. 난 언제 든 울 준비가 돼 있는 여자이지만 웃음을 참을 수 없었다. 갓 잡은 생선처럼 격한 생동감이 느껴졌다. 졸고 있지만 좀처럼 깊은 잠에 빠지지 않는, 나로서는 생소한 감각이었다.

그가 거친 숨을 몰아쉬며 시체처럼 널브러진 나를 바닥에 눕혔다. 느릿하게 눈꺼풀을 들어올리는 손가락 끝의 떨림이 느껴졌다. 조심스런 경계심이 고스란히 전해졌다. 얼굴을 보 는데, 생명의 은인이라기에는 좀 부족한 얼굴이었다.

피부는 유화의 거친 질감이었다. 못생긴 축이지만 깜짝 놀라게 못생기진 않았고 눈, 코, 입, 귀를 따로 떼어보면 나쁘지는 않았으나 굳이 따로 떼어놓지 않고 전체를 받아들였다. 이마뼈가 튀어나와 입체감은 뚜렷했다. 반면 난 물감으로 그린 그림처럼 흐리고 유약했다.

나를 구하려 뛰어들었다면 조금은 안전하다. 내 기억도 잠시 흐려졌었나 보다. 카페에서 본 남자였다. 겨드랑이에 손을 끼워 앉히더니 불같이 화를 냈다.

"물속에서 뭐 해요!"

"미끄러진 거예요."

작은 소란에 열일곱 남짓한 양아치들의 비아냥이 들렸다.

"암수 서로 시발 존나 정답네!"

낄낄거리는 웃음을 무시하는데, '어이, 거기 말 안 들려?'라는 도발이 이어졌다. 순간 튀어나가 따지려는데 녀석이 손을 잡았다. 참으라는 의미로 눈을 크게 깜빡였다. 짧은 순간 불필요한 시비에 휘말릴 일은 없을 남자라고 느꼈다.

물기를 짜고 쭈글거리는 옷을 내려다봤다. 눈치 빠른 녀석이 전력질주해서 차로 달려갔다. 트렁크에서 담요를 꺼내 다시 전력질주. 어깨에 담요를 걸쳐 부축했다.

선명한 물 발자국을 내려다보며 차에 닿았다. 그리고 담요를 꺼내 시트에 깔고 앉혔다. 히터를 세게 틀어 건조하고 따뜻한 바람이 쉴 새 없이 나왔다. 그의 눈에 원망과 걱정이 서려 있었다. 숨을 몰아쉬었다.

"하, 미쳤어요?"

"미끄러진 거라고요."

"일단 집에 데려다줄게요. 어디로 가면 돼요?"

"안 가요."

"네?"

"…집 없어요."

"그럼 일단 저희 집에 갈래요? 집은 아니고 방이니까… 저는 차에서 잘 거예요."

"그냥 미끄러진 건데… 못 본 걸로 해주지."

"본 걸 못 본 척하라고요? 신발 벗는 건 이승과는 절연한다는 걸 의미하는 거라고요. 자살하는 사람들은 신발을 벗고 뛴다고요!"

숨을 고르기까지 정적이 이어졌다. 이따금 한숨으로 원망을 뱉는 게 느껴졌고, 어떻게 해야 할지 모르겠는 답답함도 묻어났다. 오래된 연식에 비해 차 내부는 깨끗했다. 어색함을 지우려 글로브박스를 열어 자동차 보험 서류를 뒤적였다.

불안할 때는 천천히, 화날 때는 일시 정지, 기쁠 때는 멈춰서 주변 사람과 나누기, 슬플 때는 시동 끄기. 이런 문구가 눈에 들었다.

'지금껏 반대로 살았구나.'

불안할 때는 가만히 침대에 누워 멍하니 시간을 죽였고, 화날 때는 속력을 냈다. 기쁠 때는 망아지처럼 뛰었고, 슬픔을 잊기 위해 나를 불쌍히 여겨 엉뚱한 짓을 했다.

"누구나 매일 조금씩 티스푼으로 자기 무덤 파면서 살아요. 왜 포크레인을 갖고 와요? 예?"

대답하기 어색해서 '일단 그쪽 집으로 갈까요?' 하고 물었다. 그가 오른손으로 거칠게 D로 변속하고 곁눈질로 쳐다봤다. 난 안전벨트를 당겨 착용했다는 걸 알렸다.

느닷없이 차량 블랙박스를 한 번 치고 창문을 내린 다음 아까 그 양아치 무리 앞에서 거친 공회전 소리를 냈다. 차의 굵은 으르렁 소리에 눈이 한곳에 모였다.

난 그와 긴장된 눈빛을 교환했다. 이번엔 내가 그의 팔을 붙잡아 말렸다. 굵고 날카로운 욕설과 비명이 차 안까지 퍼졌다.

움찔하며 물러선 무리들을 천천히 쳐다보곤 나서, 그는 비릿하고 음흉한 웃음을 흘렸다. 그리고 덜컹덜컹 무리의 자전거를 즈려밟았다.

몸이 덜컹거리며 좌우로 크게 흔들렸다. 과한 각성에 웃음이 터졌다.

그들이 차를 쫓아왔다. 시속 40km로 달려 꼬리가 길게 이어졌다.

"담배 좀 끊어라, 새끼들아."

창밖으로 내던진 말에 거친 쌍욕과 악다구니가 들렸다. 한참을 농락하다 도로에 닿았을 때 자동차에서 중력가속도를 느낄 것 같았지만 큰일과 불쾌한 감정이 남아있어도 운전은 차분했다.

"근데 왜 그러신 거예요?"

"저것들 찌질한 얼굴 좀 담아서 올리려고요. 제목, 중학생에게 쫀 고딩 표정 레알. 저놈들 비명을 악기로 만들어서 배포해버려야죠. 찌질한 것들."

"아….."

"세상에 미친 새끼들이 너무 많아요."

다정한 말에 숨겨진 다소 거친 단어 선정이 마음에 들었다.

"전 밀어버리려는 줄 알았어요."

"그래서 말리려고 했던 거예요? 차 더러워지면 안 되죠. 빨간색은 안 어울려요."

너무 크게 웃다가 민망해졌다. 아직 과격한 내 취향이 들통나면 안 됐다.

"죄송해요. 조울증인가 봐요."

나보다 더 크게 웃었다. 웃어줬다.

"다 감정의 파도가 있죠. 항상 고점만 있겠어요? 잔파도가 올 때까지 조금만 기다려봐요. 브레이크 안 밟고 엑셀에서 발을 떼기만 해도 속도 줄어들어요."

마침 노란색 점멸 신호가 켜졌다. 몸이 쏠리지도 않고 엉덩이는 편했다. 무엇보다 날 민망하게 두지 않았고 음악 선정도 좋았다.

"운전 부드럽게 잘하는 거 같아요. 양보도 잘하고. 음악 선곡 나쁘지 않고. 호텔 캘리포니아. 좋죠. 전 마지막에 You can check-out any time you like, but you can never leave! 언제든지 체크아웃 할 수 있지만 떠날 수 없다. 이 부분이 너무 좋아요. 결코 넌 못 벗어나. 뭔가에 빠진 기분이랄까요."

사람의 진가는 예상치 못한 일을 맞닥뜨릴 때 나온다고 믿는다. 궁금하면 운전하는 차를 타는 것으로 성격을 가늠했다. 대여섯 번 끼어드는 차를 양보했고 몸이 쏠리는 일도 없었다. 더구나 올드팝을 좋아하는 취향이 마음에 들었다.

"아악! 씨발."

갑자기 끼어든 차에 내 입에서 욕이 팝콘처럼 튀어나왔다.

심하게 끼어드는 차를 보고 내가 몸을 비틀어 경적을 누르고 더 옆으로 기울여 상향등을 두세 차례 당겼다.

그제야 운전석 창문으로 손이 튀어나와 미안하다는 제스처를 보냈다.

"저런 차는 혼내줘야 한다고요."

머쓱한 웃음을 보였다.

"…발냄새."

"네?"

"끝말잇기, 헤헤."

뭐지? 하고 비웃어버렸다. 솜사탕으로 맞은 기분이었다. 그래도 마음속에 아직까지 연쇄살인마일 수도 있다는 일말의 가능성을 떠올렸다. 택시를 탈 때도 항상 손잡이를 잡았는데 지금은 두 손이 자유롭다는 걸 깨달았다. 할머니 모시고 병원에 가는 것같이 운전한다고 농담하려다가 말았다. 그럼 내가 할머니가 되니까.

이윽고 도착한 낡은 건물 1층에서 말했다.

"814호. 비밀번호는 0903. 옷은 알아서 입으세요. 욕조도 없으니까 죽겠다는 생각은 하지 말고요. 어차피 우린 다 시한부니까."

"…까불지 마, 헤헤."

난 과장되게 그의 웃음을 따라했다.

"아, 끝말잇기? 아무튼 문 잠그고 주무세요."

'지는 농담 안 받아주고… 무안하게….'

차 문을 세게 쾅 닫고 올라갔다.

문틈을 비집고 아련한 음식 냄새가 코끝에 닿았다. 배달 음식이거나 늦은 저녁이겠지. 눈치 없이 배에서 꼬르륵 소리가 났다.

낡은 엘리베이터를 타고 고지서가 나뒹구는 복도를 지나 조심스럽게 비밀번호를 누르고 들어간 집. 벽면에는 영화와 책 표지가 즐비했다. 옅은 옷 곰팡내, 남자 냄새와 디퓨저 향기가 오묘하게 섞였다.

건너편 건물에서 엿보거나 도청할 필요도 없이 이 자식의 성적 취향까지 들여다본 기분이었다.

'우디앨런, 쿠엔틴 타란티노를 좋아하는 녀석이군. 주로 스릴러 소설을 좋아하고.'

의자에 걸린 핑크색 잠옷 바지를 제외하면 깔끔한 편이었다.

코가 얼얼할 정도로 땀에 전 침대 시트나 이불을 예상했지만 정리정돈이 말끔한 거 보면 성격이 별로일 것 같다.

집 안에 콜라 로고가 부착된 구식 영업용 자판기라니! 카페에서 쓰는 쇼케이스에서 발하는 빛이 은은하게 전체를 비췄다. 샌드위치, 아보카도, 각종 과일, 주스가 가지런했다. 순간 냉동실 없는 집의 불편함에 대해 생각했다.

콜라 버튼을 꾹 눌렀다. 설마 진짜 돈 넣어야 되는 거야? 진짜 영업용이야?

속는 셈 치고 굴러다니는 동전을 넣자 콜라 대신 병이 떨어졌다. 밑에는 스펀지가 깔려 차음 효과가 확실했다. 빨간

비트 원액이 담긴 병이었다.

"내 돈 다시 뱉어, 이 씨."

가벼운 발길질로 한 대 치고 비트 병을 한쪽으로 치웠다.

하는 수 없이 쇼케이스에서 녹색 케일 주스를 꺼냈다. 주스를 마시면서도 고개를 두리번거리며 이리저리 살폈다.

무시무시한 놈일지도 모른다는 일말의 가능성에 대해 상기했다. 다시 여기저기 훑는데 시리얼이 눈에 들어왔다. 그것도 건강을 어필한 제품.

"부검해도 잡내 하나 없겠어. 생의 의지가 겁나네."

선인지 악인지 알 수 없는 익숙한 긴장감이 돌았다. 그 와중에 눈에 띄는 건, 카메라.

그러고 보니 저번에 사진관 집 아들이라고 했다. 전신거울. 아로마 에센스. 건강 염려증 환자로 의심되는 영양제 바구니. 낡은 노트를 빠르게 넘기는데, 인생 계획이 있었다.

10년 뒤에 부자가 되고, 30년 뒤에 부모님 이름을 건 학교를 만든다. 30년을 계획하는 변태라니… 안심이었다.

위험인물인지 더 파악하는데, 소방관 제복 입은 중년 남녀와 할머니, 이렇게 함께 찍은 사진이 크게 인화돼 걸려 있었다. 경계심에 금이 가기 시작했다.

창문과 현관문 걸쇠까지 걸어 잠그고 으흠, 목을 연거푸 가다듬었다.

배수구를 향해 소리치면 아래층에 전달되겠지, 생각하며 언제든 소리칠 준비까지 갖추고 흥얼거렸다. 샴푸, 바디워시가 마음에 안 들었지만 잔모래 묻은 머리카락과 강물을 씻어내려면 어쩔 수 없었다. 노래 두 곡이 끝날 때쯤 샤워도 마쳤다.

남의 수건을 써야 한다는 찜찜한 기분으로 욕실 수건장을 열었다. 경악을 금치 못했다. 흰 수건이었다. 더구나 호텔처럼 동그랗게 말아서 정갈하게 정리돼 있었다. 아이 씨.

고개를 돌리니 휴지는 또 삼각형으로 접혀 있어 멈칫했다. 연쇄살인마일 수도 있겠다는 긴장감이 다시 솔솔 피어올랐다.

작은 얼룩이라도 묻을세라 몸을 톡톡 닦고 젖은 옷을 건조기에 넣었다.

몸을 웅크린 채 허전한 몸을 감쌀 만한 걸 찾다가 젠장 할, 핑크 잠옷 세트를 손끝으로 집었다. 으…. 확신을 더하기 위해 더 둘러봤다.

TV 위를 손가락으로 쓸었다. 먼지 하나 없다. 혹시 몰라 침대 밑을 손바닥으로 쓸었다. 깔끔하거나 매일 닦는 변태이거나. 보이는 곳은 조금 지저분해도 안 보이는 곳은 깨끗했다.

어릴 적 살던 우리 집과는 딴판이었다. 냉장고에서 뭘 꺼내 먹자니 물어보기 뻘쭘했고 화장실을 쓰자니 애매했던 집. 핑크 잠옷을 입고 앉지도 눕지도 못하고 두리번거렸다. 할 일이라도 있는 것처럼.

옛날 집을 떠올렸다가 머리를 흔들었다. 이 집은 마치 습지에서 길어낸 더럽지만 생명력 넘치는 물 같았다. 낡고 좁고 아늑하다. 오래된 술집 같으면서 결벽증 있는 지배인이 가꾸는 호텔 같았다.

테두리를 벗어났다가 다시 돌아온 이 기분, 이사가 끝난 기분이다. 허우적거리다 지쳐서 졸린 건지 아늑해서 졸린 건지 모르겠지만 이런 기분은 오랜만이었다.

'여기선 나를 지울 수 있겠어.'

얼굴에 열감이 느껴져 녀석에게 메시지를 보냈다.

— 어떤 게 두통약이에요?

— 열이 있으니까 일단 올라와 볼래요?

녀석이 답장을 보내기 전에 두 번째 메시지를 보냈다. 오래지 않아 벨 소리가 들렸다.

"신발 벗고 들어오세요."

"여기가 저세상이에요?"

녀석이 무심하게 받아치고 약통을 꺼냈다.

자기는 농담을 안 받아주는 몹쓸 타입이었다. 핑크 잠옷을 보더니 피식 웃고는 체온계를 꺼내 곧장 귀에 넣고 혼자 심각한 얼굴을 만들었다. 삐삐 소리가 나고 더 심각해졌다. 38.3도라는 숫자를 보여준 뒤 해열제를 꺼냈다.

"체온계 사놓고 숫자가 어디까지 가는지 다 써봐야죠. 아깝

게…."

"지금 농담할 상황은 아니죠."

버럭하면서도 걱정하는 눈빛이 마음에 들었다.

"약은 먹기 싫은데…."

"온도계 숫자 42까지 보고 싶어요?"

"아뇨."

"이거 먹고 30분 뒤에 안 내려가면 병원 가는 거예요. 지금 아픈 게 1부터 10까지 얼마나 돼요?"

"음… 8.72."

"농담하는 거 보니 괜찮은 거 같은데요?"

내가 가장 많이 한 거짓말은 '좋아, 나도, 괜찮아'였다. 내 생존 스킬은 적의를 드러내지 않고 웃는 것. 경쟁을 피하는 것으로 생존하는 독특한 생태적 지위를 가진 동물이랄까.

마음을 들키지 않기 위해, 지키기 위해 얼마든 비굴해질 수 있었다. 녀석은 내 거짓말을 간파하고 믿지 않았다. 뭐 먹고 싶냐는 물음에 아무거나라고 대답했다.

"먼저 블루베리 먹고 있어요. 보라색 안토시아닌이 면역력에도 좋아요."

"베리베리 땡큐. 배달 시킬까요?"

"비 내리기 시작했어요. 비 오거나 눈 내리면 배달은 안 시켜요."

위험해서 그렇다는 말을 안 해도 이해했다.

"일단 그거 먹고, 따뜻한 라면에 고기 얹어줄게요."

멋진 제안에 혀 아래가 찌릿하더니 침이 고였다. 미각 세포가 일제히 돌기되는 기분이었다.

분주한 남자 등을 이렇게 오래 쳐다본 건 처음이었다. 외모 지상주의자는 아니지만 그저 섹시한 사람이 좋았다. 그게 외모를 의미하는 건 아니었다. 집중하는 얼굴, 배려하는 손, 몸에 밴 친절, 바른 자세, 다정한 말투, 단정한 셔츠가 터질 듯한 딱 벌어진 어깨.

분주히 요리하는 등을 보다 고기 굽는 치이익, 소리로 익힘 정도를 가늠하다 뒤로 손을 뻗어 고기를 집었다. 그가 고개를 돌리자 '간 좀 봐야죠'라고 말했다.

찡그려지는 그의 얼굴에 '이 정도면 됐어요'라고 칭찬으로 응수했다. 그의 무표정에 '네, 저기 조용히 앉아 있을게요'라고 마저 오물거렸다.

잠시 후, 오목한 그릇을 데워서 가져왔다. 차갑고 넓은 그릇에 내오면 빨리 식는다는 걸 아는 게 좋았다. 작은 테이블에 마주 앉아 내가 먹는 걸 쳐다봤다. 두 팔로 턱을 괴고 민망할 정도로 쳐다봤다.

"맛이 어때요?"

심사위원을 앞에 둔 오디션 참가자처럼 간절하게 답을 원하는 눈이었다.

"시간 봐요. 뭘 먹는지보다 몇 시에 먹느냐가 중요한데…"

퉁명스럽게 말한 걸 고치고 싶었지만 늦었다.

"많이 드세요. 재판도 오후에 받는 게 낮은 형량을 기대할 수 있다잖아요. 먹고 나서 다시 생각해요."

듣는 둥 마는 둥 인스턴트와 요리 중간의 라면을 먹었다. 국물까지 모두 들이켤 기세로 허기를 달랬다. 자극적이고 훌륭한 맛이었다. 거대 자본의 맛에 자기 나름의 레시피를 더했으니 이보다 훌륭할 리가.

아래로 당겨지더라도 입으로 끌어 올리는 반대 힘을 잊지 마요. 힘들수록 먹어둬요. 굶으면 날카롭고 예민해져요. 죽지 말고 살라는 잔소리가 이어졌지만 귀를 막고 식사를 마쳤다.

"창문을 한쪽만 열면 환기가 잘 안 돼요. 제 특기가 귀를 다 여는 거예요."

그의 잔소리를 흘려들었다는 걸 굳이 이렇게 말했다.

"환기시킬까요? 그러죠, 열도 내릴 겸."

내 말을 눈치 못 채고 창문을 열었다.

"그래요. 아보카도 먹을래요? 제가 잘 깎아요."

주방으로 가 식칼을 들었다. 쇼케이스에서 잘 익은 갈색 아보카도를 꺼내 꼭지를 떼고 반으로 잘랐다. 씨가 박힌 쪽을 노려봤다. 강한 힘으로 칼을 씨에 박고 입을 크게 벌렸다. 그리고 입에 넣었다. 씨에 묻은 과육을 오물오물하다 툭 뱉었다. 칼에 묻은 과육도 혀로 핥았다.

그의 표정이 미묘하게 일그러지는 걸 느낄 수 있었다.

"왜요? 이상해요?"

"다들 어딘가 이상한 구석이 있죠. 제 나름대로 다 다르니까."

다 다르다는 말이 좋았다.

"샐러드 소스 없어요? 전 여기 파인 곳에 샐러드 소스 부어서 티스푼으로 먹는단 말이에요."

"전 간장 넣는데요?"

"와, 진짜 우리 안 맞아요."

내가 우리라는 말을 하는 게 얼마 만인지, 멈칫하며 생각했다.

오래 기억될 오늘이라는 직감이 들었다. 내 이상함을 별거 아닌 걸로 얘기하는 게 마음에 들었다. 그보다 적절한 대답은 찾기 어려울 만큼 무심코 다정했다. 그는 거친 표면에서도 결을 찾아 다독여주는 사람이라는 확신도 들었다.

다닥다닥 붙은 건물 탓에 창문 양쪽을 열어도 환기가 잘되지 않았다.

맵고 뜨거운 식사를 하느라 이마에 땀이 맺혔지만 열감은 줄어드는 것 같았다. 뭐라 말할 수 없이 촉촉한 기분이었다.

그때부터였다. 척박한 사랑에 비가 내리기 시작한 것이.

천장에 물이 새고 외풍이 거센 집 안의 촛불 같은 내게 온 사랑이었다.

지우려 해도 작은 틈만 보여도 웃풍처럼 새어 들어오겠지.

애써 눈길을 주지 않으면 곰팡이를 피워서라도 존재감을 드러내겠지.

그것도 아니라면 습기로 존재해 주변을 에워쌀 테지. 아니면 뾰족한 얼음 조각이 되어 찰과상을 입히거나.

무섭게 다가왔다.

"기다려요, 칫솔 사올 테니까. 다른 건요?"

"없어요. 아니, 케이크요."

시계를 보더니 곧 문 닫을 시간이니까 금방 다녀올게요, 하는 말이 끝나기도 전에 서둘러 집을 나섰다.

응급약처럼 빨리 사온 케이크를 깨작거리며 생각했다. 케이크 같은 녀석의 단면을 보고 싶었다. 켜켜이 쌓인 시간의 단층은 세로로 잘라야 무늬가 보였다. 어디서 지진이 났고, 주저앉았고, 융기했는지 잘라봐야 했다.

어떤 놈인지 알고 싶어졌다. 잘라보고 싶었다. 솔직히는 관심이 도무지 그치질 않았다.

"어디서 샀어요?"

간단한 질문에 왼쪽, 오른쪽 여러 번 꺾어 상세 지도를 눈

앞에 펼쳤다.

"마지막으로 작은 약국을 끼고 왼쪽으로 돌면 있어요."

그렇게 자세히 물어본 건 아니었는데.

"먹을 만하네요. 바닐라빈 듬뿍 박힌 것도 좋았고."

"좋다는 거예요?"

"나쁘지 않았어요."

"남은 거 제가 먹어도 돼요?"

"먹다 남은 걸요?"

내 말이 끝나기도 전에 남은 조각을 입에 넣었다.

"너무 맛있는데요?"

프랑켄슈타인

티라노

걱정이 도무지 그치질 않았다. 해열제를 건넸다. 약 먹기 싫다는 실랑이가 잠깐 이어졌지만, 약을 삼키고 나서는 대뜸 입을 벌려 먹었다는 걸 확인해주었다.

"여기가 성신병원도 아닌데 왜요?"

"그냥."

꼬르륵 소리가 났다. 민망해할까 봐 분주히 고기를 꺼내고 물을 올렸다. 달궈진 팬에 고기를 올리자 치익, 하며 기분 좋은 소리가 퍼졌다.

빠르게 겉만 익힌 뒤 얇게 써는데 갑자기 등 뒤에서 불순한 손이 나왔다.

도마에서 솟은 고기를 따라 고개를 돌렸다. 그새 입에 넣어

오물거리며 웃고 있었다. 조금 밀착된 기분에 몸을 뒤로 빼고 옆으로 물러섰다.

"간 좀 봐야죠."

엄지와 검지손가락을 빨면서 엄지손가락을 들어올렸다.

"이 정도면 됐어요."

그 도발적인 손이 밉지 않았다. 미운 짓을 해도 밉지 않았다. 웃음을 들키지 않으려 고개를 푹 숙이고 라면을 그릇에 담아 고기를 듬뿍 올렸다.

과분한 추임새를 넣으며 즐겁고 환하게 식사하는 모습을 보고 다시 일어서려는데 내 어깨를 짚고 불쑥 일어서더니 말했다.

"아보카도 먹을래요?"

대답도 듣기 전에 그녀는 주방용 식칼로 아보카도를 반으로 갈랐다. 그리고 큰 씨앗이 붙어 있는 쪽으로 힘껏 칼을 휘둘렀다. 강한 힘으로 칼에 박힌 씨앗을 보며 씨익 웃더니 아래턱을 내밀어 씨에 묻은 과육을 오물오물하다 툭 내뱉었다.

툭, 싱크대에 낙하하는 소리가 둔탁했다.

"왜요? 이상해요?"

"다들 어딘가 이상한 구석이 있죠. 제 나름대로 다 다르니까."

설거지한다고 고집부려서 내버려두고 지켜보는데 시끄럽

고 행동만 크지 실속은 없었다. 내가 다시 해야지.

온도가 37도 아래로 내려가는 걸 확인하고 나가려는데 다시 어깨를 지그시 눌렀다.

"그냥 여기서 자요. 바닥 말고 저기서."

침대를 가리켰다. 심장이 쿵쾅거렸다.

"부모님이 소방관이에요?"

"정확히는 의용소방대원이요."

"그럼 안전하니까. 최소한 불은 안 지를 거 같아요."

슈퍼싱글 침대에 둘이 바르게 눕자 작은 어깨가 닿았다.

"제가 안쪽으로… 벽 보고 자는 게 편해요."

갑자기 몸을 옆으로 뉘어 팔로 머리를 받히고 나를 쳐다봤다.

"이렇게 하면 좀 여유 있죠?"

3개월 뒤 내 처지를 잊어버릴 만큼 사고처럼 부딪힌 사람이었다. 이건 자연재해다. 면책사항이란 말이다.

"저기 근데, 이름이 뭐예요?"

뻘쭘해서 먼저 물었다.

"네? 너무 빨리 물어보는 거 아니에요?"

"잠깐 사이 별별 일이 다 있었잖아요."

웃음이 잔뜩 섞여 있었다. 흔한 이름이었다. 입안에서 굴려서 몇 번 발음했다.

"그냥 우리 둘이서만 부르는 이름으로 부를까요?"

"나쁘지 않네요… 아니, 좋아요."

"전 그럼 티라노. 이건 워낙 오래된 별명이라 친구들이 다 그렇게 불러서 익숙해요."

"티라노 사우루스를 좋아해서요?"

"네. 그럼 그쪽은요?"

"전 마리요."

난 눈썹을 슬쩍 들어 올리는 것으로 대신 물었다. 이름의 기원을.

"프랑켄슈타인 작가 이름이 마리 셸리거든요."

"아, 아… 내 이름은 프랑켄…."

좀비 흉내 낸답시고 두 팔을 앞으로 뻗고 고개를 팍 꺾어 신음했다.

"저기요, 프랑켄슈타인은 크리처를 만든 박사 이름이에요. 좀비 아니고요."

서둘러 두 팔을 회수하고 머리를 긁적였다.

"아, 그게 좋아서요. 야구공 축구공 다 이어 붙인 거잖아요. 땜질하고 기워가면서 사는 거죠. 다들 겉가죽은 헤지고 꼬멘 자국이 역력해요."

점수 따기 위한 멘트였다. 그렇게 시작된 마리와의 시한부 연애였다. 마리가 물에 빠진 순간 후회했던 것처럼 나 역시 후회했지만 늦었다. 허우적거리며 사랑해버렸다.

애정은 어디에도 숨길 수 없었다. 들켜버렸다. 마리가 두 살 많다는 것과 카페를 운영하지만 자기는 다큐멘터리 감독이 되고 싶다는 미래 얘기를 했다.

"먼 친척 중에 프로덕션 하는 분이 계셔. 나랑 3.125% 유전자를 공유하지만 같은 관심사 때문인지 4촌보다는 친하다고 봐야지."

내 미래는 없다고 보는 게 옳았겠지만 오래전, 가졌던 꿈을 신나게 풀었다.

그러면서 과거의 나를 빗대 어필하는 게 약간의 죄책감도 들었다. 지금은 어떻게 죽을지 계획 세우는 하찮은 인생 아닌가.

그래도 어떻게든 좋은 인상을 심어주고 싶었다. 마리는 목표와 꿈에 가득 찼던 내 이야기를 흥미롭게 들었다.

"말 편하게 해."

"그러든지."

"어? 미리 말하지만 쉽게 보지 마. 이런 경우는 처음이니까. 네가 엄마, 아니 네 아빠에게도 있기 전, 그러니까 자연에서 떠돌아다닐 때 난 이미 인간의 형태를 띠고 있었어."

알았다고 달래고 다시 열을 재 36.8도를 확인하고 안심했다.

"그거 알아? 흐린 날, 밤에 스스로 죽으면 유령이 된다는 속설이 있대. 햇살 눈 부시고 따뜻한 날에는 스스로 죽어도 가뿐하게 떠날 수 있어. 이 세상이 싫으면 따뜻한 햇살 내리쬐는 날, 오후 1시에서 3시 사이에 죽어. 세상에 갇혀서 유령이 되지 말고. 이 세상이 싫어서 떠난다면서. 계속 남아있으려고?"

"미끄러진 거라니까."

"마음을 해석하는 데는 두 계절 이상 시간이 필요하댔어. 여름 마음은 겨울에, 겨울 마음은 여름에 해석해야 옳다고 봐. 그릇을 더 키우는 물리적 시간. 그 그릇을 렌즈로 들여다봐야 하고. 그런 적 없어? 그때는 나쁜 일인 줄 알았는데 지나고 보니 나쁘지 않았던 일. 인생의 많은 경우 O나 X로 바로 채점할 수 없더라고. 시간이 지나면서 바뀌기도 하잖아."

옅게 코 고는 소리가 들렸다. 불쌍하게 몸을 말아 잠든 모습을 보며 생각에 빠졌다. 이게 대체 무슨 상황이지. 이래도 되는 건가. 상황 인지가 덜 됐나. 위기 아니면 공황인 내 마음에 이런 호황은 없는데….

시간을 되돌려 모두 환각에 빠진 시대로 가고 싶었다. 뭐든 넉넉하고 여유 넘치는, 사랑도 넘쳤을 거품 위에서, 위태로울지언정 다 함께 춤추고 싶다는 망상으로 잠을 자려는데 마리가 불현듯 눈을 떴다.

물을 많이 푼 연한 수채화처럼 수수하고 예뻐 말없이 바라봤다. 눈앞에 맺힌 상이 너무 영롱했다. 심장을 핥고 지나간 청량한 느낌이었다.

벌떡 일어난 마리가 낮은 포복 자세로 오더니 얼굴을 가까이 하고 얘기하려다 입을 맞췄다. 아직 떨어지지 않은 마리의 체온에 입술을 포갰다. 내 볼에서 따뜻한 눈물이, 입에서는 짠맛이 났다. 마리의 갈라진 입술이 촉촉해졌다.

"이게 뭐야. 제일 안 이쁠 때…."

마리가 나를 밀어내고 가볍게 어깨를 때렸다. 입술을 다시며 멋쩍어했다.

"야망 있네?"

"입술을 먼저 댄 게 누군데요."

"내 덧니를 더듬은 게 누군데요? 그 정도 열정이면 전구 하나쯤은 밝힐 수 있겠는데요?"

웃을 때 살짝 보이는 왼쪽 덧니와 볼 가운데 보조개가 좋았다. 어지럽고 아찔한 기분에 휩싸였다. 마치 놀라운 예술작품이나 경이로운 풍경을 맞이했을 때처럼 입이 마비되고 숨이 잠시 멎었다. 현기증이 일어 비틀거렸다.

"내 불안에 기꺼이 투신해준 네가 좋았어."

무서운 기분에 휩싸였다. 어쨌든 마리는 살리고 싶었다.

"영원히 붙들고 간직할 그림자 같은 불안 아니야? 언제나 가장 가까이에서 서성이겠지. 살아있는 동안 빛 아래에서 함께 추는 춤이야. 탱고. 왈츠. 네가 리드해. 불안은 네 손발을 따라서 움직일 테니까. 그림자가 움직이더라도 휘둘리지 마. 빛이 흔들릴 땐 네가 벗어나면 돼. 그뿐이야."

밤이 예뻤다. 어두워서 더 가까이. 숨소리와 박동을 느끼고 누가 먼저랄 것도 없이 잠들었다.

의식이 먼저 깼지만 일정하고 옅은 고르릉 소리에 일어날 수 없었다. 잠시 후 마리가 뒤척이자 끄응 소리를 내며 몸을 일으켰다.

"잘 잤어? 숨소리가 너무 듣기 좋아서 듣다가 잠들었어."

"코 안 골았어?"

마리가 물었다.

"작은 파도가 발목을 간지럽히는데, 가끔 큰 배도 지나갔어."

잔뜩 부은 얼굴이었다. 꿈에서 누구와 드잡이를 했는지 머리와 이불도 마구 헝클어졌다. 그런데 이상하게 가장 못생긴 모습에서 편안함과 매력을 느꼈다.

"그만 봐."

마리는 곧장 자기가 쓸 샴푸와 바디워시, 각종 화장품, 옷을 잔뜩 주문했고, 박스를 정리하는 데만 네 시간은 걸렸다. 집의 절반 이상이 마리의 물품으로 가득 차버렸다. 도둑처럼 다가와 아예 점령군처럼 굴었지만 좋았다. 난 여성용품이 이렇게 다양한지 처음 알았다. 마리는 생활용품 숍에서 산 디퓨저를 버리고 직접 에센셜 오일과 발효주정 베이스로 만든 디퓨저를 곳곳에 배치했다. 그러면서 방, 욕실, 거실 겸 주방, 내 차의 향기가 다르다고 자랑했다. 그 순간이 마치 슬로우모션처럼 느껴졌다. 공간마다 다른 향기를 열정적으로 설명하는 마리의 모습과 옆을 지날 때 일어나는 작은 바람이 무척이나 좋았다.

"방금 로즈오또 향기가 어떻다고 했어?"

"뭐? 즈오또?"

"그래, 리즈오또나 먹으러 가."

그러고는 장난스럽게 목 뒷덜미를 잡고 문을 나섰다. 매일 만나 탐색전을 펼치며 구조를 파악했다. 체리 요거트 향기가 도는 단 살냄새가 좋았다. 매일 장을 보는 데만 두 시간을 소비했다.

"너랑 보내는 두 시간은 마음에 쏙 드는 음악이 연속으로 흐르는 것 같아. 무작위 속에서도 질서를 가지고 내 취향대로 흘러나오는 플레이리스트."

마리의 말이 예뻤다.

우리는 종종 이케아에 갔고, 작은 소품을 사며 즐거워했다. 피곤에 못 이겨 쇼룸에서 바지에 손 집어넣고 자다가 쫓겨난 뒤로 얼씬도 못했던 곳이었다.

"근데 왜 시계가 안 움직여? 고장 났으면 고쳐야지."

"그냥 액세서리일 뿐이야."

"역시 알람도 없어. 역시 카시오가 더 좋아."

2주간 함께 보낸 시간은 사랑에 빠지기에 충분했다. 공항에서 비행기가 이륙하는 걸 보고 함께 퇴근하며 해넘이를 보는 게 좋았다.

"하늘이 핑크빛으로 물드는 거 봐. 보든 말든 아름다움에는 변함이 없어. 두루미의 우아한 날갯짓, 나비의 흔들리는 저공비행을 놓치고 있어도 가치는 그대로지. 경이로움은 생명 그 자체로 완성되는 거 같아. 지금 이 시간, 이 구도에서 보는 건 우리뿐이니까."

"죽지 말라는 말을 이렇게 하는 거야?"

난기류를 겪은 뒤 생긴 마리의 공황에 대해서도 얘기를 들었다.

"마음은 누르면 알아. 아프거든."

내 팔뚝을 꼬집었다.

"이런 데는 아프지 않아."

이번엔 팔꿈치를 꼬집었다.

"여기도 괜찮지."

마리가 대뜸 자기 볼을 찔렀다.

"볼은 귀엽지."

그리고 내 볼을 있는 힘껏 꼬집었다.

장난으로 되받아쳤지만 뭘 해도 밉지가 않았다. 사실보다는 느낌에 가까웠다. 이게 사랑이구나. 이해할 수 없는 것도 받아들이는 불공정 계약, 역시나 사랑이었다.

***

침대 안쪽은 마리 차지였다. 어떤 주제로도 이야기할 수 있는 넓은 품을 가진 마리가 좋았다. 좋아하는 취향이 조금 다른 데서 차이를 느꼈지만 그 정도는 괜찮았다. 보이지 않는 촉수로 서로의 구석을 건드리며 가능성 여부를 가늠했다. 그러다 발견한 거친 표면은 상처였다.

우린 약속이나 한 듯 동물처럼 서로의 상처를 읽었다. 마리는 좋아하는 것과 싫어하는 것 중에서 싫어하는 것을 더 명확하게 설명했다.

"내가 정말 싫어하는 영화를 재밌게 봤다고 했을 때, 멀어지는 걸 느꼈어. 완전히 다른 정치적 견해를 가진 것만큼. 어쩌면 그보다 더. 다행히⋯ 네 취향은 좀 고쳐서 쓸 만하다고 봐."

"고마워."

얼떨결에 고맙다고 해버렸다.

"난 거짓말 하는 걸 제일 싫어해. 청소하다가 침대 밑에서 발견했는데 사진첩을 좀 봤어. 촌스러운 옷이랑 헤어 스타일은 여전하더라. 아깐 대충 봤어. 다시 좀 봐도 돼?"

어쩔 수 없이 사진첩을 가져와 가족 소개를 해야 했다.

"아빠는 장애가 있어. 오른쪽 어깨가 굽고. 엄마는 키가 좀 크신 편이야. 성격 좋고, 최고지. 엄마 역할 잘하시지."

"엄마 역할이 어딨어? 엄마면 그냥 엄마지."

"그러네. 아무튼 최고의 엄마야."

"아빠 얘기는 금방 건너뛰는 거 같은데?"

눈치가 엄청 빨랐다.

"아빠랑 사이 안 좋아?"

"꼭 그런 건 아닌데. 평생 처음 아빠에게 맞은 뒤로…."

나는 괜히 머리를 긁적였다.

"왜?"

"대학 가기 전에 자동차 사고가 났어. 차가 박살 나고 집 일부가 무너지는 큰 사고였는데…. 큰 소리에 아빠가 오자마자 긴장했지. 무지 화났는지 차는 거들떠보지도 않고 터벅터벅 걸어오는 거 있지? 일그러진 팔로 비틀거리면서 휘두르는데… 손을 피할 수 있었지만 그냥 맞았어. 두세 번 더 맞았어. 맞아준 거지. 아빠가 더 비참해질까 봐. 근데 괜찮냐고 나한테 먼저 물어봐야 하는 거 아니야?"

"뭐, 그렇지…."

"귀가 얼얼하더라고. 근데 아빠도 떨고 있었어. 뒤늦게 엄마도 놀라서 뛰어오고…. 나랑 아빠만 아는 사건이야. 둘만의 비밀 같은 거."

"화해할 타이밍을 놓친 거구나?"

"지금에 와서 꺼내기도 어색해졌지. 그 일이 있고 나서 난 대학에 갔고."

"얘기해줘서 고마워. 할머니 인상이 참 좋으시네."

"그건 옆집 할머니."

"꼭 친할머니한테 안겨 있는 거 같아."

"대를 이은 오랜 이웃이니까. 아, 사고 났을 때 할머니 울타리도 좀 부서졌어."

"미친."

"할머니가 그러더라. '망치는 데 재주가 있으면 컴퓨터공학과 대신 철거학과를 가.' 농담 잘하고 좋은 할머니야. 말은 좀 많으신데 학생 때 몰래 담배 피우던 것도 비밀 지켜주셨어. 텃밭에서 기른 토마토 주면서 토마토가 자라는 게 얼마나 신기한지 종일 얘기하고 비행기 뜨는 게 신기하다는 말로 이박 삼일은 얘기할 수 있으셔."

집에 자주 가냐는 물음에 요즘은 안 간다고 했다.

"전국 일기예보에서도 나오지 않아. 그래서 바로 옆 큰 도시의 날씨로 지레짐작해. 생태관광을 내세워 낮에는 새를 탐조하고, 밤에는 별을 관찰하는 곳이야. 아, 처음 만났을 때 새좋아한다고 했지?"

"날아다니는 건 다 좋아해. 새야 물론."

"아무튼, 소도시라 직업적 제약은 있는 편이고. 근처에 큰 공장이 있어서 거기 다니거나 운수업, 어업, 농업, 공무원, 서비스업 정도? 먹고 사는 데 크게 문제없지만 재미는 없어."

"왜?"

"발레리나, 아나운서, 펀드매니저 이런 직업은 없어. 여긴 예전에 유행했던 중세 성곽 모양 건물인데 공주님, 왕자님 많던 어린이집에서 요양병원으로 바뀌었어."

"이 사진은 뭐야?"

"우리 집. 1층이 아빠 사진관이고 2층은 집."

"이름 좋네. 원프레임."

"초음파 사진 빼고는 다 찍습니다. 여긴 원프레임입니다. 전화 오면 그렇게 말씀하셔서."

마리가 웃었다.

"넓은 마당까지 있어서 간단한 야외 촬영도 겸해. 벤치, 큰 그네도 있고 초승달 모양 조형물도 있어. 촌스럽지만 밤에는 빛이 나는 게 예뻐. 거기서 낮잠도 자고 뛰어놀고 햄스터도 묻었지. 어릴 때 키우던 강아지도."

"햄스터 무덤치고는 굉장한데?"

"굉장히 사랑했으니까."

"햄스터 만 마리 매장해도 될 거 같은데."

뭔가 반박하고 싶은데 마땅한 내용이 떠오르지 않았다. 오
묘한 여자였다.

"이 사람은 누구야? 첫사랑?"

"아니, 친구. 라디오 진행하는데 잘되는 중이야. 실은 나도
게임 만들었을 때 홍보 도움 좀 받았어."

"뭔데?"

"나도 잘 안 들어서 자세히는 모르지만 티타임즈라는 코너
맡아서 해. 매주 한 시간이었나, 두 시간이었나. 검색해보면
나올 거야."

마리가 휴대폰을 만지작거리다가 음량을 높였다. 차분하고
감미로운 오프닝 음악이 흘렀다.

행복을 만드는 레시피는 심플합니다.

불과 칼을 쓰지도 않아 안전하기도 하고요.

행복 방정식은 빼기와 나누기만 할 줄 알면 됐습니다. 불쾌를 빼

고 행복을 쪼개 한 입 크기로 잘라 먹는 건 어떨까요?

오늘은 엔젤클럽 멤버이신 할머니 음성으로 인사드립니다.

관찰당하며 살았어. 남의 시선에 많이 신경 써서 상처도 많이 받았지. 안 그랬어도 됐는데…. 내가 관찰하는 입장이 되는 게 얼마나 좋은지. 비밀스러운 사생활을 가지면 거짓말 안 해도 된다는 게 좋아.

남들이 나를 봐주는 거? 아무 의미 없어. 내가 얼마나 많은 걸 보고 느끼는지가 중요해. 상을 받는다면 최대한 많은 신인상을 받고 싶어. 1등 못 해도 괜찮아. 최대한 찝쩍대고 껄떡댈 거야. 세상이 날 갖고 놀았으니까 이제 내가 희롱할 차례야. 전문가는 못 돼도 애호가는 될 수 있으니까.

총총한 밤, 티타임즈입니다.

"친구 목소리 좋은데?"

"필터 입힌 목소리야. 목에 버터 발랐나? 원래 쇳소리 나는데. 좀…."

"좀 뭐?"

"성질머리가 좀 있다고 봐야지."

"조용히 해. 다른 것도 들어보게."

스크린 창을 여러 개 띄우는 것보다 중요한 건 창문 밖을 뛰어넘는 거 아닐까요?

스크린 속 태양은 차가운 밤을 밝힐 수 없어요. 전체를 조망할 때

느끼는 압도감이야말로 감동이에요.

거대한 자연 생태계에 속해 있다는 걸 느껴보세요. 문 열고 나가서 마주친 낯선 사람에게 말을 걸어보는 거죠.

"오늘 날씨 좋네요. 강아지가 정말 예뻐요. 강아지는 얼마 주고 사셨어요?"

농담입니다. 마지막은 뺄게요. 대상은 할머니로 하죠. 버스 정류장에 앉아 있는 할머니에게 말을 걸어보세요. 세월이 선사한 능숙한 스몰토크가 뭔지 일대일 과외로 알려주실 거예요.

자연스럽게 아는 길을 모르는 척 물어보는 것도 좋아요. 할머니들이 모여 있다면 이건 기회입니다. 당장 길을 물어보세요. 얼마나 열정적으로 가르쳐주실지 안 봐도 선합니다.

길을 가르쳐주면서 입에 먹을 걸 넣어줄 거예요. 손에는 간식이 들려 있을 테고요. 따뜻한 익명에게 받는 뜻밖의 친절은 심부온도를 올려줘요.

당신은 사랑의 유통 시스템이 웜체인으로 돌아간다는 것을 알게 되실 거예요. 콜드체인 속에서 얼었던 마음을 녹이게 어서 탑승하세요. 햇볕이 잘 드는 가장 좋은 창가 자리로 안내해 드릴게요.

총총한 밤, 티타임즈입니다.

기생충

♀

마리

음악 플레이리스트, 독서 리스트, 마트 쇼핑 리스트만 손에 쥐어주면 그 사람의 관심사, 감정, 체형까지 알 수 있다.

음악은 차에서 들었고 독서는 집에 굴러다니는 책으로 가능했다. 마트에서의 행동 분석만 남았다.

"뭐 살 거 있는데 같이 가자."

트레이닝 바지와 로고가 해진 유니섹스 아디다스 티셔츠를 입었다. 어깨가 허전해 현관에 걸린 에코백을 맸다. 대형 마트에 갔을 때 우리는 약속이나 한 듯 서로의 걸음을 늦추거나 빨리하지 않고 한 코너로 향했다. 우리 걸음이 동시에 멈춘 곳은 원두 판매코너였다.

"설마…."

"혹시…."

"어?"

우리는 서로 원두 한 봉지씩 들었다. 내가 먼저 냄새를 맡았다.

"여기 보면 작은 구멍이 있어서 냄새부터 맡고 나서 움직여."

"와… 나도. 여기 구멍 뚫어놓은 거 너무 좋아. 원두 향기 쭉 맡고 장 보는 거지. 새로운 거 나오면 궁금해서 다 맡아봐."

"궁금한 게 많아서 먹고 싶은 것도 많으시겠어."

괜히 심술궂게 대답했지만 같은 동선으로 움직이는 데 적잖이 놀랐다.

"이건 어때? 나쁘지 않은데?"

내가 든 원두 봉지를 건넸다.

"너무 좋아."

내가 부정형으로 말한다면 녀석은 긍정으로 말했다. 내가 긍정으로 말한다면 '죽는 게 좋아?' 정도가 아니었을까. 바로 그 점이 녀석을 연쇄살인 혐의에서 완전히 벗어나게 했다. 세상을 보는 렌즈가 달랐다. 내가 못 보는 걸 볼 수 있는 안경이었다.

마트에서 세탁세제와 섬유유연제, 그릭요거트, 아보카도, 물티슈와 불고기 밀키트를 샀다. 내 에코백에는 아보카도와

물티슈를 담아줬다. 적당한 무게를 얹자 어깨가 편했다. 그러곤 이케아에 가서 함께 작은 가구와 클립 몇 개, 슬리퍼, 모서리 보호대를 무심코 담았다.

동선을 꼬아놓은 이케아 전략에 기꺼이 말려 함께 쇼룸을 구경하며 미래를 잔뜩 상상했다.

내 취향을 잘 반영한 쇼핑 목록에 예쁜 그릇이나 티셔츠라도 사주고 싶어져 물었더니 받는 건 싫다고 했다.

'그렇다면 난 모서리가 될 작정이야. 주의점, 불편함이 되겠어.'

속으로 말했다.

"돈 나가는 소리는 얄미울 정도로 맑지 않아? 텅텅거리는 소리가 어울리는데 짧고 경쾌한 소리는 사람 속을 긁어요. 결제가 완료되었습니다? 장난하나…. 당장이라도 결제 회사에 전화해서 따지고 싶다니까? 죄송하지만… 결제가… 완료… 되었습니다…. 아주 미안한 어조로 얘기해야 맞지 않을까?"

손 마이크를 쥐고 녀석에게 넘겼다.

"네, 틀린 말은 아니네요."

존댓말로 응대했다. 장난스럽고 즐거운 장보기가 놀이처럼 느껴졌다. 돌아오는 차 안에서도 웃음이 끊이지 않았다.

"나 사실 다 기억해. 네가 구해준 모든 순간, 내 뺨을 때렸지."

일순간 그의 웃음이 멈췄다.

"정신 차리라고."

"너무 웃겼어. 맞은 적이 처음이었거든."

"어쩐지 웃으면서 끌려 나오길래 실성한 줄 알았어. 얼마나 무서웠는 줄 알아?"

"나도 내가 미친 줄 알았어."

우리는 규칙 세 가지를 만들었다. 첫째, 방에 들어간 사람이 거실로 나올 때 노크하는 것. 둘째, 화장실에 들어갈 때 이어폰을 끼고 알렌워커 음악을 크게 듣는 것. 셋째, 얼굴 보고 못 할 말이라면 전화나 메시지는 안 된다는 것. 포옹한 상태로 말하는 것이었다.

무엇보다 중요한 이유는 장문의 메시지에 대한 노이로제가 있었다. 구구절절 중언부언 말이 많고 회피하는 건 질색이었다.

집에 도착해 늦은 저녁을 먹고 밤 산책을 했다. 혼자서는 못 하던. 밤공기가 달았다.

"근데 왜 그랬어?"

내내 괴롭히던 질문을 아무렇지 않은 듯 물어왔다.

"…길어."

난 무의식적으로 에코백을 왼쪽으로 바꿔 맸다. 내 입이 열릴 때까지 기다릴 태세라 결국 입을 열었다.

"어릴 때부터 괴한이 날 납치했을 때 반응을 통해서 사랑의 깊이를 가늠할 수 있다는 철없는 생각을 하곤 했어. 부모님은 납치범에게 얼마나 지불할 수 있을까? 그게 이어져서 갑자기 이별을 통보하는 습관으로 이어졌고, 결국은 내가 나를⋯."

여기서 말을 끊었지만 녀석은 더 말하라는 눈으로 계속 고개를 끄덕여 하는 수 없이 말을 이었다.

"마음 깊숙한 곳에서 이별을 통보하면 붙잡아주기를 바랐던 거지."

"솔직히 얘기해줘서 고마워. 다시는 그러지 마. 진짜 죽어."

"어떻게 10초 만에 죽어? 빨리 뛰어들었잖아."

"그렇게나 빨랐어?"

"응, 계산적인 남자는 싫어. 넌 계산을 못 하는 거 같아. 그러니까 뛰어들었겠지. 근데 왜 뛰어들었어?"

내가 되물었다.

"계산을 못 하니까."

"뭐야."

"곤경에 처한 걸 두고 보면 그 그림이 오랫동안 남아서 날 괴롭힐 테니까 결국 날 위해서 뛰어든 거지. 더구나 잠수도 곧잘 하고."

결국 계산 못 한다는 말을 돌려서 하는 정성에 나도 다 게워내고 싶어 벤치에 앉았다.

"집에 있어도 집에 가고 싶었어. 엄마의 재혼, 아빠의 재혼 그리고 각자 자식들이 있어. 테니스 공이 네트에 걸린 거지. 다른 공으로 교체된 셈인 거야."

녀석이 했던 것처럼 아무렇지 않게 말했다.

"그래도 사랑해서 태어난 거잖아."

"아니, 피임 실패였을 뿐. 처음엔 날 지우려고도 했었대. 난 살아서 돌아온 낙태아지. 누구도 원하지 않은 생명체. 가정의 온기가 미치지 않는 영향권 밖으로 밀려나버렸거든. 내가 엄마, 아빠 집에 가면 어서 오라는 인사보다 물음표가 화살처럼 날아들어. '왜? 여기서 자고 가게? 괜찮겠어?' 걱정하는 말투지만 그 걱정이라는 게 내 걱정은 아닌 얼굴이야. 엄마 가족에게도, 아빠 가족에게도 이방인이 된 지 좀 됐어. 입국 심사대에 선 거지. 방문 목적은? 머물 곳은? 언제 돌아가? 위아래를 훑으면서 요즘 뭐해? 묻는 건 내가 뭐 하는 줄도 몰라서야. 잠깐만, 하곤 등을 보이고는 종종걸음으로 다가와 몰래 돈을 쥐여줘. 인사만 하고 돌아갈게, 해도 표정부터 식어. 괜찮지 않은 건 엄마, 아빠였어. 요즘은 바닥에 국경선 긋고 대치하는 모양새야. 핏줄로 목을 조르지."

간혹 고개를 끄덕이며 귀담아듣는 표정이라 안심하고 담담하게 말을 이었다.

"너 그거 알아? 형사법원보다 가정법원이 더 살벌한 거. 분

홍빛 마음이 핏빛으로 물들어. 난 사람 죽이는 놈들보다 관계가 더러운 게 더 무서워. 가장 아픈 곳을 잘 아니까. 아픈 곳만 찌르니까."

"…."

"그건 그렇고 너희 아버지는 어떤 분이신데?"

녀석이 침을 꼴깍 삼켰다. 깊은 생각에 빠진 얼굴이었다.

***

"하나에서 당겨줘. 알았지? 마음의 준비 해야 하니까 열에서부터 시작해줘."

어린아이 목소리로 말했다.

"열, 아홉, 여덟, 하낫! 외마디 비명과 비릿한 맛이 입에 맴돌았어. 일제히 침묵에 휩싸였지. 그 싸늘한 적막과 이어진 웃음이 기억나. 아빠가 한 유일한 거짓말은 흔들리는 앞니를 뺄 때뿐이었으니까."

"난 그런 추억도 없는데. 치과에서 뺐거든."

"아무튼 그랬어."

"더 얘기해봐."

아빠 같지 않은 내 아빠와 비교되는 것에 미안한 눈치였다.

"사춘기 때는 막말도 서슴지 않았어. 왜 본업보다 다른 일에 더 몰두하는 거야? 다른 사람이 배고프다고 하면 아빠 살을 떼어줄래? 춥다고 하면 아빠 몸에 불을 붙일 거야? 내가 볼 때 그거 권력욕에 가까워. 그저 그런 삶이니까 인정욕구로 사는 거야! 하면서."

"그건 너무했다."

"친구랑 싸웠는데 걔가 형을 데리고 와서 도망쳤을 때도 아빠에게 따졌어. '왜 나만 낳았어? 동생이라도 낳아서 2대 2로 싸우게 해줘야지!' 어린 나는 아빠, 엄마에게 울면서 대들었지. 그러고 보니 미안한 마음이 가장 크네."

"그런 마음이 드는 게 부러워."

"저번에 말했던 사고 이후에 크게 혼나고, 그 뒤로는 좀 서먹서먹해. 화해를 다 못 하고 난 떠났으니까. 걱정이 분노로 이어지는 걸 이해 못 하는 건 아닌데…."

"당연하지."

"아무튼, 남을 더 챙기는 사람이야. 속내를 모르겠어. 아빠는 바깥에서 느낀 절망을 절대 집으로 가져오지 않았어. 힘들 때 오히려 좋아하는 간식과 과일을 들고 오신다는 걸 알았지만 살갑게 표현을 못 했고. 세상이 무너져도 같은 일상을 유지했을 분이지. 무겁게 든 간식을 보고 기뻐하는 얼굴 대신 자는 척하는 얼굴만 보여드린 게… 미안해."

"좋은 아버지셨네. 난 원망도 없고 아예 무관심이야…."

"그나저나 진짜 집은 어디야?"

"안 가. 추워서."

"뭐?"

난 두 팔을 벌렸다.

규칙3. 앞서 한 약속을 알아차리고 포옹한 상태로 말했다.

"어릴 때 친구 집에 놀러 갔었는데, 벽지가 엉망인 거야. 세계지도와 알파벳 그리고 삐뚤거리는 낙서, 연필로 그린 키높이 선까지. 집에 가기 싫어서 울고불고 난리 피웠지. 거기가 내 집이었으면 좋겠다고 생각했어."

무덤덤한 내 등을 더 세게 안았다.

"우리 집은 다 모여 식사할 때 왠지 모를 긴장감이 넘쳤어. 남들은 브로콜리 헬리콥터와 당근 비행기가 날아다닌다는데 우린 종종 그릇과 포크가 날아다녔거든. 긴장의 연속이었어."

"무서웠겠다."

무서웠겠다는 그 말이 아이를 달래는 말 같았다. 포옹으로 표정을 숨길 수 있다는 사실에 감사했다.

"넌 위험하지 않았어. 여자 감각은 위험을 감지하는 데 특화돼 있어서 알아. 넌 재봉선이 없는 옷 같다고나 할까. 구김이 없어. 볼풀장에서 노는 것보다 안전해."

"단순하다는 거지?"

"마음대로 생각해. 사실 난 누더기 옷이거든. 서툰 바느질로 덧대고 꼬맨 자국이 역력해. 프랑켄슈타인….”

“그래서 마리라고 한 거야? 근데 뭐… 안 그런 사람도 있나?”

손목을 낚아채면서 포옹이 풀렸다. 내가 먼저 말했다.

“이거? 아….”

“설명 안 해도 돼.”

내 손목을 어루만지고 눈은 나를 응시했다.

“어차피 굴곡 없으면 못 읽어. 흉터 있어서 좋아. 목소리, 행동, 말투, 머뭇거리는 지점, 웃는 지점, 빡치는 지점. 그리고 공백.”

손목을 뺄 생각도 못 하고 내맡겨버렸다.

“점자처럼 마음을 더듬어보는 거지.”

긴 켈로이드 상처를 손끝으로 만지다 손바닥 전체로 토닥였다.

“전쟁의 참혹함을 보여주려고 꼭 피가 낭자하거나 내장이 널브러진 게 아니어도 돼. 주저앉은 아이의 말라붙은 눈물과 피곤한 얼굴도 충분하지 않아? 얼굴에 고단한 게 다 보였어.”

“티 나?”

포옹을 풀고 얼굴을 봤다. 그가 다시 포옹했다.

“사랑받는 강아지는 윤기가 흘러. 몸짓, 표정만 봐도 알아. 넌… 내가 보기에 그게 부족해 보여. 무한한 신뢰. 깨끗하고 화려한 욕실인데 거울이 없는 거 같아."

"내가 강아지야…?"

내 마음을 들여다봐 주는 게 너무 좋아서 꽈악 끌어안고 고개를 틀어 귓불을 깨물었다. 장난스런 비명과 웃음이 이어 졌다.

"불 꺼도 돼?"

"왜?"

"어두우면 더 잘 보일 거 같아서."

"응, 꺼."

"블랙은 빛을 다 흡수해서 그렇잖아. 안은 빛으로 가득 차 있지 않아? 빛은 또 온기를 품고. 이 안에 빛과 온기가 함께 있는 거야."

확신에 찬 어조가 좋았다. 넌 할 수 있을 거야, 될 수 있을 거야, 식의 두루뭉술한 위로보다 존재 자체의 인정이 필요했 다.

보호자가 없는 기분은 자기 존재를 끊임없이 의심하며 사 는 것을 의미했다. 옷을 벗고 활보하면 누구나 쳐다본다고 느 끼듯. 실제로는 옷을 입고 있으면서. 스치는 시선조차 폭력이 되는, 완전한 약자가 되는 시간들이었다.

피해자는 결국 가해자가 됐다. 방어흔은 주저흔이 되어 몸 에 남았다. 평생 꺼내놓지 않고 썩어가던 기억을 꺼내 햇볕에 말려준 기분이었다. 창피한 기억을 창피하지 않게 만들어주는 진심이 고마웠다.

'너 이씨… 맘에 든다.'

"용기 있어. 여자로서도 예쁘지만 인간 자체로 존경스럽고 멋있어."

"그건 아니다. 오바하지 마."

"가장 큰 용기는 나약함을 드러내는 거라고 생각해."

"포장 잘 해줘서 고마워."

"내민 손을 잡는 건, 나중에는 내가 도와준다는 무언의 계약이나 마찬가지 아니야? 힘이 이동하는 경로가 손이라고 생각해."

"근데 내가 내민 손보다 목을 먼저 졸랐잖아요."

"아, 물속에서?"

꽤나 진지하던 분위기가 다시 제자리를 찾았다. 다시 포옹을 풀고 얼굴을 봤다. 내 얼굴을 안 봐도 한결 편해진 것을 느낄 수 있었다.

"목을 감싸고 헤엄쳐야 나도 살지. 원래 기절시킨 뒤에 편하게 끌고 오려고 했어."

"넌 알싸하고 독특해. 확실히 대중적이진 않아. 그래도 마니아 취향도 있으니까 희망을 잃지 마."

"이거 욕이야, 칭찬이야? 분명히 해."

"칭찬이야. 넌 명품 브랜드나 패션을 모르니까 더 좋아."

"…."

"음… 또 말하자면, 사방에 떠벌릴 블로그, SNS 채널 있으면 싫어. 넌 없지?"

"내가 바보인 걸 굳이 알릴 필요는 없어서 안 쓰지."

"그거 알면 바보는 아니네."

"나 좋아해야 하는 거지?"

"그러든지. 근데 왜 하필 인도 바라나시에 먼저 가고 싶어?"

"자동차 경적이 난무하고 무질서하고 시끄럽지만 그 안에 질서가 있어. 그래서 그게 내 머릿속 같아. 질서를 찾지는 못했지만…. 블로그에 있던 여행지는 다 가봤어?"

"뭐, 그런 셈이지."

"대답이 왜 이리 시원찮아?"

"실은, 가보지는 않았어. 여러 가지 자료 조합해서 올린 거지. 자세히 계획을 세우면 가지 않아도 간 것 같아서."

"그랬구나. 내가 대신 가보고 얼마나 좋은지 전해줄게."

"그럴 땐 얼마나 좋은지 설명해줄 거 없어. 그냥 데려가 줘. 분명 나도 좋아할 테니까."

그렇게 말하고 손을 내밀었다.

"난 약속 안 믿어. '조만간 놀러 가자'는 싫어. 어디로 갈까?

하고 손잡고 이끄는 사람이 좋아."

"좋아."

그가 손을 맞잡았다.

"나 그럼 이제 하숙생이야?"

"아니, 기생충."

"됐어, 네가 내 인질이야. 알았어?"

"기생충은… 기생충은…."

뭔가 반박하려다가 끝내 눈을 치켜들고 고개를 저었다. 완벽한 KO패.

"그래, 기생충은 뭐? 그다음 말은 생각 안 나지?"

"응."

말로는 절대 못 이길 걸 알면서도 애쓰는 게 귀여워 뺨을 쓰다듬었다. 콜라만 마시다가 시원한 얼음물을 마신 느낌이었다. 나를 돌봐주는 기분. 위태로움에서 벗어나 안전해야겠다. 살고 싶어졌다.

장르도 바뀌었다. 멜랑콜리는 질렸고, 멜로는 따분하다. 로맨틱 스릴러는 무섭고 코미디가 좋겠다. 기분이나 낼 겸 뻔한 질문을 했다.

"어디가 예뻐?"

만약 전부라고 대답한다면 삐친 티를 팍팍 낼 작정이었지만, 돌아온 답은 예상 외로 구체적이었다.

"손가락이 예쁘고 말할 때 입 모양이 예뻐. 웃을 때는 더 예뻐. 숨 냄새도 좋아. 주관도 아주 강하고, 입맛은 말할 것도 없이 잘 맞아. 예의 있는 게 좋고 둘이 있을 땐 바보 같아서 빈틈을 보는 게 좋고, 남의 얘기 잘 들어주는 것도 좋아. 말보다 감정을 잘 이해하는 것도. 하고 싶은 일이 있는 그 고집도 좋고. 아기를 보면 웃으면서 예쁘다 말하고 강아지를 보면 어쩔 줄 몰라서 발을 동동 구르는 모습도 예뻐. 그래서."

정리되지 않고 내뱉는 투박한 말에 진심이 와닿았다.

"지금 고집 세다는 말을 두 번이나 했어."

"그만큼 좋다고."

"넌 정말… 싫지는 않고… 미워…."

딱딱한 벤치가 불편해질 즈음이었다. 그만 일어서려는데 부탁이라는 말과 함께 꼭 들어달라는 조건을 달았다.

"알았어. 빨리 말해. 10, 9, 8…."

"딱 세 군대만."

"뭘? 7, 6…."

"한 달에 커피 줄인다고 생각하고 후원해줘."

"숨 쉬면서 말해."

숫자는 6에서 멈췄다. 후원하라는 게 어떤 의미인지 알았지만 모른 척하고 물었다.

"왜?"

"그냥."

"장점은 심플, 단점도 심플이네. 어디에 후원해?"

녀석의 제안에 함께 머리를 맞대고 후원할 만한 곳을 검색하고 그 자리에서 날짜까지 설정했다. 매달 10일, 20일, 30일 자동이체. 매달 커피 30잔이었다.

"하루에 한 잔 마시는데…. 커피를 끊으라는 말이잖아."

"그게… 매달 세 번은 꼭 필요한 사람이 되는 거니까."

말은 그렇게 해도 속내는 죽지 말고 각성하라는 의미라는 걸 알았다.

사랑이라 하기엔 넘치고, 관심이라 하기엔 부족했다. 양쪽을 저울질하다 이게 사랑이라고 깨닫는 순간 나머지는 아무렴, 상관없어졌다. 비이성이 이성을 포식하는 순간, 모든 게 귀여워 보였다.

"넌 분명 내게 적자야. 근데 균형이 맞춰지는 기분이 들어. 그동안 이익과 손해를 따지며 이익이 될 것 같은 사람만 만났는데. 시간을 아끼고 싶지 않아. 낭비해보려고."

"칭찬으로 받아들일게."

"…이런 날 감당할 수 있을까?"

한번 떠보고 싶었다. 솔직히는 더 강하게 붙잡아달라는 말이었다. 이해했는지 모르는 얼굴로 고개를 끄덕였다.

이별통보

티라노

연애 초반의 설렘 가득한 데이트는 즐거웠다.

백화점에서 선물을 산 것도 오랜만이었다.

"무슨 땅이요?"

직원 추천으로 록시땅 핸드크림, 립밤 10세트 샀다가 애정 어린 질책도 받았다. 지갑의 출혈을 감내해야 했다.

"이거 5년은 쓰겠어. 너무 무리한 거 아니야?"

아차, 유통기한 생각을 못 했다.

"두 배로 듬뿍 발라."

"돈 허투루 쓰지 마."

어차피 갈 때 가더라도 다 쓰고 갈 거야, 이렇게 말하고 싶은 걸 참았다.

그새 두 가지 규칙이 추가됐다. 마리가 먼저 잠들어야 한다는 것. 만약 내가 먼저 잠들면 깨울 거라는 발칙한 조건도 곁들였다. 그리고 빨래에 대한 약관 같은 규칙은 색깔, 오염도, 소재, 수건에 따라 달랐다. 세탁기 과열을 걱정해야 할 정도였다.

난 한 번에 넣고 환경을 생각한다고, 항변해도 듣는 척도 안 하는 대단한 고집이었다.

"왜 이거 분리 안 했어? 부탁했잖아."

"내가 신경 쓸 일이 얼마나 많은지 알아?"

"그냥 미안하다고 하고 다시 하면 돼."

"미안."

"뭐가 미안한데?"

"전부."

마리 얼굴이 싸늘해졌다.

"전부는 낫띵이야. 미안하다는 말은 법률용어니까 배워."

"뭘…."

"미안하다는 말 앞에 들어가야 하는 건 육하원칙. 누가, 언제, 어디서, 무엇을, 어떻게, 왜를 나열한 뒤 재발 방지와 피해 복구 의지를 보여. 맥락을 봐라, 오해다, 왜곡이다. 이런 말은 삼키고."

맥락은 어쩌고부터 입꼬리를 뭉개고 놀리듯이 말했다.

"예."

"사랑해는 그 자체로 완벽해도 미안해는 그 자체로 끝나면
안 돼. 감정 호소용으로 쓰면 면피용이지. 제대로 사과하는
법을 안 배우면 변명만 늘어뜨려. 다시 물을게, 뭐가 미안한
데?"

"다음엔 빨래 색깔별로 구분하고 수건은 따로 할게."

지쳐버렸다.

"완벽하진 않지만… 다음에 또 그러면 진짜 혼나."

마리는 현명한 여자였다. 지친 나를 내버려두지 않았다. 혼
자서는 엄두도 안 나는 케이블카를 타고 대관람차를 타고 유
람선을 탔다.

기분은 금세 말끔해졌다. 난 신나서 멀리 있는 사람에게 손
을 흔들었다.

세 번째 흔들 때 마리가 물었다.

"왜 손을 흔들어?"

"멀리 있는 사람들은 아름답잖아. 가까이 있는 사람은 싫
어. 멀리 있는 유람선, 케이블카 탄 사람을 볼 때만 흔드는 거
야."

"굳이?"

"넌 거기서 잘 지내고, 난 여기서 잘 지내고 있어. 모르는
사람끼리의 안부와 격려 같은 거."

제대로 된 첫 식사를 하러 가던 참이었다. 도심 한가운데라 걷는 와중에 비가 쏟아졌고, 마리는 갑자기 복통을 호소했다. 일단 근처에 보이는 호텔 로비로 들어가 화장실로 밀었다.

잠시 후, 멋쩍은 얼굴로 나오는 마리에게 다가가 로비 한 바퀴를 거닐다가 자연스럽게 빠져나왔다.

장난기가 서로 닮아 배가 아프게 웃었다.

"뭐? 제발 때리지 마."

"나를 쓰레기로 만드는 게 그렇게 재밌어?"

"당황하는 그 강렬한 반응이 재밌어…. 아! 때리지 마, 제발."

눈을 희번덕 뜨고 입을 삐죽 놀렸다. 날카로운 고음에 주위를 살폈다.

백화점 야외 광고판에서 에르메스를 허미스라고 읽었다고 마리가 실컷 웃었다. 아무렇지 않았다. 내 안목을 높일 생각은 안 하고, 마리라는 안경으로 보면 됐다.

5년을 한 달로 압축한 시간이었다. 짧은 시간 동안 수많은 대화와 공감, 땀과 타액을 나눴다. 너무나 강렬해서 중추신경이 마비되고 내부 장기가 터질 것만 같은 몽환적인 시간이었다. 밤과 낮을 가리지 않고 사랑했다. 곧 다가올 잔인한 현실을 악몽이라 생각할 만큼.

한참 웃는 도중 은행으로부터 만기상환 일정이 어떻게 되냐는 연락이 왔다.

찬물을 끼얹은 소식에 정신이 번뜩 들었다. 언젠가 다가올 이별인 줄은 알았지만, 변명하자면 중독을 자가 치료할 수는 없는 노릇이었다. 합성 마약보다 더한 지독한 감정이었다. 눈치 없는 사랑은 타이밍을 못 맞추고 하필이면 이때…. 책임감 없고 이기적인 쓰레기를 수거할 차량이 곧 온다. 그 모습을 보이기는 죽어도 싫었다. 마리가 사랑한 사람이 쓰레기가 아니어야 했다. 보통의 연애, 여느 이별로 보여야 했다. 덤덤할 줄 알았던 눈이 촉촉해졌다. 상처 주지 않는 이별 준비에 박차를 가해야 했다.

기껏해야 두 달이다. 사라진 뒤 충격 여파를 위해선 동물만한 게 없었다. 미룰 것 없이 근처 유기견 보호센터에 들렀다.

여러 고양이들 중 눈이 한쪽 없는 고양이가 곧 안락사당할 거라고 했다. 그 덕이었을까. 입양 신청서류를 작성하고 바로 데려올 수 있었다.

"중고 고양이라서 싸게 샀어. 이름은 이미 있대. 쿠키. 쿠키가 귀에 익어서 그냥 쿠키라고 불러. 강아지 같은 고양이야."

"근데 눈이…."

"그렇게 보지 마. 해적 아니야. 계속 윙크하는 중이야. 예쁘지?"

"뭐래, 너무 예뻐."

"아직 의기소침해서 겁먹었는데, 그 와중에도 꼬리 세우고 다가오는 것 봐. 안 데려올 수가 없었어."

고작 며칠 지났을 뿐인데 쿠키는 건방지고 영악하고 예뻤다.

먹이를 챙기고 똥을 치우는 동시에 놀아줘야 했다. 당분간 마리의 정신을 쏙 빼놓을 것이다.

그게 아마도 책임감을 덧씌워 이별 충격을 덜 수 있는 좋은 방법이라 생각했다. 그러면서 나는 마리의 지난 남자친구들이라는 복수형으로 바뀌어 희미해지기를 바랐다. 신중하고 싶었다. 뭔가를 놓을 때는 더 큰 근력이 필요했다. 포기할 때야말로 최선을 다해야 한다. 섣불리 놓으면 다친다. 이별할 때도 처음 시작할 때만큼 공들여야 한다. 관계를 단번에 끊을 때 다치는 건 양쪽일 테니까.

몇 가지 멘트를 고민하다 메모했다.

너랑 만나면 가스 밸브를 안 잠그고 나온 것처럼 불안하고 초조해. 그러니까 그만하자.

이렇게 썼다가 취소선을 그었다.

우리 집은 인덕션을 쓰니까 현실성이 없었다.

좋은 이별이라는 게 있을까. 정떨어질 말을 하고 돌아서는 게 어쩌면 가장 깔끔한 이별일지 모른다. 추억보다 욕이 나오는 상대가 되는 게 낫겠다.

차에서 많은 시간을 보냈다. 메시지 확인은 일부러 늦게 했고 전화도 잘 받지 않았다.

— 밖이야? 안 자는 거 다 알아. 내 전화도 안 받고.

— 아, 미안. 음악 듣고 있었어.

— 전화가 두 번이나 오는데도 음악이 계속 나왔다?

잠들기 전 벽을 보고 돌아누운 마리 등에다 대고 헤어지자는 말을 연습했다.

침을 꿀꺽 삼키는데 움찔하기에 사레가 들렸다. 기침 소리에 깬 마리가 왜 안 자냐고 물었다. 난 대충 얼버무리고 잠들었다.

아침 인사에서 왠지 모를 젖은 소리가 난다.

'밤새 울었구나.'

모른 척하고 물었다. 샐러드를 준비하고 있어서 냉장고를 열었다.

"오리엔탈 소스가 좋아? 뭐가 좋아?"

"일단 앉아봐."

내가 제일 무서워하는 말이었다.

"네 우물의 깊이가 딱 내 관심의 깊이야. 얼마나 깊든지 어디 한 번 내려가봐. 넌 하늘을 올려다봐도 내 엉덩이만 보일 거다. 어딜 쳐다봐!"

카랑카랑한 비명과 동시에 대뜸 뺨을 때렸다.

"뭐야…."

억울한 얼굴로 노려봤다.

"뭐가 뭐! 고개 들지도 숙이지도 마. 앞만 봐. 안 보여도. 같이 바닥 치고 올라가는 거야. 알았어, 몰랐어!"

반대쪽 뺨을 한 대 더 때렸다.

"아, 알았어."

양손으로 양 볼을 어루만지며 말했다.

"이거 폭력 아니야?"

"개한테 물렸어? 개소리 그만해. 아니다. 내가 지금 그보다 더한 거한테 물렸어."

마리 반응에 가만히 눈만 끔뻑였다.

"폭력? 말 잘했다. 훈육, 가정 외 교육, 코칭, 참교육이지! 못생긴 얼굴 치우고 정신 차려."

스산한 기운이 감도는 가운데 마리가 샐러리를 반으로 부러뜨리고 씹었다.

시선은 내게 내내 고정했다. 맑게 부러지는 소리 이후 아작아작 씹는 소리. 노려보는 눈에 살기가 느껴졌다.

말로 설득해야 했다.

"제발 성질내지 말고 차분히 들어줘."

마리의 작은 어깨가 들썩였다.

"지금 상황이 안 좋아, 내가. 그래서 놔주는 거야. 풀리지 않는 문제가 있어. 사랑하니까 미안하니까 헤어지는 거야."

마리가 자리를 박차고 일어났다.

"지금까지 들어본 얘기 중에 가장 로맨틱한 개소리네요! 너 같은 애는 너 하나뿐이라고."

나도 눈높이를 맞춰 일어났다.

"우리 사이의 고통스러운 차이를 몰라? 내가 술집 화장실 이라면 넌 백화점 화장실이야. 클래식 음악이 있고 담당 직원 이 수시로 마른 수건으로 거울을 닦고 디퓨저 향기까지 나."

단차는 자꾸만 삐걱대는 소리와 비뚤거리는 걸음을 낳았 고, 차이를 극복하지 못한 우리의 첫 다툼은 이별통보로 이어 졌다.

"자다 깼어? 왜 이리 횡설수설이야."

"…"

"풀리지 않는 문제를 갖고 사는 거 멋지지 않아? 인생이란 뭘까, 대체 짜증 나는 이 가족이라는 건 뭘까. 대체 저 새끼는 왜 저럴까. 너 첫사랑 기억해? 있는지 모르겠지만, 일단 있다 고 가정한다면 넌 분명 그 사람을 기억할 거야. 이루어지지 못한 사랑이 더 애틋하잖아. 난 오래전에 헤어졌던 사귀었던 남자 이름도 기억 안 나. 꿈도 그래. 이루지 못한 꿈이 오히려 더 영롱하게 빛나요. 가지지 못한 꿈이야말로 나와 함께 나이

들면서 늘 새로운 기능으로 작용한다고 봐. 자동 업데이트 되면서…. 그래서 난 이루지 못하는 꿈은 늘 갖고 있는 게 좋다고 생각해. 가슴에 별을 품고 사는 거. 꺼지지 않는 돌!"

"있어."

"뭐가? 돌?"

"첫사랑."

"돌아버리겠네…. 이쯤 되면 지랄병도 보험 질병코드에 포함돼야 해. 그만해라 진짜."

"우리 사이 격차로 에너지도 만들 수 있다니까."

"그래, 그거야! 에너지로 삼아! 왜 못 하는데!"

망하기 일보 직전의 상황을 꺼내는 게 여간 스트레스가 아니었다. '난 앞으로 추심에 시달리고 신용과 평판이 망가져서 아무것도 아닌 게 된다고!'라고 말할 수는 없는 노릇이었다.

"좋은 기억의 일부로 남기자."

"아니, 넌 이제 내 상당수야! 일부였으면 이러지도 않았다고!"

"…."

말로는 이거 먹을 수 없었다.

"너무 쓰레기 같은 사람 만나면 후기 쓰고 싶어지지 않아? 다음 사람이 참고하게. 또 다른 사람 만나면 세상 젠틀한 척 할 거 아니야. 평판 조회를 못 하니까 직접 데어봐야 알아. 뜨거운 놈은 뜨거워서 다치고, 차가우면 살갗이 붙어서 떼면 살점이 지저분하게 떨어져 나가. 요즘은 딱 만나보면 그 새끼 후기가 딱 보인다 이거지. 이건 배워서 되는 게 아니라 경험으로만 얻을 수 있어. 이놈이 팔팔 끓는 물이거나 드라이아이스라는 게 딱 보여. 연기를 숨길 수 없거든. 너한테는 연기가 안 난다고."

'제발 연기처럼 사라지게 해줘' 하고 속으로 말했다.

"사랑에게도 사랑이 필요해. 지금 너한테는 내가 필요해 보여. 네가 내게 그랬듯이."

"미안해."

"그 미안하다는 말 좀 집어치울 수 없어? 가정법원이 더 잔인하다고 얘기했지! 한쪽만 동의할 때 더 그래. 내가 차이는 거면 너 내 손에 죽어. 차더라도 내가 차."

슬픈 눈물은 고개를 숙이지만 분노의 눈물은 선 채로 떨어졌다. 마리가 울음을 삼키며 말을 이어갔다. 그러다 대뜸 횡경막에 경련이 일더니 딸꾹질이 나왔다.

"뭘 봐. 알러지야. 휴지나 줘."

마리가 퉁명스럽게 손을 뻗었다.

"다 슬픔에 대한 알러지 반응이 있지."

"…다 비슷한 소리를 내는 인간들 가운데 유난히 귀에 거슬리는 네 소리가 좋아. 좋다고, 좋다니까!"

무성한 아름다움 속에서 유난히 네가 더 눈에 띄었어, 속으로 말했다.

"바보가 돼도 부끄럽지 않은 유일한 사람이었고, 뒷모습을 보여도 괜찮았어. 이미 다 봐놓고 왜 도망가는데, 왜!"

"…"

"구름을 통해 바람을 본다며. 너를 통해 나를 볼 수 있었어…. 네가 일으킨 바람 덕분에 나도 이제 스스로 움직여."

유구무언이었다. 그새 마리도 제법 차분해졌다.

"그래, 가고 싶으면 꺼져. 근데 내 부탁도 들어줘. 그럼 안 잡을 테니까."

"뭔데?"

"2주만 기다려. 그때 말해줄게. 그때까지는 헤어진 거 아니야."

"그때까지 생각해봐. 진지하게."

마리가 알았다는 뜻으로 입술을 오므렸다.

"난 너무 이상적인 얘기를 하는 놈은 바짝 경계해. 소금사막 보러 가자는 말에 난 하늘과 별의 낭만을 얘기하고, 넌 리튬, 2차전지를 설명했어. 그저 아이스크림을 먹고 싶을 뿐인데 자꾸 과당을 얘기하는 재수 없는 타입이지. 별도 달도 다 따주겠다는 허세는 없고, 별이 잘 보이는 곳을 안다는 현실주의자야. 재수 없어."

"내가 분위기 파악을 못 해…. 그러니까 헤어…."

마리가 스읍, 하고 입술을 구겼다.

"처음엔 손을 데우는 따뜻한 물 같았어. 지금은 따뜻한 차 같아. 너랑 친구가 되고 싶었다가 지금은 가족이 되고 싶다고. 나… 혼자 있으면 불도 잘 안 켜. 너와 나 사이 뗄 수 없는 추억들은 어떡할 건데. 내 살점도 함께 뜯겨 나가면 감염으로 앓다가 죽겠지."

'나를 따라 죽는다고?' 그건 절대 안 될 말이었다.

"심해 동물이 어떻게 생겼는지 봐. 심연은 그런 거야. 유쾌하지 않아. 지 멋대로 생겼어. 너처럼."

"그 말 우리 부모님 앞에서도 해줄래?"

"넌 내 심연의 추한 덩어리를 겨누고 지체없이 빛을 쐈어. 그리고 예리하게 오려냈어. 이제 내가 겨눌 차례야."

마리와 헤어질 수 없겠다는 무서운 생각을 했다. 절대 말로 설득할 수 있는 사람이 아니었다. 오히려 집요하게 추궁해서 나를 설득하는 입장에 섰다. 그러곤 발을 어깨넓이로 벌려 팔짱을 끼고 서 있는 바람에 일단락되고 말았다.

이쯤 되면 이별 건에 관한 최종 보고서를 작성해도 읽어보지도 않고 그 자리에서 웃으며 찢어버릴 여자였다.

"바닥에서 자면 등 안 배겨? 침대에서 자라니까…. 아까 일어날 때 좀비처럼 삐걱대던데?"

한 손에 쿠키를 안고 아무 일 없었던 것처럼 물었다.

"이제 말해줘. 데려다줄게. 집 어디야?"

대답 대신 맞받아쳤다.

"없다니까. 몇 번을 말해? 여기 내 물건들 있으면 여기가 내 집이야."

마리가 꺄르륵 웃었다.

"이렇게 점유하시겠다?"

"말 잘했네. 점유취득시효라는 게 있어. 타인의 토지를 일정 이상 평온하고 공연하게 점유할 때 소유권을 취득할 수 있다. 권리 위에서 잠자는 사람은 보호대상이 아니야. 당신은 지금 보호대상이 아니라고요."

마리가 고개를 까딱하며 가상의 지시봉을 흔들었다.

"고양이 든 마녀가 계시네요? 캐릭터가 튀어나온 줄?"

마리가 가소롭다는 듯 웃었다. 마녀의 사촌쯤 되는 것처럼.

"말 잘하네. 살다 보니 다양한 캐릭터가 한 프레임에 담기기도 하는 거 있지? 백설공주가 조커를 상사로 모시고, 직쏘를 동료로 만나야 하는 세계관의 충돌 속에서 살더라니까? 28일 후 좀비 상황에 놓이면 치마 걷어 올리고 죽어라 뛰어야지. 그거 알아? 나 어제도 안톤 쉬거 만난 거."

"아, 그러고 보니 그 회사 대표님 그 안 어울리는 단발머리…"

"그니까."

홋, 코웃음이 삐져나왔다.

"소름 끼치게 무서운 건 대체로 모기지 기간과 원수를 만나는 기간이 겹쳐. 그래도 난 백설공주라는 주관은 안 잃어버리려고. 엄마 화장품으로 연습한 꼬마 할리퀸이라도 될래. 이왕이면 희생자보다 증언자 하려고. 그래서 언젠가는 대표 와이프한테 녹음 파일 보내줄 거야. 내 이상형은 말이지, 집 밖에 있는 여자들이야, 하하하."

마리가 목소리를 이상하게 바꿔 남자 흉내를 냈다. 당해낼 재간이 없어 웃고 말았다.

다음 날, 마리가 분주하게 외출 준비하느라 새벽에 깨버렸다. 바닥에서 자는 내 엉덩이를 발로 툭 건드렸다.

비장한 얼굴로 두 시간째. 자연스럽게 미소 짓다가도 무표정한 얼굴로 립스틱 발림을 확인하는 과정을 여러 번 반복했다. 진지해 말 걸기도 무서웠다.

"전투 화장이네. 누구 죽이려고? 기죽이러? 아예 페인트 칠을 해."

"일부러 정떨어지게 말하는 거지?"

"미안. 장난이 심했어. 어디 가는데?"

"중요한 사람 만나러."

"누군데? 근데 블루스파크 출근은 안 해?"

"안 그래도 직원한테 맡기러 가는 길이야. 시급도 올리고."

잘 생각했다는 말을 하기도 전에 찬바람을 일으키고 문을 나섰다.

텅 빈 집에서 가만히 생각했다. 때론 잔인한 말로 잘라내야 할 때가 있었다. 마리가 끔찍하게 싫어할 말을 다듬었다. 다시 노트를 펴고 끄적였다.

가짜 빛이나 쫓다 죽을 불나방은 나비와는 안 어울려. 잘 살아.

넌 비 그친 뒤의 우산 같아. 축축해서 가지고 다니기 번거롭고 귀찮고 잃어버리기 쉬워. 잃어버려도 슬프지 않아. 잠깐 안타깝지.

새로운 걸로 부담없이 대체할 수 있어. 바이.

이건 너무 상처 주는 말이었다. 취소선을 두 번 그었다.

미안해. 다 미안해.

다 미안하다고 하면 미쳐 날뛸 성질머리가 보여 아예 어지러운 선을 그어 감췄다.

이런 날 감당 못 할 거야.

마리가 감당할 수 없다는 쪽에 무게를 싣고 싶었다.

메시지 전송에 실패하였습니다

♀

마리

구겨진 종이를 펼쳤다.

다잉 메시지도 아닌 게 필체가 엉망이었다. 지 얼굴처럼 구
겨졌다. 면을 그린 뒤 선은 대충 그린 느낌이다.

내용은 얼굴보다 더 구겨져 있었다. 씹던 껌처럼 생긴 게.
내가 대체할 수 있는 우산이라고? 우산으로 확. 합의도 아니
고 통보라... 핏빛 전생의 서막이었다.

독한 말을 입 밖에 꺼내지도 못할 놈. 괘씸했다. 내게 올 메
시지를 적셔 얼굴에 던지는 것도 생각했다가 가장 효과적인
방법인 폐문부재로 돌려보내려고 마음먹었다. 무시가 최선
이었다.

뜸해지는 연락에 이미 짐작은 했다. 멍청한 녀석은 눈치도

느렸다. 거짓말도 어설프게 할 거면서.

녀석이 할 말이 있다고 했다. 지긋이 고개를 끄덕였다. 우리 이제 헤어지자는 말을 필두로 지난한 변명문을 늘어뜨렸다. 끄적인 노트 내용과는 달리 친구 집에서 자겠다고 설득하는 여덟 살 아이의 독백 같았다.

떠는 모습을 보고 비웃었다. 안에 흔들리는 줄이 있고 활대를 올려 소리를 낼 수 있다면, 그게 너라고 얘기하고 싶었다. 너 없이는 소리를 낼 수 없는 몸이 돼버렸다고.

녀석이 입술을 달싹였다. 결국 머뭇거리다 건조하고 간결한 이별 통보를 받았다.

'넌 날 감당 못 해!'라고 끝맺음했다. 잡아달라는 의미로 들렸다. 난 긍정도 부정도 하지 않았다. 무시했다.

"내 말 이해했어?"

"근데 난 아직 오케이 안 했어."

"…"

"처음 만난 날, 바닥에 떨어진 샌드위치를 먹는 걸 보면서 알았어. 아무것도 아닌 일처럼 행동할 수도 있구나. 최악을 최악으로 두지 않는구나. 첫 데이트 때 호텔 화장실로 데려가는 걸 보고 생각했어. 나를 당황스럽게 만들지 않겠구나. 머리 아플 일은 없겠구나. 근데 이게 뭐야. 넌 여기를 아프게 해."

손가락으로 가슴 쪽을 가리켰다.

"근데 웃긴 건, 차라리 골치 아픈 게 더 낫겠다는 거야! 왜 이래야 되냐고! 넌 진짜 짜증나는 변수야. 적당히 잘해주는 것도 아니고 예측 불가능하게 잘해줬다, 말았다. 중독시키는 거야, 뭐야? 넌 속옷이 말려 들어간 것보다 더 불편하고 신경 쓰여. 움직일 때마다 거슬려."

혼나는 학생처럼 시선이 바닥에 꽂힌 녀석의 정수리를 보며 말을 이었다.

"내가 귀소본능 강한 비둘기 같아. 아니, 개 같아. 모욕 당해도 결국 집을 나서지 못하고 기어들어 오는 개. 다시 아플 거라는 거 알면서도. 너 진짜 끔찍해. 알아?"

"근데 그 말에 사실은 없고 감정만 있잖아."

녀석이 대뜸 고개를 쳐들었다.

"네 말에 손톱이 있나 봐. 귀를 긁으면서 내려가는 느낌이야. 터진 입 다물어."

"…"

"넌 생리 이틀째 같은 놈이야. 온몸에 전기가 찌릿찌릿 통하니까 가까이 오면 큰일 나. 그렇다고 너무 멀리 떨어지진 마. 내가 신경 안 쓰일 정도 거리에서 나만 신경 써. 더 말 안 해도 뭔지 알지? 눈치껏 행동해. 내가 괜찮다고 할 때까지."

"어쩌라는 건데."

"스트레스도 소화 과정을 거치는지 네 말에 위가 쓰리고 신물이 올라와."

"역류성 식도염이야. 양배추 많이 먹어. 잘 때도 왼쪽으로 누워서 자. 위 모양이⋯."

손짓으로 위 모양을 설명하려던 참이었다.

"속이 더 쓰리다, 아휴."

벽을 잡고 인상을 썼다. 녀석이 쭈뼛거리며 뒤에 섰다.

"바깥바람 좀 쐬자. 여기 있다가는 사건현장 되겠어."

마시다 남은 인스턴트 커피와 빌어먹을 흰색 볼캡을 푹 눌러쓰고 먼저 나섰다. 흰색 수건, 흰색 모자 관리하는 거 안 힘드냐고 물어보려다가 엘리베이터 도착음이 울려서 말았다.

"차에서 쭈구려 자는 거 안 불편해?"

"그니까. 내 집 놔두고⋯. 집에 안 갈 거야? 아직 집이 어딘지도 모르네."

"없다니까."

티격태격하며 닿은 공원이었다. 미묘한 기류 변화가 감지되지만 모른 체했다. 오후의 시든 햇살을 누릴 새도 없이 금세 어둑해진 공원 벤치에 털썩 앉았다.

커피를 한 모금 마시고 건넸다. 녀석은 가만히 들고만 있었다. 헤어지려는 마당에 간접 키스 하기도 애매하다고 생각한 게 분명하다.

"우리가 헤어진다고 해도 상황 때문에 헤어지는 거니까 나중에 편하게 볼 수 있지 않을까?"

"여기가 헐리우드야? 내가 싫다고."

"남녀관계만 끝나는 거지, 사람 관계는 유지되는 거니까."

"남녀관계가 끝나면 사람 관계도 끝이야, 끝! 안 마실 거면 내놔."

나는 커피를 다시 낚아챘다.

"근데 여기 익숙하다 싶었더니. 두 번째 키스하던 데 같은데."

녀석은 이별을 얘기하면서도 나는 자연스럽게 연애 초반의 기억으로 빠져들었다.

"저기 앉아 있었어."

다른 커플이 앉아 손바닥 더듬거리는 벤치를 보고 말했다.

"너 수작 부리던 거 생각나."

"내가?"

녀석이 순진한 얼굴로 물었다.

"앉아서 기다리라고 하더니 아이스크림 작은 걸 들고 오는데 스푼이 하나였지, 하나."

"그건 진짜 스푼이 하나밖에 없어서였어."

"스푼 하나로 나눠 먹다가 스푼도 없이 서로 입에 있는 아이스크림을 먹었잖아. 두 번째 키스였어. 난 두 번째 키스가

더 기억에 남아. 첫 번째는 내가 다가갔고 두 번째는 네가 다
가왔으니까."

"그때 맛만 기억나."

"무슨 맛?"

"따뜻한 딸기. 그때 말랑한 그 온기를 내내 누리고 싶어서
몸을 당겨 안았잖아."

"과거 왜곡하지 마. 그때 따뜻한 회 같다고 했어. 소프트아
이스크림이나 체리쥬빌레라고 얘기해도 모자랄 판에, 회?"

"늦었지만 사과할게. 미쳤었나 봐."

"내 덧니가 좋다며. 키스할 때 맨날 덧니 핥았잖아!"

"요소요소를 다 사랑했으니까. 종종 발생하는 오류까지도."

흐뭇한 미소가 떠오르는데 갑자기.

"우웩!"

아이의 헛구역질 소리가 들렸다.

재빨리 뒤돌아보는데 처음 보는 꼬마가 보조바퀴 달린 자
전거를 타고 있었다. 요란하고 불빛이 나는 신발을 신어도 이
상할 것 없는 나이로 추정됐다.

민망해진 나는 헛기침으로 응수했다.

17금에서 갑자기 9금으로 낮춰야 했다.

"우리는 그때부터 만나게 된 거예요."

아이를 힐끗 보고 구연동화하듯 말했다.

"헤어졌어요?"

"아니요."

내가 말했다.

"아직. 멀어지는 중이야."

놈이 말했다.

"뭐? 아직? 내 눈에 흙이 들어가기 전에 네 맘대로 안 돼. 양방 합의 안 됐어! 이거 재판도 안 돼. 합의 말고는 없어. 난 합의 안 해. 너 도망 못 가!"

아이가 있다는 사실을 잊은 채 눈에 불을 켰다.

"둘이 지금 뭐 하는 거예요? 지금 싸우는 거예요?"

"아니요."

"뭐… 수취인 거부로 송달이 안 되니까."

눈높이를 모르는 녀석이 꼬마 배심원에게 말했다.

"그게 뭔데요?"

"마음을 안 받아주는 거."

"아하, 왜 그만두고 싶은 마음을 안 받아줘요?"

아이가 나를 보고 물었다.

"내가 남긴 음식도 잘 먹었으니까. 바삭한 시리얼을 좋아하는 내가 먹다 남기면, 눅눅한 시리얼을 좋아하는 이 아저씨가 잘 먹었어."

"우우우웩, 켁켁!"

아무렇지 않은 척했지만 손발이 떨렸다. 방안에 그대로 주저앉아 바닥에 엎질러진 퍼즐을 맞췄다. 왜 갑자기 헤어지자는 걸까. 내가 마음에 안 드는 걸까? 빈집을 샅샅이 뒤져도 특이점은 발견되지 않았다. 내가 실수한 게 있나? 아, 강에 빠졌을 때부터 민폐였구나. 그걸 제외하면 그 후의 행적을 되짚어도 결정적인 실수를 찾을 수 없었다.

대체 뭐가 문제였을까? 그러고 보니 처음 알게 된 것도 내 블로그에 남긴 댓글 때문이었다.

바라나시, 히말라야, 노르웨이. 그렇다고 이 세 여행지의 공통점도 딱히 없었다. 그러다 생각이 든 건 강에 빠진 나를 건졌을 때 봤던, 글로브 박스 안에 든 보험서류였다. 자동차보험증서치고는 유난히 두꺼웠다는 사실을 간과하고 있었다.

잠들기만을 기다렸다. 늘 신발장 위에 두는 자동차 키를 챙겨 주차장으로 갔다. 미스터리 박스를 여는 긴장감에 잠이 몽땅 달아났다.

자동차 실내등을 켜고 글로브 박스 안을 보니 봤던 대로 자동차보험증서가 있었고 그 안에 생명보험이 있었다. 헛웃음이 나왔다. 묵직한 종이를 넘기는데 귀퉁이를 접은 면을 펼치자 보험급 부지급 사유가 작은 글씨로 빼곡했다.

'피보험자의 자살, 피보험자의 고의로 발생한 사고…'에 눈

이 멈췄다. 더 안쪽에는 장기기증서약서까지. 더 볼 것도 없
었다. 음흉한 계획이 펼쳐지는 순간이었다.

곧장 돌아와 노트북을 켰다. 이미 잠들었으니 빌린다는 말
도 필요 없었다. 지난 검색어를 뒤지고 방문기록을 살폈다.
애초에 말한 대로 바라나시, 히말라야, 노르웨이 코스를 꼼꼼
히 검색하고 있었다. 노르웨이의 피요르드 사진을 많이도 봤
다. 방문기록을 쭉 내리다가 항공권 검색에서 멈췄다. 이런,
편도였다.

나랑 헤어지는 건 그렇다 쳐도 관계를 맺은 뒤에 죽음으로
끝내겠다는 회피는 안 됐다. 네가 그랬듯이 이번엔 내가 살려
야 했다. 정교하고 은밀한 계획을 세워야 했다.

다큐

♂

티라노

좋은 이별, 건강한 죽음이라는 것을 누군가 가르쳐주면 좋았을테지만 아무도 몰랐다. 녹슬고 무딘 칼로 팔을 잘라내는 고통이 이 정도일까. 힘을 쥐도 잘리지 않는다. 차라리 가벼운 관계였다면 어땠을까. 하룻밤으로 끝나 이름도 기억 못 하는 지워진 존재가 됐어야 했다.

이제 우린 너무 많이 알아버렸다. 서로가 지닌 취약점은 더 잘 안다. 헤어지자는 말에도 아무렇지 않은 듯 장난스럽게 반응하는 마리에게 어떻게 해야 할지 도무지 감이 안 잡혔다. 마리와 잘 헤어진 뒤 원하는 여정을 떠나야 하는 생각을 하면 가슴이 빠르게 뛴다. 남은 시간이 얼마 없다. 심장박동이 초침의 두 배 속도로 뛰었다.

이별 통보 후 1주가 넘어가는 시점에 마리가 밖으로 불렀다. 소고기를 사겠단다.

테이블 위에 풀프레임 DSLR이 놓여 있었다. 털 달린 녹음기와 큰 렌즈 가방도 함께. 얼핏 봐도 소형차 한 대 값은 나올 것 같았다.

"친구 얘기했었잖아. 서점 운영하면서 라디오 코너도 진행한다는…."

"왜?"

마리가 대답하려 했지만 종업원이 고기를 세팅하는 사이 정적이 일었다.

선홍빛 자태를 뽐내며 고기가 빛났다. 자부심 넘치게 소고기를 설명하는 종업원 말에 '오, 그래요?' 하며 맞장구쳤다.

종업원이 자리를 떠나자 마리가 말을 이었다.

"제안서 보내봤는데 어렵대. 어릴 때부터 친구라면서? 다리 좀 놔줘. 프로덕션 사장한테도 얘기해봤는데 꼭 해보고 싶대."

"아, 그 3.125% 유전자 공유한다던?"

"응."

"…카메라맨이나 스나이퍼나 똑같아. 죽이려고 들이대는 거 일반인인 친구에게는… 위험…."

"안 위험해."

"렌즈는 거짓여론도 만들잖아. 뭇매 맞게 하려고 그러지? 땅에 반쯤 묻고 돌팔매질 하는 거나 같지, 그게."

"카메라 마사지 받게 해주려는 거야. 돈도 꽤 줘."

"하는 일에 비해 돈 많이 주면 위험수당이라는 의미야."

소고기 먹느라 발음이 뭉개졌다.

"…사체가 돼야 하니까."

활발하던 저작근을 멈추고 물었다.

"뭐? 사체?"

내 목소리가 크다는 걸 나도 알아채고 뒤늦게 입을 막았다. 근처 사람들이 쳐다보는 시선을 느꼈는지 마리가 재빨리 대답했다.

"피. 사. 체."

마리는 눈앞에서 손가락을 튕기며 오해를 불식시키려 더 크게 말했다.

"정신 차려."

"차렸어."

"계약금 20% 팡, 촬영 끝날 시 30% 팡, 편집 끝나면 50% 팡."

내가 보기 편하게 오른쪽 손가락 세 개를 들어 올리고 그 옆 허공에 왼 주먹을 몇 번 쳤다.

"진짜? 돈 얘기부터 해야지."

50% 금액이면 충분하다. 등심, 갈빗살, 부채살, 안창살…. 다양한 부위를 내놔서 소 한 마리를 잡아먹은 포만감이 들었다.

"멋진 식사였어. 아니, 멋진 제안이었어."

배에 손을 올리고 말했다.

촬영이 끝나고 오케이 사인을 받으면 버킷리스트를 뒤집어엎고 떠날 수 있다는 생각에 희미한 미소를 띠며 합의했다. 무엇보다 마리가 꿈에 집중할 수 있게 하는 게 마음 편했다.

'가시는 길, 편~안하게 모십니다.'

긴 리무진 측면에 적힌 멘트가 떠올랐다. 못 할 거 없었다. 쿠키를 돌보고 일에 빠져 살면 금방 회복할 수 있을 터였다.

"대화하듯이 말하면 돼. 불필요한 부분들은 다 잘라낼 테니까."

마리가 손가락 가위를 만들었다.

부모님에게도 마지막으로 효도하자. 그건 물에 뛰어들기 전, 거추장스러운 신발을 벗는 의식과 같은 것이었다. 마지막으로 마리와 긴 이별 의식을 치르는 것도 나쁘지 않겠다. 행복했던 시간들을 추억으로 주는 거야. 어차피 난 사고사니까.

가족과는 긴 포옹으로 작별 인사를, 지구에도 두 손을 흔드는 작별 인사를, 개 같은 금융 시스템에는 가운데손가락을 날리고 가겠다는 명쾌한 결론에 닿자 산뜻한 기분마저 들었다.

부모님 충격을 완화하고 내 존재가 옅어진 후 일상을 회복할 수 있게 만들 최악 중의 최선이었다.

　그렇게 장미를 만났다. 이름에 한 맺힌 친구라 본명이 금기시되는 내 친구.

　본명은 곧 생난리였다. 그녀 이름의 변천사는 화려하다. '~자'로 끝나는 세대를 거슬러 '~례'로 끝나는 이름이었다. 본명보다 애칭인 로지로 불러달라고 박박 우기면서 등짝을 수차례 때린 뒤로는 로지로 부른다. 장미라는 이름이 어때서….

　아무튼 로지가 연 서점, 피톤치드는 책 백 권만을 전시, 판매한다. '삶에도 체험판이 있다면 오직 책으로 가능하다'라는 도발적인 문구가 먼저 맞이했다.

　백 권의 책을 읽은 사람은 백 사람의 시간을 벌었다고 말했던가. 얼핏 보면 미술관처럼 책 표지를 앞에 두는데, 이 모습에서 영감을 받아 집 벽면을 책과 영화 표지로 잔뜩 붙여놓았다. 공공장소에서 책 읽는 게 둔기를 든 사람처럼 시선을 확 잡아끄는 요즘, 서점을 운영하는 로지가 내심 존경스러웠다.

　서점에 발을 들이기 전에도 잔잔한 선율이 흘렀다. 클래식이라고는 고객센터 통화연결음에서만 듣는 나에겐 마치 다른 세상을 연결하는 음악 같았다.

"반가운 손님이 오셨네? 헬스 트레이너 애인 생겼어?"

"진정해."

로지가 마리에게 짧게 사과했다. 지난번에 촬영을 거절한 건 어쩔 수 없는 일이었다면서.

마리는 충분히 이해한다고 했다.

"그래도 이렇게 도와줘서 감사해요."

"저 녀석이 그렇게 사정사정해서 특별히 허가받았어요."

"어디서 주무세요?"

"근처 게스트하우스 2인실에서요."

후아아, 늘어지게 하품하면서 둘의 지루한 대화를 끊었다.

"음악이 심심해서 졸릴 지경이야."

"차분해지지? 너 이럴 때 아니면 안 듣잖아. 그치?"

"너무 무시한다. 나, 매일 들어. 차 후진할 때. 띠리리리리리리."

목을 뒤로 빼고 스티어링 휠을 돌리는 시늉을 했다.

"바보 흉내 내지 마. 진짜 같으니까. 요즘 차는 안 그래. 낭만 실종 시대라."

"잘 맥이네. …지워. 이거 편집이야. 렛잇고 렛잇고. 언더더씨~ 라스트 크리스마스~ 예이예."

"어디서 열받게 재롱질이야?"

로지가 미간을 찌푸렸다.

나는 손으로 가위질하며 편집, 편집을 외쳤다.

"뭐해?"

"디즈니 법무팀이 가만 안 둘 거야. 어디 한 번 비시즌에도 캐롤 저작권료 내봐!"

검지와 중지로 또 가위질했다.

마리가 비웃음과 동의, 그사이 오묘한 입 모양으로 고개를 끄덕였다.

서둘러 화제를 바꿨다.

"왜 백 권만 들여놨어?"

"여기 백 권은 내가 다 설명할 수 있는 책들이거든."

"근데 너무 적다. 겨우 백 권?"

"야이, 애기 없는 총각아."

로지가 아차, 하고 허공에 손을 휘저었고, 다른 페르소나를 썼다.

"백 명의 아이들이 그리는 집이 다 다르게 생겼어. 같은 이야기도 다 다른 이야기, 다른 장르가 돼."

"맞는 말이긴 한데…."

"각자의 시선과 애정이 머무는 지점이 다르다는 점에서 백 명의 손님에게는 백 개의 서점이 있고. 그러니까 만 개의 고유한 감각과 해석을 가지는 거지."

"손님에게 불친절한 서점이구만."

"그게 컨셉이야. 진열장 바깥에 있는 취향을 발견하게 하려는 의도야. 품을 들여야 해. 둘러보다가 손님이 부르면 난 쪼르르 달려가서 전부 얘기해줄 수 있지. 발견하는 책이 주는 우연, 즐거움이 얼마나 좋은데. 다 내 취향이라서 더 즐겁게."

"네가 읽고 좋으면 백 권에서 늘어나?"

"당연히. 근데 이 정도면 충분해. 미술관에서처럼 천천히 걸으며 표지를 보고, 박물관에서처럼 세세히 들여다보는 거지."

"어…."

"방금 내가 뭐라고 했어?"

"미안, 잠깐 딴생각했어."

그러고 보니 책을 읽은 적이 언제였었나. 따끔했다.

로지가 차를 권했다.

"얼그레이 차는 심신을 편하게 해주고 콜레스테롤도 낮춰줘. 여기 카모마일도 진짜 좋지. 숙면에 좋고. 자스민차는 지방분해에도 도움이…."

"지방분해부터 얘기해야지. 뭐가 지방분해야? 얘?"

장난스럽게 받아쳤다.

"생분해되는 티백이라 좋아."

"치킨차, 돼지차는 없어? 물에 우리면 다 차라고 할 수 있잖냐."

"닥치고, 옥수수 전분으로 만들어서 생분해돼. 북극곰, 거북이가…."

과장되게 입을 삐죽거리며 로지의 다음 예상 말을 따라했다.

"기후 위기보다 지금 내가 더 위기야."

"쓰… 쓰라면 쓸 것이지…."

"쓴다고."

초등학교 고학년, 2차성징이 더디게 올 때 로지는 나보다 훨씬 컸다. 코너에 몰려서 주먹으로 맞아본, 그러니까 주먹으로 날 때린 유일한 여성이었다.

"자고 나면 무섭고 끔찍한 일들만 벌어지니까 좀 뻔하고 순하고 달콤한 소설로 추천해줄래?"

로지가 눈알을 들어 올렸다.

"어떤 게 좋을까…."

혼잣말로 운율까지 넣어 책을 훑었다.

"어떤 책이 좋아?"

"음… 그래도 너무 순하면 읽기 힘들어. 나를 불편하게 만드는 도발적인 작품이 좋아. 열받게 하면 더 최고지. 화제작, 문제작 그런 거 없어?"

로지가『시계태엽 오렌지』를 골랐다.

"이걸로 줄게. 네 취향에 딱이겠다. 잠깐 기다려. 포장해줄

게."

"뭔가 상큼한 선키스트 향기 나는 거 같고 좋다야."

따뜻한 햇살 아래에서 읽을 만한 힐링 동화는 솔직히 내 취향은 아니었다. 잠시 후, 책 포장지에 실링왁스로 마감한 선물 박스가 포장됐다. 압화 책갈피까지.

마음의 여유가 찾아오면 읽어볼 요량으로 저 실링왁스는 당분간 떼지지 않을 걸 알면서도 읽어보겠다고 말했다. 뭐, 동화가 빈곤은 구할 수 없어도 면역력은 키워주겠지.

로지는 지역 라디오 방송에서 매주 월, 수, 금요일 밤 10시, 한 시간 생방송으로 진행하는 티타임즈라는 코너를 진행한다고, 마리에게 말해줬다.

말 그대로 차 한 잔 마시면서 곁들이는 디저트 같은 이야기들.

별로 중요할 거 같아 보이지 않는 사람의 일상, 고민에 대한 고민의 답, 아이들의 소원, 생활 정보 같은 간단한 내용으로 채워져 있다.

답을 주는 사람들은 로지와 연계된 독서클럽 사람들이었다.

주로 고민을 이메일로 보내면 그에 대한 답을 주는데, 사연 채택은 손글씨로 보내는 사람에게 우선권이 주어진다. 마음과 가장 가까운 게 손이라서 그렇다나.

그럼 몇 명인지 모를 사람들이 솔루션을 주는데, 전문가는 아니다. 그저 늙은 몸이라는 점을 강조한다.

"다양한 사람들이 성심성의를 다해서 고민을 안건으로 올리고 토론하셔. 그리고 거기에 대한 답을 주지. 매주 6회 정기모임을 가지는데 검색할 때를 떠올려봐. 같은 문제를 가진 사람이 남긴 데이터에서 답을 찾는 게 편하잖아. 긴 검색인 셈이야. 느리지만 정성을 다한 결과값을 줄 거야. 나보다 엔젤클럽 회원의 말을 들어보는 게 낫겠어."

로지가 휴대폰을 켜 손가락을 놀린 다음 스피커를 켰다.

> 살다 보면 보기에 없는 답이 있을 때도 많습니다. 1에서 5번까지만 있지 않았어요. 그런데 지인 찬스와 전화 찬스도 있는 퀴즈쇼였죠. 저희에게 문을 두드리는 건 언제든 환영입니다. 단, 저희도 틀릴 수 있으니까 결정은 직접 내리셔야 합니다. 마음에 드는 답을 고르세요. 틀린 답은 없습니다. 인공지능처럼 빠르지는 않지만 우리는 진심으로 고민한 시간에 대한 답을 드리겠다고 약속합니다. 시큼하지만 건강한 요거트처럼요.

로지가 드립커피를 내리는 사이, 계속 귀담아들었다. 실제로 죽기 직전에 사연을 보낸 사람의 마음을 바꾼 일이 알려지면서 방송이 끝난 후 업로드 되는 팟캐스트 다운로드 수는 120만 명을 넘겼다.

여타 동영상, 숏폼 플랫폼까지 2차 가공된 것과 번역돼서 퍼지는 컨텐츠를 감안하면 그 다섯 배는 훌쩍 넘을 것으로 추산됐다.

"교황 뽑을 때 콘클라베라고 들어봤지? 모든 게 장막 속 비밀이야. 이건 촬영도 허락할 수 없어."

로지의 말에 조금씩 흥미를 가지기 시작했다. 금기의 맛이야말로 가장 달콤하니까. 내 고민을 대신 고민해줄 수 있는 사람이 있다는 게 묘한 궁금증을 불러일으켰다.

"나도 고민이라면 남부럽지 않게 많은데…."

"그럼 보내봐. 손편지 우대라는 점 참고하고."

"친구 우대는 없냐?"

서운한 얼굴을 들이밀었다.

"청탁은 사절이야. 박복한 얼굴 치워."

농담을 거두고 마리가 든 카메라가 궁금해할 내용을 물었다. 어차피 내 멘트는 쓸 일 없고, 로지의 대답만 나올 테니까.

"원래는 1페이지짜리 잡지였어. 잡지라고 말하기도 애매하지만…. 모두 1면에 들어가는 중요한 사람이라는 의미에서. 그때 반응이 좋아서 너한테도 보여줬었잖아."

"으음, 의미는 괜찮았어. 저번에도 칭찬해줬지?"

장난스럽게 말했다.

"엔젤클럽 멤버도 좀 늘었고…."

"베르테르 클럽이라고 하지 않았었나? 서간체 소설이 어쩌고."

"엔젤이 직관적이니까."

"잘했다. 엔젤투자자가 믿어주고 지원해주는 것처럼."

"뭐 마실래? 자스민, 홍차?"

"일용할 베이글과 하겐다즈 파인트 딸기맛을 허락하여 주시옵소서."

"닥치고, 홍차 마셔. 레몬 넣어줄게. 그쪽은요?"

로지가 마리를 보고 말했다.

"아마드티 얼그레이 블랙티 괜찮을까요?"

로지 눈이 커지더니 입을 둥글게 만들었다. 특유의 인정한다는 표정이었다. 카메라를 내려놓고 신용카드를 건네는 마리의 손을 물렀다.

"그렇게 퍼주다가 부자되겠어?"

로지의 본색을 보고 싶어서 일부러 성질을 긁었다.

"만족할 정노는 돼. 너 진짜 네가 관심 없는 건 기억 못 하는 거 여전하네. 두 번째 물어보는 거거든?"

"성질 많이 죽었네. 나 쟤랑 싸우면 질 자신 있어."

마리를 보고 찡긋 웃었다.

"주님, 한 명 업로드 합니다. 이번에는 부디 허락하여 주시옵소서."

로지가 두 손을 공손히 모았다.

"어, 거봐, 성질 나온다, 나와. 목사님 딸인데 한때 별명이 헐크였어. 지금은 멀대같은 대벌레지만 그때는 덩치도 어마어마했어."

"진짜. 아, 주님! 제발 허락… 초고속 업로드 해줄게요. 제 오랜 숙원사업이랍니다."

로지가 마리를 보고 말을 보탰다.

"주먹이 오가긴 해도 서로를 크게 다치지 않게 하려는 남매간의 싸움 아시죠? 물론 제가 누나의 입장에서 좀 팼어요."

살아있는 입담에 실컷 웃어주고 오랜만에 인사를 마쳤다.

"티라노 소프트 수습은 잘 돼?"

"말도 마라, 아휴."

"금요일 저녁 7시, 소집. 또 울면 그땐 진짜 주님 미팅이야."

로지가 눈을 흘기며 말했다.

자존심 굽히기 싫어 고개만 끄덕이며 대답을 대신하는 사이 로지가 마리를 보고 말했다.

"저거 거두느라 고생이 많으시네요. 걱정스럽게 생겨서…. 대신 감사드려요."

"로지, 마리. 이름도 어쩜."

마리의 말에 로지도 손뼉치며 화답했다.

"근데 어쩌다 이런 걸 하게 된 거야? 아나운서 되고 싶어서 까불거리다가 말겠거니 했는데 대단해. 지금은 듣는 사람도 더 늘었지?"

나는 로지를 보고 물었다.

"팟캐스트, 동영상 플랫폼, SNS 다 합치면 700만 넘어. 최대 1,000만."

어깨를 들썩였다. 얼핏 안 것보다 훨씬 더 많았다.

"뭐, 천만? 생각보다 엄청나네. 광고 안 붙어?"

"붙잖아. 좀 들어나 봐. 생방송이라 생각지도 않은 재미가 있다니까? 방송사고도 심심찮고. 우연이 가져다주는 감정의 파노라마가 촤라락 펼쳐지거든. 학창시절 들었던 선곡이 흘러나오면 깜짝 시간 여행하고, 얼마나 짜릿한데."

촤라락에서 화려한 손 제스처를 보였다. 로지가 휴대폰을 만지작거리다 내 귀에 댔다.

"타이어에 사랑을 불어넣었습니다, 쭈압!"

"어머! 사장님, 입술이 타이어처럼 부풀어 올랐어요!"

"이게 다~ 고객님 덕분이죠. (끼이이익) 타이어는 팻타이어!"

"여러분 보험은 핵입니다. (두둥!)

안 쓰는 일이 가장 좋습니다만 있으면 든든하죠.

인생의 모든 여정에 함께 하는 뉴라이프 보험상담사와 상의해보

세요.”

어설픈 연기와 과감한 전개, 과장된 효과음이 가득해 듣는 사람이 더 민망한 광고였다. 그런데 이상하다. 강아지 발바닥 꼬순내처럼 묘한 중독성이 있었다. 밤에 혼자 이불 속에서 들어야겠다고 마음먹었다.

“사장님들이 직접 녹음해서 보내주면 우리가 이런 식으로 효과음 넣어. 통신사, 전자제품 광고도 있어, 당연히.”

“사연 채택되는 거, 거짓말로 응모하는 사람들 많지 않아?”

“그걸 걸러내고 싶어서 손으로 쓴 사연을 좋아하지. 사연을 쓰고 카메라로 찍은 다음 이메일로 보내줘도 돼.”

“느린 뉴스인 셈이네. 여긴 다 느려.”

“그렇지. 포인트 잘 포착했어. 세상 돌아가는 건 사건 사고가 아니야. 세상은 알아서 잘 돌아가. 독재자 출현, 팬데믹, 외계인 침공이 아니라면 그저 그런 뉴스라고 봐. 누가 누구를 죽이고 해하는 건 아무래도 해롭기 그지없잖아. 따뜻한 친절을 겪었다는 건 뉴스가 안 되고 난장판 피운 건 뉴스가 되듯이.”

“…네 말이라 동의하긴 싫지만 틀린 말이 아니네.”

“사랑은 도통 뉴스가 되기 어려워. 온갖 사건, 사고가 뉴

스를 장식하는 게 싫어. 서로 아무리 사랑한다고 뉴스가 될까. 그러나 싸우다 사단이 나면 뉴스가 되는 게 웃겨. 아무래도 이 세상은 싸움을 부추기는 경향성도 보이고. 경제학적으로도 싸우는 게 낫지. 경찰력 낭비, 트래픽 상승, 전기 소모, GDP 상승으로 이어지는 구조는 재밌잖아. 사랑이라는 걸 해봐야 기껏 데이트 비용 정도. 그래도 사랑이 좋아."

"이제 목사님 딸 같네."

"폭력적인 텍스트의 질감은 사람을 직접 해친다고. 장기 깊숙한 곳, 골수 깊이 저장되는 영역까지 가닿아 삶의 문맥을 비틀어봐. 다수를 폭행할 수 있는 끔찍한 도구가 글, 말이잖아."

"지금은 서점 사장님 같고."

로지는 꽤나 진지했다.

"언어로는 부족해. 그래서 오해와 갈등이 생겨. 사랑과 존중은 온데간데없이 혐오와 조롱만이 우뚝 서서 힘을 겨루는 게 슬프지 않아?"

로지가 내 눈을 보더니 '하나도 안 슬픈가 보네' 하고 다시 말했다.

"눈빛, 표정, 말투, 숨. 침묵도 표현의 일부야. 언어로 뭉쳐지지 않는 건 봐야만 알 수 있어. 입체적인 인간을 봐야지. 그러려면 만나야지. 그래, 안 그래?"

공포의 2지선다 문제에서 안 그렇다고 하면 예상되는 일이 뻔해 그렇다고 했다.

"그래, 용서와 포용이 가장 인간답지."

더 크게 동의하며 추임새를 넣었다.

"뉴스는 방화 아니겠어? 방화라면 좀 건강한 방화를 저지르는 거야. 밭을 기름지게 만드는 불. 좋은 소식은 더 부각시켜서. 우울증 겪고 회복한 사람을 인터뷰하고. 첫눈이 내릴 때는 첫눈을 주제로 사람들 인터뷰를 해보는 거야."

"그런 방화라면 인정이지."

"아주 잠시 동안만 존재하는 이 특별한 감각을 남기는 일은 환상적이니까 시작했지. 거창한 이유가 있진 않고 재밌어서."

"좀 멋진데? 잘 찍었지? 내 친구야."

마리를 힐끗 보고 웃었다.

"그나저나 엔젤클럽 그분들은 누군데?"

"네가 겪었던 고민들을 이미 통과한 분들. 지독한 생활고에 자식을 죽이고 따라가려고 했던 노부부. 이별의 상처에 나쁜 마음을 먹었던 남자…."

"그런 마음 안 먹어본 사람이 어딨냐. 다 죽을 고비 넘기고, 죽을 마음 누르고 살지."

내가 말하고도 뜨끔했다. 헛기침으로 다시 로지에게 바통을 넘겼다.

"다시 마음먹은 분들이야. 살다 보니까 나는 '다시'라는 말이 참 좋아졌어. 그렇지 않냐? 리셋, 리프레쉬, 리뷰⋯. '다시'는 실패, 실수를 포함하는 말이더라고."

"아빠도 그랬어. 단기적 평가보다 장기적으로 재평가받을 행동을 하라고. 다시 보는 면을 남겨두라고. 아무튼 뭔가 시크릿 산타 같고 좋다야."

"그래, 산타."

"산타 숫자는 세상 모든 부모를 더한 수보다 많다더니. 너도 산타구나."

이쯤 되면 마리의 다큐 첫 촬영치고는 잘 나온 것 같았다. 마리도 만족하는 눈치였다. 피곤이 몰려와서 슬슬 마무리하고 혼자 있고 싶었지만 마리의 카메라는 꺼질 줄 몰랐다.

"근데 조회수 제일 많이 나온 건 뭐야?"

"⋯마음에도 무게가 있다면 화해하지 못한 마음이 가장 무겁지 않을까?"

"뜬금없이 왜?"

"사과하고 싶은 마음은 타지도 녹지도 않는 거 있지? 용서는 당사자가 와서 가져가야 하는 거였어. 화해가 승리의 쾌감을 넘어선다고 믿어. 또한 싸우고 화해하면 사람이 더 예뻐 보이기도 하고."

"그러네, 맞아, 맞아. 싸우고 화해하면 더 매력 있어 보여."

"친구랑 싸우고 화해를 원하거나 가족 간의 불화 속에서 뒤늦은 화해를 원하는 할아버지 사연 같은 게 대체로 반응이 좋아."

"그걸 너희가 준비하는 거야?"

"응, 고운 정성을 전하는 데는 여러 번 고쳐 쓴 편지만 한 것도 없어. 물밑 협상이 끝난 뒤 정상회담에서는 악수, 포옹, 사진촬영, 만찬 순서만 진행하면 돼. 두 손 모은 악수와 뜨거운 포옹. 가까이서 보는 게 얼마나 좋은데. 사실 우리가 제공하는 건 장소뿐이야. 화해의 여지가 없는 사람들을 위한 자리 만들기."

"안 보이면 징그러운 법이지. 접촉이 중요해. 그럼 이해할 여지가 생기더라. 약속 잡아. 만나. 악수해. 포옹해. 키스."

"오케이, 거기까지. 그래, 그거야."

마리가 서둘러 카메라를 내렸다.

"오늘은 쉬어야겠다. 더 말하면 실수할 것 같은 날이야. 너한테 진짜 맞을 거 같아. 이 책은 잘 읽어볼게."

테이블 진동에 로지가 휴대폰 화면을 보여줬다. 하트 이모티콘이 양쪽에 있는 남편 히포였다.

로지가 정신이 팔렸을 때 카드 단말기에서 금액을 찍고 빠져나왔다.

자리를 파하고 돌아오는 길에 최근 에피소드를 다운로드 했다.

로지 목소리가 흘러나왔다. 우리는 말 없이 라디오 사연에 집중했다.

오늘은 에세이 한 구절로 시작하죠.

절망의 데칼코마니는 같은 크기의 희망인 줄 알았지만 사소한 점이었습니다. 우연히 본 노을빛, 무심결에 올려다본 하늘에 뜬 유난히 노란 달, 낯선 가게에서의 친절 같은 것이요. 작은 점, 작은 선을 유심히 봤죠. 그러고 보니 삶을 지탱하는 건 많은 실타래였어요.

작고 소소한 여러 즐거움을 곳곳에 두고 위험을 분산하는 거죠. 대교를 지탱하는 거대한 케이블도 수백 가닥을 꼬아 만들었다고 합니다. 종이 한 장이야 쉽게 찢어도, 책을 찢기란 쉽지 않습니다. 사소한 즐거움 여러 개로 버티는 거예요. 머리 한 개, 팔 두 개, 다리 두 개로 무한히 많은 안무를 만들어내잖아요. 즐거움을 네 개만 찾는 거예요. 4현 악기, 자동차 바퀴 수 4개. 무엇이든 연주할 수 있고 어디든 갈 수 있죠. 그러고 보니 의자 다리도 네 개면 충분하잖아요. 산책으로 손쉽게 한 개, 조금 비싸지만 그다지 부담되지 않는 케이크 한 조각 먹기, 벌써 두 개나 채웠죠?

서점에서 시간 보내기, 전혀 가볼 것 같지 않은 낯선 가게에 들어가기, 유기견 센터에서 봉사하기, 낯선 사람과 대화 주고받기 같은 것들이요.

여러 가닥을 만들어보는 거예요. 크기는 중요하지 않아요. 있냐, 없냐의 문제죠. 즐거움이 꿈틀대는 구간에서 흥얼거리고 흥겹게 춤을 춰보는 거예요. 내가 뭘 좋아하고 흥미를 느끼는지, 욕망의 학습을 거부하고 내가 원하는 게 진짜 뭔가를 생각해보는 거죠. 칠십을 넘은 지금 가장 좋아하는 과목은 탐구생활입니다.

전 느리고 가벼운 것을 좋아하는 사람이었습니다. 한 방울씩 천천히 찬물에 녹는 콜드브루를 좋아합니다.

총총한 밤, 티타임즈입니다.

"아까 그 친구 목소리랑 다르지?"

내가 호기롭게 물었지만, 마리는 고개를 저었다.

"바이크는 바퀴 두 개로 어디든 갈 수 있는데, 두 개만 찾을래."

빈틈을 찾아 마리에게 말했다.

"쉬지 않고 계속 달릴 거야? 어디 가는지 안 알려줘?"

"많은 아지트 중 하나."

"아, 부동산 부자였어?"

마리가 장난스럽게 받아쳤다.

"잠깐 숨 좀 쉬고 갈래? 좋은 데야."

좋은 곳에 데려갈 땐 설명할 필요 없이 그냥 손 잡고 가달라고 했던 말을 떠올려 덥석 손부터 잡았다. 양쪽으로 우거진 숲을 지나면 절벽을 앞에 두고 드넓은 바다가 펼쳐진다. 비포장도로를 십여 분 더 달려 주차장이랄 것도 없는 땅에 주차했다. 안대를 씌우고 싶었다. 그렇다고 쓰다 남은 마스크로 눈을 가릴 수는 없었다.

"두 손으로 눈 가리고 천천히 내 손 잡고 따라오면 돼."

"무서워."

제법 차가워진 바닷 바람이 몸을 흔들었다. 맞바람을 맞으며 몸을 앞으로 숙였다. 이윽고 다다른 절벽 위에서 바다를 향한 채 말했다.

"이제 떠도 돼."

마리의 눈에 익어가는 태양이 담겼다. 지겹게 본 광경이어도 마리와 함께 보는 건 달랐다. 말도 필요 없이 우리는 한참이나 부서지는 바다를 봤다.

"여기서 누가 죽어도 모르겠어."

사실 처음 긴 여정을 생각하기 전에 떠올렸던 내 생의 마지막 장소였다. 마리의 농담에 멈칫한 뒤 뒤따라 웃었다. 마리가 했던 말이 떠올라 물었다.

"저번에 좋은 곳에 가면 사진 절대 안 찍는다고 했잖아. 감각만 남긴다고. 미래의 자식에게 꼭 보여주고 싶은 절경, 다섯 시간 등산도 후회 없는 곳. 이런 식으로."

"그랬지."

"저 지평선 보이는 오렌지빛 태양은 어떤 감각으로 남길 거야?"

해가 지기 전 매직아워는 유난히 빛났다. 우리의 허황된 다 짐도 받아주겠다는 자태를 뽐내며 마지막 빛을 발했다.

"음… 평평한 레코드판 같다."

"뭐라고?"

"레코드판같이 아름답다. 이렇게 남길래."

"왜 그래. 재미없어."

"봐봐, 지구가 저렇게 평평하잖아."

마리가 정색했다.

"그만해."

"보라니까? 해가 저 평평한 지평선 밑으로 내려가잖아. 그 게 지구가 평평하다는 증거 아니야?"

진지한 얼굴을 보고 그동안 보낸 시간들이 주마등처럼 스 쳤다. 도저히 음모론자는 감당이 안 된다. 적당한 말을 찾는 사이 마리가 말했다.

"인간이 달에 착륙했다는 것도 다 조작된 거래."

큰일났다.

"어… 그래?"

보조를 맞추려 해도 어디서부터 시작해야 할지 막막했다.

"어… 아… 하… 그래도 지구가 둥글둥글하게 생기지 않았을까?"

"…."

"뭐 생각은 자유니까…."

내내 정색하던 마리 얼굴이 갑자기 화색이 됐다.

"긴장 풀어! 농담이야, 농담!"

진이 빠져 다리가 휘청거렸다.

"재미없어. 낭떠러지 무서우니까 저기 해변가로 가자."

자리를 옮겨 조용한 바닷가를 거닐다 멀리 낚시하는 남자를 종착지로 삼아 걸었다. 마리가 말했다.

"난 이런 자연은 딱 이 인분이라고 생각해."

"동감이야. 저 아저씨는 혼자 이 인분 잡수신다. 가서 몇 마리나 낚았나 봐야지."

낚시를 하는지 마는지, 쪼그려 앉아 파도와 눈싸움하는지, 고독한 남자에게 말이라도 건네야겠다는 심산으로 물었다.

"좀 낚으셨어요?"

뒤돌아선 아저씨를 보고 흠칫 놀라 뒷걸음질 쳤다.

"어, 뭐야. 아저씨?"

"뭐긴 뭐야, 인마. 너… 왔다는 얘기는 들었다만, 그것보다 일단 화장실 좀. 여기 낚싯대 잘 보고 있어."

아저씨가 몸을 비틀며 서둘러 움직였다. 마리를 보고 나지막이 말했다.

"너구리 아빠. 그 중고차 영업한다는 친구."

"아아!"

친구 아빠라는 특성상 장난기를 서슴지 않고 드러내는 아저씨였다.

먼 도시로 나갈 때도 그랬다. 문에서 소리가 나면 귀신이라 생각하지 말고 WD40을 경첩에 바르라고 가르쳐주는 현실적인 아빠와 혼자 있다고 자위 너무 많이 하지 말라는 어쩌면 더 현실적인 덕담을 건네는 아저씨를 번갈아 생각하며 피식 웃고 말았다.

"부자 아빠야. 너구리 중고차 매장도 차려주실 정도로. 어릴 때부터 만나면 용돈 많이 주셔서 볼 때마다 반갑게 인사했지. 인사 잘하면 손에 잡히는 거 뭐든지 쥐여주시던 분이거든."

"인사 잘하는 아이를 좋아하시는구나."

"일부러 아저씨 동선을 찾아서 여러 번 인사하기도 했어. 그럴 때마다 주머니에서 뭔가를 자꾸 꺼내주시는 게 꼭 보물상자 같더라고."

"정이 많은 분이구나."

"정도 많고 돈도 많고. 돈이 많아서 정이 많은 건지 모르겠지만."

마리가 훗, 하고 웃었다.

"큰 배 선주야. 배가 아마 열다섯 척은 넘을걸? 지금은 더 늘었을 수도 있고. 뭔가 형 같아. 동네마다 하나씩 있는 이상한 형. 궁금한 거 있으면 명쾌하게 답해주고."

"그럼 신은 진짜 있는지 여쭤봐."

마리와 지난 시절을 얘기하는 사이 아저씨가 편안한 걸음으로 느긋하게 다가왔다.

"왔으면 먼저 왔습니다, 하고 인사 와야지. 이렇게 우연히 만나야 되겠냐? 어?"

"늦었습니다만 지금 왔습니다. 건강히 잘 지내셨어요?"

"엎드려 절 받기 말고. 그게 중요한 게 아니고, 언제 왔어?"

"며칠 됐어요."

"쓴맛은 좀 봤고?"

"네?"

"쓴 커피 마실 줄 알아야 어른이지, 인마. 쓴맛 좀 봤냐고."

"카페인으로 버티죠, 뭐. 근데 혼자 뭐 하세요? 뭐 좀 낚으셨어요?"

"반찬거리나 잡는 거지. 근데 이 아가씨는 누구? 카메라는 뭐고?"

뭐라 대답할지 생각하는 짧은 시간 동안 아저씨가 먼저 선수쳤다.

"아, 내가 눈치가 없어. 돈만 버느라. 아직 애매한 사이? 너도 결혼해야 어른 된다. 어?"

오지랖을 과장된 웃음으로 무마했다.

"어떻게 지내셨어요? 한 삼 년만인가?"

"내내 바빴다가 이제야 한숨 돌린다, 인마."

아저씨 말에 맞춰서 고개 끄덕이다가 약한 취기가 느껴졌다.

"술 드셨어요?"

"맥주 한 캔 조오금 먹었다."

조오금에서 발음이 샌 것으로 보아 취기가 남아있었다.

"집엔 어떻게 가시려고요?"

"아들놈 불러야지."

"제가 데려다 드릴까요?"

"그럼 네가 아들놈이다."

아저씨가 예전처럼 주머니를 뒤지다가 껌 하나를 건넸다. 그리고 제법 진지한 표정으로 말했다.

"줄 게 이거밖에 없다."

"카드도 됩니다."

"이 자식 보게."

아저씨가 껄껄 웃으며 장난스런 손짓으로 겨드랑이와 뒷주머니, 신발까지 뒤졌다. 그러다 빈 주머니를 보이며 익살스런 표정을 지었다. 파도 소리가 일정하게 들리는 늦은 오후였다.

"좀 잡으셨어요?"

아저씨가 쿨러를 열고 한 마리 들어 올려 입을 맞췄다.

"이놈뿐이야. 키스라고는 큰 고기 낚았을 때 아가미에 한 것 말고는 기억에 없어."

"집에서 하세요."

웃음기 섞인 깊은 한숨을 내뱉었다.

"낚시 안 될 때를 대비해서 통발도 던져. 저기 보이지? 직진만 하는 놈들은 통발에 들어가면 못 나와. 후진을 할 줄 알면 식탁에 오르지도 않았을 텐데. 너도 식탁에 오르지 마라."

"저 후진 잘해요."

농담을 더 주고받다가 호흡이 끊기는 순간, 먼 바다에 시선을 두고 회고하듯 말했다.

"신이 있다면 좀 따지고 싶다니까요."

"뭔 일 있냐?"

아저씨가 몸을 내 쪽으로 틀었다.

"왜 나만 괴롭게 냅두냐고요. 저어기 나쁜 놈들은 안 보이냐고 따져 묻고 싶어요."

"그럼 신이 이렇게 말하겠지. 어부가 물고기를 다 잡냐?"

아저씨다운 말에 마리가 눈을 크게 떴다.

"제가 사각지대에 있나 본데요?"

"새끼야, 사각지대에 놓여 있으면 좀 드러내야지. 가만히 있으면 쓰냐?"

"신이 어부인가 보죠?"

"안 잡힌 물고기도 네가 모르는 방식으로 다 먹잇감 되는 거야. 네가 다 알아? 나쁜 놈들도 다 고초를 겪게 돼."

"좀 세게 겪어야 된다고 봅니다만."

취기가 남은 아저씨가 주머니를 다시 뒤적였지만 딱히 나올 만한 게 없어서 어색한 손으로 박수만 쳤다. 그게 나름의 위로였겠지. 아저씨가 말을 이었다.

"세상에 던지는 그물이 있어. 젊을 때는 그물코가 큰 그물을 던지며 살았단 말이지."

말을 맞추고 싶어 흥미롭게 물었다.

"좀 잡으셨어요?"

"큰 걸 잡았지. 작은 건 다 놓쳤다만."

"그럼 된 거 아니에요?"

"아니, 중요한 건 작은 거였어."

"그래도 큰 걸 잡았잖아요. 그것도 못 잡은 사람들도 많아요."

"그렇게 따지면 그렇지. 그저 운이 좋았던 거지."

"지금은 그물코가 작아요?"

"음… 아니. 지금도 커. 근데 큰 걸 잡으려는 용도는 아니야."

"그럼요?"

"그저 사소한 일이 지나갈 수 있게 살려고 애쓴다. 누가 길바닥에 쓰레기를 버렸다면 주워서 쓰레기통에 버리는 거야. 내 가치관을 지키면서 사소한 일에 화내지 않는 거. 확 인정해버려. 저 사람은 저렇구나. 누군가를 쉽게 비난하지도 않고 욕하지도 않고 인정!"

자수성가한 부자 아저씨의 말에 울림이 있어 완곡어법으로 물었다.

"혹시 큰 걸 잡고 싶다면… 지독히 운 없는 사람이라면 어떻게 해야 큰 걸 잡을까요?"

아저씨가 자기 가슴을 가리키며 말했다.

"얼마 전에 가슴이 뻐근해서 병원에 갔더니 혈관이 좁아졌대."

"그래서요? 지금은 괜찮아요?"

처음 듣는 소식에 놀라서 되물었다. 다행히 장난기 머금은 입에 안심했다.

"스텐스 시술 받았지. 몰래. 별거 아니니까."

"그게 왜 별거 아니에요. 너구리 녀석도 몰라요?"

"거… 걱정할까 봐."

아저씨가 말을 꺼냈을 때 뒤늦게 후회한다고 느꼈다. 약한 술기운 탓이겠지, 생각했다.

"뭐, 아무튼. 스탠스 그게 작은 그물망처럼 생겼어. 좁아진 혈관에 스탠스를 넣은 다음 풍선을 불어서 혈관을 넓히는 거거든?"

"네."

"그러니까 막힌 건 뚫어야 해. 하는 일마다 안 풀리면 가만히 두지 말고 적극적으로 뚫어보자. 어때?"

오래 알고 지낸 아저씨가 건네는 함께 해보자는 말이 든든했다.

"아, 어디까지 했더라? 이 정신머리 좀 봐. 아아, 운이 없는데 큰 걸 잡고 싶다고?"

"네네."

"풍선이 뭐야? 이벤트에 빠지면 안 되는 거야. 즐거운 숨으로 불어넣는 거잖냐."

난 열심히 동의하는 표정을 만들어보였다.

"기쁘고 놀랍고 즐거운 일에 풍선이 필수품이잖냐. 기쁜 일 이전에 풍선부터 부는 게 먼저라 이 말이지."

"어떻게요?"

"일단 과거사를 다 정리해. 때문에를 다 덕분에로 바꿔. 그 럼 준비 끝. 부족하니 마니 그런 핑계는 다아 필요 없어. 불행 한 사건마저도 덕분으로 바꿔. 그때 비로소 낮게 속삭이던 목 소리가 들리지. 가깝고 작은 목소리. 그 목소리에 귀 기울이 면 기쁜 일이 생겨."

"작은 일에도 풍선 불 일을 만들라는 거죠?"

말을 잘 이해했다는 뜻으로 요약했다.

"그렇지! 버블버블. 날아갈 수 있는 큰 열기구가 되도록. 너 날개 있냐?"

"어… 아뇨."

"날개 없이도 날 수 있는 게 풍선 아니냐."

내 어깨를 세게 치면서 말했다.

"근데 풍선이 터지면 어떡해요?"

"당연히 터져야지. 계속 다른 풍선을 불어. 마술사 쥰비물 에 풍선이 빠지면 쓰겠냐? 금방 꺼지는 거품이어도 돼. 환상 적으로 살면 돼."

아저씨의 단호한 어조에 빈틈을 찾을 수 없이 설득당해버 렸다.

"네, 마음에 스탠스 시술 받아야겠어요."

엄살을 부리며 말했다.

"아차차차, 그리고 풍선 부는 것만큼 중요한 게 매듭이야.

안 묶으면 시끄럽게 지랄하면서 날아가. 딱 묶어. 단단히! 어?"

"예, 매듭."

"그래, 너도 빨리 스탠스 시술 받아라, 인마."

아저씨가 손가락으로 가슴을 툭 치며 활기차게 웃었다. 오랜만에 만난 아저씨가 용돈보다 큰 것을 준 것 같았다.

돌아오는 길에 마리와 나는 껌을 반으로 나눠 씹었다. 서로 경쟁하며 풍선 모양을 만들려고 했지만 반쪽짜리인 탓에 쉽지 않았다. 서로 후후, 입바람만 불었다. 예전 같았더라면 마리가 씹던 껌을 받아 풍선을 불었겠지만.

다시 뒤돌아섰다. 아저씨가 멀리서 손가락 브이를 만들었다. 그리고 두 손가락을 자기 눈에 한 번, 다시 우리를 향해 쐈다.

"지켜본다는 말인가 봐."

마리가 말했다.

"아까 심장 스탠스 그거 얘기하지 말라는 말 같아."

난 크게 원을 그렸다.

아저씨가 고개를 크게 끄덕이더니 놀란 몸짓으로 낚싯대를 힘껏 당겼다. 먼발치에서 나름대로 열심히 풍선을 부는 아저씨를 보며 안심했다. 그리고 휴대폰 카메라 줌을 최대로 당겨 사진을 찍었다.

촛점 흐트러진 사진과 메시지를 너구리에게 보냈다.

— 네 아버지 저기서 혼자 낚시하고 계신다. 너한테 할 말 있으시다던데? 직접 보고 할 말인가 봐.

— 뜬금없이 무슨 말인데?

— 가서 여쭤봐. 그리고 맥주 한 캔도 드시지 말라고 해. 심장에 안 좋으니까. 심장에 좋은 비트 주스, 토마토 주스로 바꿔드려. 올리브유 곁들이면 라이코펜 흡수율 높아지니까 명심하고.

— 뭔 소리야….

— 동호회 열심히 하는 거, 그래, 좋아. 근데 너 그러다 사교계 넘어서 화류계에 몸담겠어. 그만 넘어가.

— 혓바닥 길다, 길어.

— 궁금하면 가서 집요하게 물어봐. 너한테 얘기해줄 게 많으실 거야. 그게 어려우면, 같이 사우나 가. 그것도 어려우면 티셔츠 하나 사드리고. 선물은 바로 입는 게 예의라고 하면서 입으시라고 해.

— 알았어.

— 외로워 보이시더라. 혼자 낚시하게 두지 마.

— 지금 가야지.

— 잘 생각했다.

마리가 조심스러운 눈으로 물었다.

"근데… 그런 건강 관련된 얘기… 해도 돼?"

"뭐 어때서? 내가 변호사, 의사도 아니고 비밀유지서약을 한 것도 아니잖아. 받은 게 있으니까 나도 주머니에서 뭔가 꺼내줘야지."

지브라

♂

티라노

"여긴 내가 다니던 중학교. 사립이라 그때 선생님들 아직 계실지 몰라. 운동장이 이렇게 좁았나? 그땐 꽤 넓었던 거 같은데."

"네가 큰 거야. 저기 앞에 서봐."

"됐어."

"돈 받기 싫어?"

"아, 진짜."

야구장 철조망 앞에 서서 어색한 발끝으로 바닥에 선을 그었다.

"꼭 새사람 된 거 같다?"

"출소한 사람처럼 얘기하지 마."

터벅터벅 학교를 거닐며 센티멘털에 빠진 느낌이 나쁘지 않았다.

세상과 단절돼 북새통에서 탈퇴한 기분은 어렴풋한 과거의 윤곽과 달큰한 향기로 기억되는 감각이었다. 작은 시소에 엉덩이를 구겨넣어 앉았다. 시간에도 버튼이 있다면 정지 버튼이 가장 작고, 다시감기 버튼이 제일 클 것이다.

빨리감기 버튼은 없나. 작업취소 같은 버튼이 있다면 얼마나 좋을까. 사춘기처럼 생각했다.

저녁까지 쓸쓸한 마음이 가시지 않아 달래서 보내려 생맥주 가게에 들렀다.

오랜만에 들른 가게를 쭈욱 둘러보는 데 입구와 먼 테이블 남자와 눈이 마주쳤다. 베레모에 골덴 바지 안에 넣고 단정한 허리띠를 두른 할아버지가 낯익었다. 고개를 갸우뚱하는데, 젊은 날 그가 번뜩 생각났다. 벌써 15년도 훨씬 지나 아는 척을 할까 하다 말았다.

술에 취해 목소리가 높아진 손님들이 불쾌한 고음을 질렀다. 밤 10시가 넘었다.

"시간이 페라리보다 빨라."

마리에게 푸념을 늘어뜨리는데 불쑥,

"난 비행기."

검은 물체가 조용히 다가와 어깨동무를 했다.

"네?"

고개를 올려다보는데 이어서 말했다.

"새로운 자극을 주려면 공부만 한 게 없지."

"아, 역시 그렇죠? 지브라쌤, 이 시간에 왜?"

"이 자식이 선생님을 보면 인사를 해야지. 선생님이 퇴근하면 선생님이 아니냐? 눈을 피해? 아까 학교에서도 운동장 서성이던 거 봤다."

"저 알아보시겠어요?"

"알다마다. 사진관 집 아들. 동네 주소 팻말 다 바꿔버린 놈. 여기저기 세차해주고 돈 달라던 놈. 가방에 인형 주렁주렁 달고 다니던 놈."

강제 커밍아웃에 서둘러 밀린 안부를 물었다.

"어떻게 지내셨어요?"

아직 학생인 줄 착각하고 술을 옆으로 치우고 작은 모래시계를 만지작거렸다.

다시 내 앞으로 술을 놓고 지브라가 말했다.

"술 마실 수 있으면 다른 것도 다 할 수 있지. 성인인데. 운전도 할 수 있고. 아, 음주운전을 하라는 말은 아니다."

"성인된 지가 언젠데요. 요즘 뭐 하고 지내세요?"

"퇴직한 지 좀 됐지. 그래도 애들 가르친다. 수업 자료도 만들고."

"아… 왜요?"

"선생님이 은퇴하면 선생님이 아니냐?"

"그런 뜻이 아니라… 연금 생활 잘하시냐고요."

멋쩍게 머리를 긁적였다.

"잘하다마다."

"근데 왜 아직 학교에…. 교육감 선거 나가시려고요?"

선생님이 농담하지 말라는 의미로 어깨를 세게 주물렀다.

"방송실에서 기초 수학 동영상 교재 촬영한다. 수학 포기하지 말라고. 왜, 도와주게?"

실패한 제자가 선생님을 만나는 일은 여간 어색한 일이 아니었다.

"요즘 뭐해?"

"이것저것, 다 해요. 프리랜서라고 해두죠."

"백수."

백수우, 하고 뒷말을 길게 뺐다.

"제너럴리스트라는 멋진 말 놔두고 왜 그러세요."

"응, 제너럴백수우."

난처한 웃음에 친구들 잘 만나고 가라고 계산해주고 나갔다.

"말 안 들으면 안 보이는 데만 때린다는 소문도 돌았는데, 진짜 할아버지가 됐어…. 이제 하나도 안 무섭다."

"왜 지브라야?"

"얼룩말 성격이 얼마나 지랄 맞은지 알아? 무늬 봐. 혼돈, 광기 그 자체지. 퇴직하고 나서도 저러시잖아. 무섭고 멋있어."

마리에게 추억을 팔며 노는데, 로지와 히포를 선두로 십 수 명이 우르르 들어왔다.

머리를 들어 세어보니 직원 수는 이십 명 남짓이었다. 눈인사로 대신하려는 데 둘이 다가와 속삭였다.

"새로 부임하신 사장님."

"아, 빨리 가봐. 여긴 얼씬도 하지 말고."

로지, 히포와 간단히 인사를 나누고 일행에게 보냈다.

넓지 않은 맥주집이 왁자지껄해졌고 가장 연장자로 보이는 사람이 일어섰다.

50대 초반 남자, 키는 평균, 빡빡이 혹은 대머리, 옅은 턱수염, 뿔테 안경, 청바지, 흰셔츠, 흰색 에어포스 운동화. 무슨 일인지는 몰라도 전문가적인 면모를 풍겼다.

"강자는 불신합니다. 쿠테타를 염려하며 주변을 다 믿지 못하죠. 신뢰는 약자의 무기입니다. 산타를 믿는 아이가 보는 세상은 얼마나 아름답겠습니까? 믿어보세요, 달라 보이지 않겠습니까? 연약한 장기로 채워진 우리는 약자일 수밖에 없습니다. 먼저 신뢰할 수 있는 예측 가능한 사람이 돼야 하는 이

유입니다. 취임 일주일이 지나서 이렇게 자리를 갖게 될 정도로 바쁜 시간이었습니다."

일장 연설을 늘어뜨리고 내게도 와서 인사했다. 로지, 히포와 인사 나누는 걸 본 모양이었다. 맥주잔을 잡고 바로 악수를 청한 탓에 손은 차가웠다.

"좌천돼서 왔는데 잘 부탁드립니다. 잘 나가다가 밉보여서…."

첫인사부터 밉상이었다.

"저기요."

듣고 있던 나는 불쾌감을 숨기지 않고 말허리을 잘랐다.

"좌천이라뇨?"

"아니, 오해하지 말고, 그게 아니라…."

이를 악물고 프레첼을 내밀었다.

"여기 프레첼 직접 만드는 데 괜찮죠?"

"제 입맛에는 영…. 그래도 고맙죠."

달리 보려고 해도 어느 각도에서도 비호감이었다. 눈을 가늘게 뜨고 경계심 가득히 쳐다봤다.

히포는 깍듯이 사장을 모시고 있었다.

"식사는 맛있게 하셨어요?"

히포가 사장에게 물었다.

"맛이 없었으니까 과자나 먹고 있겠지?"

"아, 과자는 맛있으세요?"

"맛이 없으니까 지금 옆으로 치워뒀겠지? 두 번 묻지 말고 눈치를 봐."

히포는 거의 울상이었다. 어깨가 축 처진 채 걸어가는 녀석을 따라갔다. 신선한 공기가 절실했을 테다.

대신 복수해줄 수도 없고 사회생활의 쓴맛만 다셨다. 우리는 영락 없이 모래시계 안에 든 모래의 운명이었다.

"괜찮아?"

히포 등을 두들겼다. 그러는 동시에 어떤 위로의 말을 꺼내야 할지 열심히 고민했다.

"괜찮지 않으니까 이러고 있겠지?"

숨죽여 깔깔대는 모습에 안심했다. 자기 마음을 지킬 줄 아는 녀석이었다.

"너도 참 고생 많다."

역시 로지 따위리 경력자다운 면모였다. 한편 우리도 어느새 성질 죽이고 사는 어른이 된 게 새삼 새로웠다. 맥주보다 쓴 입맛을 다셨다.

수발 드는 친구 모습을 보는 게 언짢아 문을 나섰다. 다리가 무거웠다. 마리가 만든다는 다큐 제작사 대표도 저런 싸가지면 어떡하지. 느려진 내 보폭에 맞춰 걷는 배려심 가득한 마리가 걱정됐다. 화려한 겉모습과 달리 물가에 내놓은 아이처럼 불안했다. 저러다 또 물에 빠지면 어떡하지.

"무슨 생각을 그렇게 해?"

"아니, 그냥."

어느덧 닿은 게스트하우스 근처에서 마리에게 말했다.

"미안하지만 잠깐만 서 있어 줘. 아빠인 척해주면 돼. 가만히 있어."

"뜬금없이 뭐야? 왜?"

"어색해서."

"알았어, 해봐."

"아빠, 나 실은⋯."

"야이, 미친 새끼아!"

"아이, 진짜. 뭐야. 우리 아빠 욕 안 하는데?"

"미안, 너무 몰입했어. 계속해. 실은 뭐?"

"여자친구⋯."

"임신? 나가! 당장 나가!"

마리 이마에 검붉은 핏대가 섰다. 한 잔도 안 마셔놓고도 취한 척할 줄 아는 여자였다.

"내일 아빠 만나려고? 근데 왜 긴장해?"

마리가 물었다.

"긴장은 아니고, 좀 어색해서."

"좋으신 분 같던데?"

"아빠 마음에는 사칙연산 중 마이너스(-)가 유난히 닳아 있는 계산기가 있어. 직업은 사진사, 소명은 의용소방대. 엄마의 소명도 같아."

"그럼 좋은 거 아니야?"

"그래, 그렇게 생각할게."

몇 번 더 예행연습하고 집에 들어갈까 하다 다시 게스트하우스로 들어갔다. 당돌한 마리의 모습에 걱정을 조금 덜었다.

1 프레임

♂

티라노

집에 가는 도중에 아는 사람만 네 사람을 만났다.

아무래도 집 가까운 단골 가게를 두고 다른 곳을 이용하는 건 민망한 일이었다. 그 가족과도 연결된 데다 자식, 손자, 손녀, 심지어 그들이 키우는 강아지의 선대와도 친했다.

요기라도 할 겸 패스트푸드점에서 햄버거를 포장해서 나오는데 낯익은 햄버거 가게 사장님이 반갑게 다가오는 게 보이자, 로고를 가리고 서둘러 마리에게 안겼다.

엄마 안부를 내게 물으며 인사했다. 바람 피우는 기분과 다를 바 없었다. 소비자의 권리는 오간 데 없이 사라져버리는, 그런 좁은 동네였다.

집에 쿠키를 내려두고 나가려는데, 엄마보다 아빠를 먼저 만났다.

늘 어색한 아빠와의 조우에 마리가 먼저 살갑게 인사했다.

난 한 발짝 뒤에 서서 멀뚱히 그 모습을 지켜봤다. 아빠는 마리와 함께 사진관을 둘러보고 일상적인 얘기를 나눴는데, 나와의 5년 치 대화보다 긴 대화였다.

괜히 불편한 마음에 2층 내 방을 둘러보다 침대에 몸을 던졌다. 내 방의 정물이 돼도 좋겠다 싶을 만큼 완벽했다. 집이 주는 편안함이란 이렇듯 모든 것이 부족함 없는, 더할 나위 없는 상태였다.

다시 밖으로 나와 시간을 죽이는데 갑자기 마리가 달려오더니 사진 봉사하는 거 찍자고 했다. 해보자는 청유가 아닌 해야 된다는 강압으로.

"찍어!"

시키는 대로 할 수밖에. 이건 돈 때문이 아니라 아빠를 위한 일이기도 했다. 그리고 정확히는 영정 사진이 아니라 다른 이름이 있었는데 나도 생각나지 않아 정정하지는 않았다.

오랜만에 등떠밀려 따라나선 사진 촬영이었다. 열분주한 아빠 옆에서 묵묵히 삼각대와 렌즈를 챙겼다. 그리고 어르신들이 모인 원프레임 야외정원 근처에 가져다놨다. 촬영은 사진 한 장에 그치지 않는다. 결혼식 스냅사진처럼 단장한 모습을 담고 영상으로도 남긴다. 종종 엄마가 편집을 부탁해 잠을 쪼개서 도와준 적이 있을 정도였다.

돌이켜보면 귀찮고 짜증 나지만 노인들의 말을 담는 건 웃기면서 경건한 일이었다.

사진은 세피아 대신 비비드 한 컬러로, 다가올 마지막 날 환하게 웃는 사진을 담는 데 아빠는 정말이지 최선을 다했다.

이유야 여럿 있겠지만 덥고 추울 때 쉴 내부 공간이 넉넉한 데다 의상이 갖춰져 있어서였다. 아빠는 장성한 아들을 데리고 다니며 인사 시켜주기 바빴다. 돈도 안 되면서도 열정적이었다. 식지도 않나.

"천천히 한 발짝 뒤로, 아니, 옆으로. 조금만 더. 퀵 퀵 슬로우."

아빠 농담에 별안간 터진 주름진 웃음을 영상으로 담았다. 아빠는 남은 가족들에게 남기고 싶은 말을 함께 담아주셨다.

"하고 싶은 말이 있으면 말씀해주세요, 어르신."

허리 굽은 할머니가 이맛살을 구기고 차를 가리켰다.

"푸… 레… 임. 프레임!"

"위에 있는 숫자는요?"

"자식아, 숫자는 진작에 읽을 수 있지. 나 이제 글씨 읽을 줄 알어, 이눔아. 내 사망증명서 빼고는 다 읽을 수 있어."

할머니의 해맑은 웃음에 나도 덩달아 웃고 말았다. 중학생 때였나. 언어가 통하지 않는 나라에 가면 나도 까막눈이라던 엄마의 말이 떠올라 웃음을 거뒀다.

"알고 죽으니까 후회 없어. 말로 다 못 한 거, 다 쓰려고. 왜 웃어? 창피하지 않아. 내일 죽어도 아쉬울 거 없어. 그전에 우리 증손녀들 동화책 녹음은 다 해주고 가야지."

"더 오래 사셔야죠."

가냘픈 어깨를 두드리며 말했다.

"그러고 보니 자네는 혹시…."

"네, 맞아요. 아들입니다."

"많이 컸네."

"더 커야 되는데 못 컸어요. 고꾸라졌네요."

"네가 되기까지 얼마나 애썼는데 뭐가 고꾸라져."

여기서 내 이름은 없고 아빠의 아들로 존재한다. 가벼운 농담을 주고받고 본격적으로 촬영을 시작했다. 슬쩍 고개를 돌렸다. 마리가 너댓 걸음 뒤에서 열심히 찍고 있었다.

"자식들에게 해주고 싶은 말 있어요? 사진 밑에 넣어드릴게요."

"다들 자기 이외에는 큰 관심을 안 둬. 눈치 보지 말고 하고 싶은 거 하면서 살아. 이렇게 말하면 돼?"

어색함을 지우려 크게 웃었다가 손으로 입을 막았다. 영락없는 소녀 같았다.

"잘하고 계신데요. 할머니께서 되짚어보실 때, 살면서 가장 중요한 건 뭐라고 생각하세요?"

"정직, 친절이지. 정직은 느리지만 확실한 보상을 안겨주고, 친절은 내게 확실한 보상을 안겨줘. 친절해라. 되돌아오지 않아도 난 좋은 영향을 이미 받았거든. 원금이 보장되는 확실하고 안전한 투자야. 네가 스스로 망가뜨리지만 않는다면 내일은 반드시 오늘보다 좋아. 이 엄마를 믿어."

"지금이 너무 힘들면요?"

"음, 아이들을 다 키운 지금 시간은 왜 이리 빠른지…. 고되고 불편했던 시간들에 내 추억과 사랑이 가득해. 편한 시간은 잊혀졌어. 고된 시간들이 나중에 웃음을 안겨줘. 힘든 시간을 지나는 중이라면 나중에 나 잘했지? 하고 격려해줘."

"살면서 이런 건 조심해라, 하는 건 있어요?"

"처음엔 큰 글자로 유혹한 뒤 불리하면 약관을 들이밀 거야. 작은 글자는 특히 더 위험해. 살다 보면 너를 미치게 만드는 것도 작고 사소한 일이야. 시간 지나서 보면 아무것도 아닌 일로 싸웠어."

더 할 말을 기다리다가 할머니가 사랑한다는 말로 마무리했다. 긴 침묵도 그대로 담아야겠다고 생각했다. 슬쩍 마리를 보자 만족한 표정이었다.

차례대로 다음 할머니 사진과 영상을 찍었다. 엄마가 미리 직업이나 주요 연혁에 대해 설명해준 터라 그에 맞게 질문을 던졌다. 이번엔 전직 부동산 개발업자였다.

"할머니는 꿈을 이루셨어요?"

잠시 적막이 흘렀다. 이런 부분들도 가감없이 녹화했다.

"누군들 큰 목표가 없었겠냐. 지금은 저 높은 곳을 바라지 않아. 높은 곳에 다다르지 말고 발뒤꿈치 들어서 가질 수 있는 것으로 하향조정했어."

"어떻게요?"

"손에 닿는 곳에서 찾아. 평소에 안 쓰던 예쁜 그릇을 꺼내기만 해도 기분이 확 달라지지 뭐야! 중요한 손님이 올 때만 썼는데 내가 귀한 손님이 된 거 있지? 안 쓰면 쓸모를 잃고 잊혀지는 거잖아. 살면서 권리를 못 챙길 때가 많았는데 알뜰히 다 챙겨. 네가 안 챙기면 누가 잘 안 챙겨주니까. 성과를 내면 당당하게 연봉 인상을 요구해. 사랑한다고 모든 걸 침해할 권리까지 내주는 건 아니라는 것도 분명히 하고. 뒤꿈치 들고 소중한 걸 꺼내서 써. 몸집이 커 보이면 자신감도 커져."

그랜드 커리어우먼다운 말이었다. 이어서 다음 할머니 차례였다. 엄마가 아무 말도 해주지 않아, 인적 사항을 가볍게 물었다.

그리고 이어지는 세상에 고마운 점은 말할 것도 없이 길었다.

"자식들에게 미안한 점도 있어요?"

"애가 어릴 때, 장난감 하나 사달라는 걸 못 사주고…. 빡빡하고 고단한 살림이었어서 혼내고 말았어. 빨리 어른이 돼서 일해서 네가 사라고…. 그 길로 영영 헤어져서 안 돌아와. 이제 장난감 원 없이 사줄 수 있는데. 찾다 찾다 이제 저승길까지 가서 찾아보려고."

갑자기 숙연해졌다. 말을 잇지 못하다가 할머니가 천천히 입을 뗐다.

"이웃 마을에서 나서 평생 이곳에서 살았어. 해외여행 한번 못 가본 내가 이제 훨훨 날아갈 수 있게 됐구만. 남편 식사 안 챙겨줘도 되니 이제 자유다, 자유야. 엄마가 부탁이 있어. 아빠한테 안부 전화해줘. 이 영감탱이 버릇을 잘못 들여서 뭘 해먹을지도 모르니까 너희들이 가르쳐줘. 엄마 말은 안 들어도 너희들 말은 잘 듣잖아. 가끔 얼굴도 보여주고. 그것만 부탁할게."

할머니가 몸을 돌려 앉았다. 눈, 입 없이 흔들리는 등쪽의 흐느낌이 전해졌다. 나이가 들면 등으로도 울었다. 진정되기를 기다렸다가 물 한 잔을 부탁한 할머니께 물을 드렸다.

"슬슬 너희 언니를 만나러 가야겠어. 땅에 내려앉기에는 너무나 예쁜 나비라 엄마 품에서 아빠에게, 삼촌에게로. 땅을 밟을 시간도 없이 예쁨 받았어. 늘 누군가의 품과 무릎 위에 있었으니까. 처음이라 너무 약하게 키웠나 봐. 그래서 작은 바람에…. 엄마가 가서도 기도 많이 할게. 우애 있게, 사랑하면서 살아. 다른 건 다 필요 없다. 엄마는 자유를 오래 느끼고 싶어. 너희 아빠 건강하게 오래 살라고 해라. 약 챙겨 먹는 습관도 못 들이고 가니 아쉽구나. 재혼해도 된다고 해. 그 성격 버틸 신부가 있을까 모르겠다마는."

구전되는 한 사람의 역사를 거슬러가는 건 대체로 덤덤했다. 역사의 장르가 신파일 거라 생각했지만 코미디에 가까웠다.

"다음엔 부잣집에서 태어나. 하고 싶은 거 하고 훨훨 날아. 엄마도 어떻게 날아야 하는지 몰라서 못 가르쳐줬어. 미안하다. 땅에 떨어진 거나 주워 먹으면서 살았지. 하늘 높은 곳을 볼 수 없었어. 나무처럼 천천히 클 줄 알았는데 무섭게 자라나는 옥수수 같더구나. 엄마는 가장 기뻤을 때가 땅에서 기른 거 음식으로 만들어 너희들 입에 들어간 때였어. 그 낙으로 살았다. 고맙구나. 지금은 주방에 서서 음식 먹던 시절이 그리워. 손주들 키우는 게 힘들어도 그때뿐이야. 덕분에 행복했다. 고마워. 미안해. 사랑해."

마리가 휴지를 건네려는데 할머니 눈은 건조했다. 휴지 든 손을 뒤로하고 다시 물러났다.

"끝! 더 말하면 젊은 친구들 힘드니까."

"전혀 안 힘들어요."

"내가 힘들어. 배고파. 수고들 했어. 고마워."

쿨한 할머니가 내내 아끼던 화장품 향기를 뿜으며 카메라 옆을 사뿐히 걸어나갔다.

자유로운 어르신들을 찾는 것도 일이었다. 멀리서 서성이는 할아버지께 물었다.

"혹시 사진 찍으러 오신 거 맞으세요?"

조금은 초췌한 모습에 물었고, 맞다는 대답이 돌아왔다. 기껏해야 칠십을 넘긴 나이 같았는데, 고생을 한 탓인지 치아가 듬성듬성 빠져 있었다.

햇볕에 그을린 피부, 낡은 구두를 보고 사이즈를 가늠하고 서둘러 원프레임으로 달려갔다. 적당히 어울리는 옷과 구두를 겨드랑이에 끼고 달렸다.

"공지 못 받으셨구나. 의상 빌려드려요."

"고맙네만 지금 이대로가 좋네. 평생 일하는 사람으로 살았으니 일하는 사람으로 가야지."

머리가 새하얘졌다. 어떤 질문을 해야 할지 몰랐다. 두리번거리며 엄마, 아빠를 찾았지만 열심히 포즈 디렉팅 중이었다. 카메라 삼각대를 만지작거리는 내 옆에 바짝 다가와 말했다.

"보니까 자식들에게 하고 싶은 말 하는 거 남겨준다는데 그냥 얘기하면 되지?"

서둘러 삼각대 높이를 조정했다.

"네, 편하게 말씀하시면 됩니다."

"아빠처럼 살지 말아라."

그리고 잠시 동안 바닥을 쳐다봤다. 마른침을 삼키느라 목젖이 서너 번 꿀렁거렸다.

"소유하는 것에는 다 재산세가 붙지 않더냐. 근데 분노에는 더한 중과세가 적용되더구나. 난 가진 게 없어서 세상에 분노했다. 가난이 무서운 건 사생활, 사교를 앗아가는 거였어. 숨을 공간과 새로운 친구를 만드는 여유가 없어서… 결국 술과 친해졌어. 사는 게 너무 어려웠지. 실직에 빚 독촉에…. 잠든 너희들을 보면서 못된 생각도 여러 번 했어. 어떻게 하면 고통을 끝낼 수 있을까에만 빠져 있던 상황이 1년은 지속됐지. 그런 생각을 했던 마음이 너무 괴로워. 죽음의 시간이 스산한 기운을 풍기며 육박해오는 게 느껴져. 그래도 어쩌겠어. 죽어야 완성되는 삶이니 기꺼이 받아들이는 거지."

"혹시 어디 아프…."

"생각하면 내내 미안하다. 그저 그런 나를 아빠라고 불러준 너희들이 있어 내내 행복했다. 고생만 하지 않았어. 내 나름 대로 즐거웠으니까. 너희는 나를 가장 약하게 만들다가도 무엇보다 강하게 만들었어. 고맙구나. 고된 노동의 끝에, 잠든 너희들 숨소리만 들어도 좋았어. 잘 먹고 잘 자면 그걸로 고마웠다. 미안해할 것 없어. 내가 준 사랑만큼 너희가 준 사랑이 똑같아. 우리는 비겼으니까. 무승부야.

그러니까 다음 세상에서 다시 또 아빠와 자식으로 만나는 거야. 그때도 내가 아빠 할 거야. 두 번째는 더 잘해줄 수 있어. 아빠를 웃길 재밌는 이야기 많이 만들어 오렴. 만약, 너희들 이야기가 재미없으면 그때 죽을 줄 알아. 기쁜 마음으로 맞으러 나올 내 신부에게 너희들이 얼마나 사랑스럽게 컸는지 알려주러 바삐 간다.

웃으면서 보내줘. 내 계획 망치면 너희들 꿈에 나타나서 괴롭힐 거다. 너희를 목숨보다 사랑하는 아빠가."

예의는 첫줄에, 진심은 끝줄에 담긴다. '생각하면 내내 미안하다'로 시작해, '너희를 목숨보다 사랑하는 아빠가'로 끝나는 음성 편지에 코끝이 매웠다.

울음인지 웃음인지 알 수 없는 어깨 떨림이 묘하게 웃음으로 기울어 이따금 큰 기침 소리가 울렸다. 종잡을 수 없는 감정에 사레가 걸린 게 분명했다. 아마 자식들 웃음을 보고 싶으셨던 것 같다. 역시 자녀가 부모에게 주는 최고의 선물은 소리 나는 꽃, 웃음꽃일 것이다.

입망울을 터뜨리며 웃는 모습은 나도 꽃으로 만들어버린다. 자지러지며 웃는 만개한 꽃밭, 나도 보고 싶은 것이었다. 유가족의 죄책감마저 갖고 떠난다는 메시지에서 걱정, 사랑,

책임이 얼마나 무거운지 알 수 있었다. 흐뭇한 미소를 지으며 고개를 돌리자 아빠와 눈이 마주쳤다. 어색한 미소를 지어 보이고, 얼른 고개를 더 돌려 마리를 보고 말했다.

"혹시 이런 장르가 있나. 슬리핑 코미디야? 스탠드업 코미디보다 더 웃겨. 웃으면 안 될 것 같은 곳에서 참느라 혼났다고."

"왜? 그럼 안 돼?"

마리가 쏘아보며 말했다.

"돼. 되고 말고. 죽음을 소재로 웃기는 게 제일이지."

촬영이 마무리될 즈음, 어색한 분위기를 깨려고 물었다.

'오늘 사진 찍은 거 손주들이 볼 수 있게 이메일로 보내드릴까요?'라고 말하고 순간 멈칫했다.

"근데 이메일 있어요? 휴대폰으로 편지 보내는 거. 편지요!"

손으로 펜을 쥐고 허공에 끄적였다.

"지메일 있어."

"네?"

"비밀번호도 매달 바꾸고 있어."

마을정보화교육이 잘 이뤄지고 있었다.

"할머니는 사진 찍고 뭐 하실 거예요?"

"문신."

팔뚝을 쑤욱 내밀었다.

"네? 문신이요? 할아버지 이름이라도 새기시게요?"

일부러 과장되게 웃었다.

"…"

할머니의 깊은 들숨에 매서운 바람이 불었다.

"아, 꽃 같은 거 이쁜 거 새기시려나 보다. 그죠?"

움츠러든 나는 재빨리 태세를 전환했다.

"꽃보다 이쁜 내 손녀 웃는 얼굴로 하고 싶어. 이제 뭘 하든 눈치 안 보니까."

"우. 와. 정. 말. 멋있으세요."

DSLR 카메라와 렌즈 가방을 어깨에 메면 오지랖 넓은 어르신들과 아이들이 다가와 거리낌 없이 묻는다.

'사진작가 양반인가?'부터 '나도 찍어줘'라는 갑작스러운 제안까지.

특히 아이들은 막 걷기 시작한 강아지처럼 발랄했다. 사탕 냄새가 달달하게 풍겼다. 카메라를 들면 사방에 흩어진 아이들이 한 점으로 모여 눈망울을 깜빡인다.

"저도 찍어주세요! 찍어주세요오!"

아이들은 카메라를 장난감으로 여겨 영원히 끝나지 않을 고전 춤, 개다리춤을 췄다. 날랜 움직임에 맞게 셔터 스피드를 최대한 빠르게 조정해 사진을 찍어주는데 요구가 끝이 없다.

더 머리 큰 녀석들도 머뭇거리며 다가왔다. 할머니들 틈에서 '고것 참 바쁜 입이네'라는 장난스러운 말이 새어 나왔다.

"애들은 가라니까! 어르신들 찍어주려는 거니까."

초등학생 아이가 와서 찍어달라고 성화라 입 모양을 구겼다. 아이가 발광하듯 뒤집어지다 눈을 뒤집어깐 다음 두 발을 쿵쿵 찧었다.

곁에서 이를 본 할아버지가 잔뜩 성을 내며 쫓아냈다. 저렇게까지 성을 낼 일인가, 좋은 말로 하지. 생각하며 민망한 웃음을 짓고 자리를 옮겼다가 소리가 끊길 때쯤 다시 사진을 찍었다. 큰 소리에 이명이 생길 정도였다.

"나머지는 내일 하죠."

아빠 말에 어른들이 삼삼오오 흩어졌다.

난 마리를 보고 어색한 미소를 지었다. 누군가 혼나는 모습을 보는 건 유쾌한 일이 아니었기 때문이다.

"요즘 애들은 예절 교육을 더 받아야 한다고 봐. 손잡이를 돌려서 배려 있게 천천히 닫는다. 이런 걸 학교에서 좀 배워야 할 텐데…."

푸념하듯 말했다.

"계단 올라갈 때는 발뒤꿈치를 들고 살살 걷는다. 의자는 살짝 들어서 옮긴다. 이런 기본을 안 가르쳐. 스마트폰 없을 때는 어떻게 만나서 약속을 잡고 놀았나 생각해봐.

안녕하세요? 저는 누구누구 친구인데요, 지금 집에 있나요?

약속 시간과 장소를 정해서 만나는 신뢰를 배우는 느린 과정이 없어. 다 빨라. 부모가 보호만 한다고 되겠어? 문제를 일으키면 관리자 모드로 들어가서 고쳐야지."

"뭘 어떻게 고칠 건데?"

마리가 물었다.

"선 넘지 마. 금 밟아도 죽어. 거기서 매너 지켜. 이 간단한 걸 가르쳐야지. 속성—자세히—고급으로 들어가서 잘못한 부분을 지적해. 그리고 기본 설정을 바꿔. 아예 개발자 모드로 들어가서 다 바꿔야 돼. 부모들도 문제 많아. 배관이 고장 났을 때 배관공에게 음료와 간식을 건네고, 배달용기는 깨끗이 씻어서 버리기 같은 매너. 선물을 줄 땐 짧은 편지와 포장을 해야 하는 거. 모르면 기술적 지원 받아야지."

거친 싸움의 잔상이 가시지 않아 서둘러 정리했다. 내가 맡은 인물 사진은 렌즈 교체할 번거로움 없이 단렌즈로 사진을 찍고 메모하는 단순한 일이었다. 나머지 번거로운 인화는 아빠의 몫이었다.

촬영을 끝내고 아빠의 표정이 내내 굳어 있다는 것을 알았는지 마리가 물었다.

"괜찮으세요?"

아빠는 긴 한숨을 내쉬었다.

"할아버지가 손자를 살린다고 저러는 거 보면 안타깝지."

"왜… 요?"

"손자 살리려고. 그 애도 알 건 다 알아. 무슨 사진 찍는지 알고."

"…무슨 일인데?"

오랜만에 아빠에게 말 걸었다는 것을 깨달았다.

"이식해주는 거니까."

"그럴 땐 어떻게 해?"

다시 물었다.

"아이를 잃어버린 엄마에게 '어머님 심정은 이해합니다'라고 말해선 안 돼. 그럴 리가 없거든. 그저 묵묵히 곁을 지켜주는 거야."

아빠가 말했다.

'우리가 할 건 처음부터 끝까지 애도. 애도와 사과의 본질은 같아. 비극을 위로할 때는 진심 어린 애도만 하거라. 부차적인 건 모두 불필요하다. 유가족을 위로하는 것만 해. 그 어떤 것도 보탤 필요 없어.'

오래전 아빠의 말을 함께 떠올리며 아득한 공간에 빠져들었다.

9살의 어느 날, 애지중지하던 강아지가 죽었다. 사료는 많이 남았고 처치 곤란이라는 구실로 엄마를 졸라 한 마리를 새롭게 입양했다. 3년 뒤 또 사료를 남긴 채 떠났다.

이제 안 키울 거야. 마당 깊이 묻어주고 울부짖느라 실신해 버렸다. 두 번이나 강아지를 묻어준 게 내 탓 같았다. 풀이 죽은 나를 엄마가 내내 달랬다. 일주일 가까이 앓아누웠을 때 차마 치우지 못한 사료와 장난감과 함께 뒹굴었다. 버리면 그 아이가 준 사랑을 버리는 것 같아서.

보다 못한 엄마가 자기 전에 말했다. 깔끔하게 정리된 죽음은 없다고. 손으로 종이를 찢는 거랑 비슷하게 말끔한 절단면은 없어. 다 그런 거라고. 그 말이 위로가 돼서 장난감과 사료를 히포에게 줬다. 그리고 일주일 만에 겨우 씻었다.

어른이 된 지금 확실히 알았다. 적당히 남긴 민폐와 분주한 행정 절차를 밟는 동안 유가족이 서서히 회복한다는 것을. 출생신고와 달리 사망신고가 복잡한 건 어쩌면 그런 속사정이 있는 게 아닐까. 떠난 가족의 파편을 정리하며 더 사랑하는 일. 우리는 서로에게 남은 사료 같다. 말끔한 죽음이라는 건 없었다.

기억을 되살리면 엄마가 이렇게 말했다.

"관계를 정리하는 건 다 지저분해. 그걸 치우면서 잊어가는 거야. 시작점이 달라. 당연히 끝점도 다르니까 말끔한 이별은 없는 거지."

멍한 얼굴을 앞에 두고 마리가 말했다.

"내가 가십을 싫어하고 다큐를 좋아하는 이유야."

***

"오늘부터 네 방에서 잘게. 쿠키도 돌봐야 하고."

마리가 통보했다.

"독촉장 붙이는 것처럼 말하네. 누가 허락한대?"

"네 허락은 필요 없어."

"왜? 안 돼."

"뭐가 안 돼. 집주인분과 얘기 다 끝냈어. 집에서 편하게 지내래."

"난 계속 게스트하우스에서 잘래."

"그러든지."

난 차에서 자기로 했다. 시트를 뒤로 젖히고 누우면 그럭저럭 구겨져서 잘 수 있었다. 집에 아무도 없을 때 씻고, 빨래는 코인빨래방을 이용할 거라 마음먹었다. 술보다 음악이 필요한 밤, 귀를 간지럽힐 만큼만 볼륨을 높이고 시트를 젖혔다.

새벽이 좋았다. 포스트 아포칼립스가 펼쳐지는 시간. 모두 죽은 가운데 홀로 살아 유영하는 기분. 창문을 열고 '너도 그렇지?' 괜히 지나가는 고양이에게 시비 걸듯 말했다. 조명을 빗겨난 어둠에 차를 세우고 멍하니 생각에 빠져들려는 찰나였다. 경찰도 꾸벅 졸 새벽 3시, 택배 트럭이 이십 미터 앞에 정차했다.

후드티를 눌러쓴 남자가 짐칸을 조금 열더니 다시 운전석에 앉았다. 이 새벽에도 열심히 일하는 사람들을 보면 존경과 내 누추함이 드러나 모른 척했다. 나처럼 차가 집인가 보다, 생각하며 다시 졸음을 받아들였다.

얼마나 지났을까. 옅게 깬 잠에 짜증이 일었다. 잠들 것 같지 않지만 몸과 마음은 고단하다. 애써 잠을 청하려는데 고양이 네 마리가 택배 트럭 짐칸에 올랐다.

아마도 내가 집중하지 않은 새 올라탄 것을 포함하면 그 이상일 거라는 강한 확신이 들었다.

고양이 들어간 거 알려줘야 하는데…. 경적을 울리려다 어두운 새벽을 의식해 안타까운 마음만 남겼다.

꿈인지 현실인지 모를 상황에 겨우 잠들었다가 조심스러운 노크 소리에 깼다.

얼굴에 차양막을 만들고 걱정스러운 눈빛을 보내는 낯선 할머니와 눈을 마주치자 재빨리 마른세수를 하고 억지 미소를 지었다. 몸은 더 자길 원하지만 뇌가 깨버렸다. 겨우 네 시간을 잤다. 구겨진 채로.

다시 창문을 두드렸다.

"할머니, 저 괜찮아요."

"그게 아니라. 여기 주차 자리 아니니까 차 빼요."

이 더럽고 차가운 세상으로부터 빨리 무의 세계로 사라져야지. 시계를 보고 달력을 보며 계약서를 다시 훑었다.

촬영

♀

마리

암막 커튼이 없어 일찍 눈을 떴다. 햇살이 눈을 간지럽혀 깨우는 기분 좋은 기상이었다.

꿈도 안 꿨다. 피곤함이 남아있지 않은 말끔한 눈, 하품도 없이 일어난 게 얼마 만인지 생각하며 웃었다.

잠옷 차림으로 새벽 산책을 하며 분주한 새와 곤충들의 시차에 맞추는 기분이 상쾌했다.

새벽이 건네는 하이파이브에 좋은 아침이라고 인사해버렸다. 그동안 악수하자고 내민 손이 허공에 매달리며 얼마나 민망했을까.

밀린 죄책감에 들꽃과 나뭇잎에도 손을 맞췄다. 차가운 이슬에 닿은 손을 바라보며 흐뭇해졌다.

티라노는 집에 있으면 챔피언이 된 것 같다고 말했었다. 새벽 산책과 운동 그리고 아침식사가 꼭 복싱 챔피언의 루틴 같다면서. 무슨 말인지 알 것 같았다.

오랜만에 따뜻한 아침을 먹고 천천히 준비하려는데 창문 너머에 목, 허리를 고문하는 건지 스트레칭하는 건지 연신 두둑, 관절을 꺾으며 샌드위치 씹는 녀석이 보였다. 잠자리가 사나웠는지 밤새 두들겨 맞은 모양새였다.

"사서 고생이네."

촬영은 금방 익숙해졌다. 화려한 기술이 필요한 것도 아니어서 피사체와의 의사소통만이 유일한 기술이었다. 내면과 말을 거는 것은 익숙해도 타인과 진지한 얘기를 나누는 건 익숙하지 않아 녀석이 도맡았다.

"아, 이분은 옆집 할머니. 애기때부터 알던. 사진에서 봤지?"

"여기 찍어, 이쁜 거! 나 같은 늙은이 찍지 말고."

"할머니가 더 예뻐."

"어른 놀리면 못 써."

"할머니, 근데 아까 같이 있던 남자는 누구야? 처음 보는데?"

"애인."

"대체 몇 년이나 연하야… 경찰 불러."

다큐를 찍는다고 간단히 설명하고 카메라를 신경 쓰지 않아도 된다고 말했다. 굳이 말하지 않아도 신경도 안 쓰셨지만.

"애인이 다섯이야."

"와… 능력자야."

손을 저으면서 웃음기는 감추지 못했다. 제 할 말만 하고 양철 물뿌리개를 들고는 꽃밭으로 사라졌다.

"엄마한테 혼나면 할머니 집으로 도망쳤어."

티라노가 속삭였다.

오랜 역사를 들춘 기분이 묘했다. 원래 흰머리 할머니에서 흰머리 독수리, 독수리 할머니로, 별명의 진화 과정도 들을 수 있었다.

"할머니도 신경 쓰였는지 염색을 신경 써서 하신 거야. 근데 염색약이 간 수치 높인다는 이슈를 듣고 내가 절대로 하면 안 된다고 했지. 그리고 헤나 염색으로 바꿔드렸어. 용돈 궁할 때는 직접 염색도 해드렸고. 아무튼 그래서 독수리 할머니야. 성질이 못되고 무서워서 그런 거 아니니까 오해 말고."

"알아, 알아. 전혀 그렇게 안 보이셔."

아이들과 할머니, 할아버지들의 순수함이 좋아졌다. 늙지 않는 웃음을 보면, 동심은 늙지 않는다는 걸 느꼈다. 아이의 마음으로 기쁘게 살고 싶어졌다. 순수하게 좋아하고 기뻐하는 마음. 더 많이 웃고 울고 싶어졌다.

원프레임 야외정원에 여섯 분이 모였다가 흩어졌다.

여기여기 모여라! 짝! 유치원생처럼 한곳에 모으기 어려운 나이지만 사진이라는 매개체로 모두 한자리에 모인 것 자체가 신기했다.

"아무것도 이룬 거 없는 내가 무슨 자격으로 할 말이 있겠어. 조악한 경험을 얘기하는 게 주제 넘는 일일 수도 있지. 서툴고 어쭙잖은 우리가 뭘."

"아니지, 이 사람아."

대뜸 옆에서 끼어들었다.

"이룬 게 없고, 남은 게 없다니. 이거 완전 멍청한 소리만 하네. 그럼 자네가 한 고민들, 그 힘든 시간들은 뭔데? 대체할 수 없는, 완전히 자네 소유 아닌가? 괴로움을 동반한 진심의 시간은 절대 배신 안 해."

손바닥 책을 낀 할아버지가 걸걸한 목소리로 밀했다.

"맞아, 서툴게 산 우리들이어도 애들도 키웠고 세금도 다 냈잖아! 성공한 사람들만 카메라 앞에서 얘기할 수 있는 것도 아니고. 무엇보다 우리는 실패를 잘 알지. 공부 잘하는 아이들은 오답노트 만들잖아. 그럼 우리 늙은이들 얘기를 오답노트라고 생각해."

"뭐가 오답이야. 애초에 답이 없지."

할머니들 특유의 과한 친절과 무례를 넘지 않는 적정선의

친근감이 좋았다. 거기에 격의 없는 오지랖과 유쾌한 웃음이 더해졌다. 눈썹이 물결치며 들썩였고 웃음소리는 화통했다. 주름 따위 신경 쓰지 않고 입을 가리지 않고 웃는 얼굴이 보기 좋았다.

"틀린 말은 아닌데…."

"틀린 말이 아니니까 해보세. 나이가 들었다는 건 책으로 치면 고전이라는 거 아닌가."

"그래, 우리는 새로운 눈이 생겼지. 대가 없이 주어진 것들. 대자연, 공기, 숲, 강, 바다, 별의 가치를 알지. 가질 수 없고 누려야만 하는 것들. 그리고 대가 없는 사랑에 대해서도. 뭔가 이룰 필요 없어. 세상에 태어났으면 그걸로 몫은 다한 거지. 느끼기만 하면 돼. 당연한 것은 없으니까 감사한 마음으로."

가만히 대화를 들으며 방해가 되지 않는 선에서 촬영했다.

"매달 날아드는 고지서가 콜레스테롤이었는지 내 꿈은 하나도 이루지 못하고, 시간에 찌꺼기가 쌓였지만 후회는 없어. 꿈과 좋아하던 것도 싹 잊게 새끼들 키우는 게 좋았거든. 나는 깎여나갔지. 지금에 와서 보니 그게 음각으로 새긴 도장 같은 것이었네. 자네들에게 고마워."

대화의 방향이 우리를 향했다.

"근데…."

"응?"

"할머니, 할아버지가 되면 어떤 기분이세요?"

내가 여쭀다.

"당위와 의무감에서 벗어난 게 홀가분하고 가벼워. 진짜 내가 돼. 너 공부는 잘하니? 대학은 어디 가니? 결혼하니? 집은? 아이는? 폭력적인 질문으로부터도 해방돼. '엄마! 여보!'로부터 멀어지면서 가장 나다워졌어."

한 할머니가 거침없이 말했다. 그리고 다른 할아버지가 손을 들었다. 카메라를 돌렸다.

"이 나이 먹으니까 내 등에 숫자가 있다는 걸 알았어. 난 못 보는 숫자겠지. 그런데 그게 영구 결번이 아니라는 것만 아네. 그저 나이가 아니라는 것도. 남에게 상처준 말인지, 내 후회인지도 모르겠네. 죽을 때 와줄 사람들의 숫자? 그것도 아닐세. 요즘 생각하는 건, 미처 용서받지 못하고 용서하지 못한 일들의 합이 아닐까 생각해. 0으로 만들고 싶어. 가볍게 떠나고 싶네."

짓궂은 다른 할아버지가 '그게 자네가 살 날이야'라고 말했다가 장난스런 야유를 들어야 했다. 그쯤이야 아무렇지 않은지 할아버지는 너털웃음을 지었다. 유일하게 웃지 않는 할아버지가 말했다.

"난 새벽이나 늦은 밤 가족 연락이 두려워. 부고 연락을 심심찮게 받아. 익숙한 연예인들의 부고 소식까지 더하면 문득 서늘해지지. 나이가 든다는 건 그런 거야. 축하보다 위로의 자리가 많아진다는 거. 사그라드는 빛…."

자네가 살날이야, 하고 말한 할아버지가 거친 위로를 건넸다.

"아니지. 황혼이 사그라드는 빛이 아니야. 해가 지는 시간이라고 하는데 글쎄, 핑크빛 석양이 지면 끝일까? 달의 시간도 있어. 은은하게 그러나 확실하게 빛나는 존재. 그 이후에는 별의 시간도 있어. 잊혀진다 해도 존재했던 어스름한 빛으로 기억 속에 있으면 그걸로 충분해. 슬퍼할 것 없어."

점잖은 할아버지가 양방향을 번갈아보며 말하다 내게 시선을 고정한 채 말했다.

"우리 얘기가 무섭지는 않지?"

"하나도 안 무서워요. 죽음을 드러내는 사회가 건강한 거래요."

할아버지가 인자한 웃음을 건넸다.

"딱 한 가지 무서운 게 있는데, 난 냉소적인 사람들이 가장 무서워. 물론 그 사람들 지금은 다 싸늘해졌어. 그 냉소가 계속되면 화염을 불러서 본인을 태운단 말이지. 냉소적이면 좀 똑똑해 보이는 착각만 있지 나머지는 해롭기만 해. 차가운 얼음에는 냄새가 없잖아. 알아차릴 수 없는 악의가 그래. 냉소적이고 냄새가 없어서 쉽게 알 수 없어. 차라리 악취를 풍기면 알아차리기 쉽기라도 하니 좋으련만, 오히려 향수를 뿌린단 말이지."

취했는지 얼굴이 벌건 할아버지에게 머뭇거리며 카메라를 돌렸다. '나 취한 거 아니야'라는 말을 필두로 화려한 제스쳐가 이어졌다.

"내가 딱 하고 싶은 말이 하나 있어, 귀 쫑긋 세우고 잘 들어. 걱정하는 일의 대부분은 일어나지 않고, 기대하는 것 이상의 일은 드물어. 그러니까 너무 걱정하지도 말고, 기대하지도 말고, 자유롭게 딱 걱정과 기대 사이에서 분방하게 활보해! 걱정 쪽에 기대서 위태롭게 걷지 말고! 거긴 낭떠러지니까. 기대는 코너길이니까 속도를 늦춰. 너무 들뜨지 말고 햇살을 즐기고 굽이쳐 흐르는 강을 보며 감탄하고, 천천히 가는 거야. 오케이? 난 너무 아래 절벽을 보며 떨었어. 그게 조금 후회스럽네."

"매번 쉽지 않은 한 해를 넘긴 내가, 우리가 참 대견해. 무게를 들어 넘겼고 높은 허들을 넘었어. 그때 힘들었던 거 같은데 너무 빨리 지나가서 어떻게 넘겼는지 기억도 안 나. 지금에 와서 돌이켜보면, 엄두도 안 나게 힘들었는데 같이 들어주고 벽을 넘게 도와준 사람들이 있었어. 힘들 땐 나 사느라 안 보였어. 고마운 사람들이야. 다 선생님이었고 동료였고 가족이었어. 혼자 한 건 없었어."

"그저 숫자만 늘어난 거지, 그 외는 말짱해. 성공하지는 않았지만 열심히 살았어. 이 몸은 또 다른 몸을 낳아 책임져서 길렀어. 사랑으로 키웠고 그 자식이 똑같이 사랑으로 키워. 자식과 그 자식의 자식들이 스무 명이 넘지. 이쯤 되면 충분히 역할을 다한 거야. 노인학교 선생님이 별이 죽을 때 또 다른 생명 탄생의 시초가 된다고 했어."

"맞아 맞아."

내내 말 없던 할머니가 카메라를 보고 말했다.

"나이 들면 뭐 어때. 어떤 부자도 안 부럽지. 날 좋은 곳에 데려다주고 새로운 음식을 먹여줘서 고맙네. 매일 신선한 이야기가 테이블에 오르는 사고 치는 자네들 덕에 많이 웃었어. 지나고 보니 다 좋은 일이야."

"할머니, 할아버지들은 꿈이 뭐였어요?"

"꿈 그런 거 가질 여유가 안 됐어. 세상이 꿈꾸지 말라고 하는 거 같아서 그냥 되는대로 살았지."

"먹고 사느라 바빴으니까. 다 소중한 꿈 하나 창고에 넣어뒀다가 녹슬어버렸나 봐."

"나이 들어서 느끼는 가장 참혹한 후회는 내가 원한 건 이런 모습이 아니었을 때가 아니었나 싶어. 다시 부수고 쌓을 수 없다는 걸 깨닫는 순간이었던 거 같네. 고치면서 만들어. 유연한 태도. 근데 꿈을 왜 이뤄? 가꿔 나가. 방청소하듯 닦

아주고, 가끔 구조를 바꾸기도 해봐."

어른들의 백발토론을 더 듣고 싶었다. 웬일인지 티라노 녀석도 조용히 그리고 적극적인 패널 역할을 잘하고 있었다. 마침 로지에게 연락이 왔다며 휴대폰 화면을 내게 보여줬다. 그러고는 퉁명스럽게 받았다.

"일찍부터 왜? …그럼 뭐 하는지는 왜 묻는 거야? 좀 쉬고 싶은데…."

난 사나운 눈으로 째려봤다. 하는 수 없다는 듯 계약서를 뒤적이는 흉내를 냈다.

'지금 갈게' 하고 전화를 끊고는 나를 노려봤다.

"진짜 싫어, 싫다고! … 뭐야 이게! 진짜!"

숨죽여 말했다.

빠르게 운명을 받아들이는 소리였다.

티 타임즈

♂

티라노

로지에게 연락이 왔다.

"지금 뭐 해? 뭐 하건 간에 와."

"그럼 뭐 하는지는 왜 묻는 거야? 좀 쉬고 싶은데….."

마리가 사나운 눈으로 째려보고 계약서를 뒤적이는 흉내를 냈다.

"지금 갈게."

그러고 전화를 끊었다.

"진짜 싫어, 싫다고! …뭐야 이게! 짜증 나!"

짜증과 피곤함이 겹쳐 몰려왔다. 관절이 따로 노는 듯 온몸이 뻐근했다. 촬영은 언제 끝나나 달력을 보자 어지럼증이 일 것만 같았다. 겨우 반이나 왔을까? 마라톤 하프 구간을 돌 때가 가장 힘들다더니 중도 포기할까도 생각했다.

방송국에 도착하자 마리가 엔젤클럽에서 답장이 왔다고 반겼다. 말로만 듣던, 베일에 싸인 수녀원 입구 문고리를 잡은 듯했다.

"고민 상담은 종종 편집하는데, 답변은 거의 편집 안 하고 내보내."

"진짜 손글씨로 써서 보내주는구나. 참, 정성이다, 정성이야. 아니, 열정적이시네들."

"이렇게 편지를 직접 보내줘."

로지가 실링왁스로 봉인한 편지를 내밀었다.

"오프닝 멘트도 네가 다 써?"

"그럼 누가 써?"

"그냥 응, 하면 되지. 꼭 저렇게 공격적이라니까."

"너한테는 그렇게 된다, 얘. 미안."

로지의 오프닝 멘트는 의외로 나 같은 현실주의자에게도 도움이 됐다. 평소와 다른 친구 목소리로 듣는 게 여간 간지러운 게 아니라 텍스트 파일만 내게 보냈다. 한구석에 앉아 조용히 읽기 시작했다.

참 얄궂은 게, 기억하고 싶은 건 쉽게 잊히는 것 같아요. 기억에서 지우고 싶은 건 잊히지가 않고요. 왜 나한테 이런 일이 생겼을까?

라고도 생각했습니다. 세상은 생각보다 잔인했습니다.

꼭 일어나야 하는 일은 잠자코 있고 일어나선 안 되는 일은 빈번했죠. 누군가의 죽음, 배신, 절망… 어쩌면 클리셰가 아닐까요? 주변을 둘러보면 '왜?'가 아니라 '언제?'의 문제였던 거 같아요. 비극은 항상 가까이 도사렸던 겁니다.

있어서는 안 될 일이라는 건 없었습니다. 있을 수 없는 일이라는 건 결코 없다는 것을 지금은 받아들였죠. 그러자 세상이 생각보다 더 아름다워 보입니다. 비극은 이야기의 전개라는 진리. 멋지고 짜릿한 일이 생기기 전에는 꼭 비극으로 시작하는 클리셰. 그게 세상이 희극을 쓰는 방식이었습니다.

맑지만 때때로 흐림, 흐리지만 때때로 맑음. 갑작스러운 소나기. 일기예보 같아요. 호락호락하지 않으니까 재밌는 것 같습니다. 좋을 호, 즐거울 락. 쉬우면 재미없죠. 알면 무슨 재미죠? 무슨 일이 벌어질지 모르니까 재밌는 거잖아요. 떨지 않기로 했습니다. 내일이 기다려지는 총총한 밤, 티타임즈입니다.

어디엔 좋고 어디엔 나쁠 수 있는 거죠. 모든 게 그런 거 같아요. 기사 하나를 보죠.

'와인 한 잔, 심혈관 예방엔 도움… 간암 위험은 높여.'

와인을 맞이하는 간과 심장의 입장은 다릅니다. 어디에 좋은 일이 어디엔 나쁠 수 있어요. 세상이 혼돈 속에서도 잘 작동하는 이치가 그렇습니다. 모든 건 여러 면이 있었습니다. 그중 마음에 드는 면에 가중치를 두면서 사는 거죠. 당장 사진 찍을 때 잘 나오는 구도가 있는 것처럼요. 참고로 전 오른쪽 얼굴이 나름 괜찮습니다.

와인 한 잔도 어디엔 좋고 어디엔 나쁜데 사람은 어떨까요? 칼 융은 40대 마음에 지진이 일어난다고 했고, 공자는 40세를 불혹이라고 했습니다. 어디에 그리고 언제 좋고 나쁜지는 모른다는 말을 덧대고 싶습니다. 총총한 밤, 티타임즈입니다.

삶을 사는 데 라이센스는 필요 없습니다. 태어남과 동시에 부여되죠. 센스만 있으면 됩니다. 센서 고장이면 들여다보세요. 배고프다는 신호인지 졸리다는 신호인지, 뭐가 부족하거나 막혔을 때 경고등이 늘어오니까요. 잘 가고 있는 거 같아요. 어떻게든.

10x10, 1x100, 130-30, -50+150, 4x25, 99+1, 10/1,000, 10x8+20, 1+1+1+1+96….

굳이 한 가지 길만 있는 건 아니었습니다. 틀린 길은 없다는 게 지금까지 살면서 내린 결론입니다. 마이너스여도 결국 반등할 수 있다는 진리, 자연법칙을 그때는 몰랐습니다.

알수록 부족하다고 느끼는 게 정상이었습니다. 헤매는 게 확장하며 미지의 영토를 넓히는 과정에 있다는 걸 지난 시절의 내게 그리고 청취자에게 꼭 말해주고 싶습니다. 총총한 밤, 티타임즈입니다.

오늘은, 엔젤클럽의 멘트를 좀 빌렸습니다.

좀 이상해, 라는 설익은 평가와 굳이 그렇게까지 해야 해? 라는
가벼운 우려가 너답게 잘 가는 이정표라고 봐. 새로운 길의 이정
표에는 위험, 출입금지, 맹견주의, 길 없음 같은 팻말이 세워져 있
어. 대체로 가보지 않은 사람들이 세운 거였어. 아니면 먼저 가본
사람들이 선점한 땅이거나. 남들이 들어오지 않기를 바라는 옥토
니까 말이야.

지금은 가짜 팻말을 안 봐. 두려움을 심어주려는 거라고 여겨. 근
데 그 망설이는 주저함이 설레는 것인지도 몰라.

설렘도 두려움의 한 종류인 거 같아. 뭔지 모르니까. 그래서 좋아.
모르니까 좋아. 설렘은 좋은 기억으로 변하는 성질이었거든. 더
오래 지나면 추억이 되고. 좋아하는 건 그런 거 같아. 설레는 첫발
을 내딛는 거.

난 두려움이 더 커서 오래 머물렀어. 내가 앞을 보면서 갔어야 했
는데 다른 사람 등을 보면서 간 나는 사실상 묶인 채로 운송된 것
이나 마찬가지였거든.

시키는 일만 해서는 아무것도 볼 수 없어. 누군가의 말이 두려운
팻말로 바뀐 것만 보게 됐지. 허둥대며 제자리에서 가라앉을 건
지, 묶인 동물처럼 살 건지, 나아갈 것인지는 오롯이 선택이야. 좋

아하는 것 하며 살기. 능숙해지지 않기. 아마추어가 좋아한다는
'아마레'라는 어원을 갖고 있다는 것도 무척 좋아하는 이야기야.
입시반, 창업반 말고 취미반으로 살아봐. 엘리트 체육인 말고 생
활 체육인으로 가볍게 살아보는 건 어때? 언제든 그만둬도 된다
는 마음으로.

도장 열 개 받으면 한 개는 공짜잖아. 실패를 열 번 하면 거짓말
처럼 한 개는 좋은 게 생겼어. 도전을 열 번 하면 하늘도 한 번은
돕는다는 거야. 새로운 시작은 언제나 기분 좋은 떨림이라는 것
만 알아줘. 총총한 밤, 티타임즈입니다.

로지는 사연을 맛깔나게 재밌게 읽었다. 아이부터 할머니,
할아버지 목소리까지. 성대결절이 걱정될 정도였다. 늘 따뜻
한 차를 들고 다니는 이유를 납득했다.

고민은 대체로 비슷한데 연륜 있는 어른들의 다양한 답변
이 텍스트로 정리돼서 사람들에게 가닿았다. 어릴 적 바보 같
은 친구들이 어느새 어른이 되고 의미 있는 일을 해나가는
걸 보면서 대견했다.

마리의 다큐 촬영 역시 순조롭게 진행되는 듯해 안심했다.
로지 덕분에 좋은 그림을 여럿 담은 것 같아 마리에게도 면이
섰다. 처음으로 본방송을 들어보기로 했다. 어떻게 돌아가는
지 알고 싶어 건조한 사무실 공기에 눈이 뻑뻑해져도 참았다.

생방송 시간 5분 전.

히포가 분주하게 오가며 송출 기계를 조작하고 부스 안에 제스처를 보냈다. 로지는 부스 안에서 연신 종이를 넘기고 수시로 차를 마시며 목을 가다듬었다.

"저거 어시장 경매할 때보다 더 화려한 제스처 아니야?"

마리에게 농담을 건넸다가 스읍, 입소리만 들어야 했다.

오프닝이 끝나고 사연을 읽어주는 로지 코너가 시작되기 전 광고가 나왔다.

잠시 광고 듣고 오겠습니다.

콘돔 K사이즈 있어요? 저희는 킹사이즈는 없는데요. 아니요, 키즈요. 으하하하!

(탕탕탕) 성희롱은 큰 범죄입니다. 참지 마세요. 변호사와 상담하세요. 여러분의 권리를….

광고가 흐르는 사이 부스 안에 있는 로지에게 엄지를 날렸다.

"생각보다 잘하네?"

"지금은 크게 말해도 돼."

히포가 말했다.

"이런 거 처음 봐."

법률상담은 법무법인 디케와 함께 합니다. 다음 사연으로 이어가
죠.

**Q: 며칠 전, 월급보다 비싼 가방을 샀습니다. 그리도 원하던 가방
을 손에 쥐어도 만족감이 길지 않고 오히려 조금은 후회도 됩니
다. 힘든 직장 생활에 저에게 주는 선물이었는데 오히려 허전한
기분이 들어요.**

누구나 그런 것 같아요. 물건이 주는 기쁨은 절대 오래 안 갔습니
다. 사기 전 기다리는 마음이 더 좋았어요. 당연한 거예요.

전 5kg이면 행복해요. 제가 좋아하는 5킬로는요, 갓난아기, 살찐
고양이, 골든리트리비 강아지, 햇살 좋은 날 피크닉 가방, 기내용
캐리어, 금요일 퇴근길 장바구니, 빨간 토마토 화분, 보글보글 맛
있게 끓는 냄비, 잘 익은 과일, 팔베개에서 느껴지는 사랑하는 사
람의 머리, 좋아하는 한 아름의 책이에요.

행복의 무게는 크지 않았다는 점을 분명히 해두고 싶습니다. 대
성공보다 만족하는 삶을 원해요. 지극히 개인적입니다. 엄격한
내 기준에 따라야 해서 세심히 살펴봐야 하죠.

수치심을 견디며 사는 고달픈 삶에도 돈과 무관한 즐거움이 머물
공간은 필요합니다. 주로 별거 아니라고 생각되는 흔한 것들이요.

햇살 좋은 날에 말린 보송보송한 이불, 거기에 금목서 향기가 묻어 나오면 황홀하죠. 전 간간히 자동차 바퀴 소리, 새소리 들으며 낮잠을 자요. 이따금 부는 바람에 이불을 끌어 안고 꿈을 꾸는 시간이 달콤합니다.

그렇게 알람 대신 아이들 노는 소리에 깰 때 행복해요. 달콤한 낮잠, 좋은 꿈, 아직 저녁이 되기까지 한참 남은 이른 오후, 깊은 낮잠에 피곤이 느껴지지 않는 체력, 번뜩이는 냉장고 속 좋아하는 케이크. 전 그거면 완벽해요. 별거 있어요? 쟁취하지 말고 받아들이면 손 위에 살포시 얹어지는 게 있을 거예요. 좀 더 즐겨도 됐는데 긴장을 놓지 못했던 게 후회스럽습니다. 손아귀에 힘을 잔뜩 주고 어깨가 딱딱하게 굳어버렸던 지난날이요. 안간힘을 써서 얻는 행복은 케이크를 손으로 움켜쥐고 가는 거 아닐까요?

지친 건지, 더 이상 설레지 않은지 들여다보는 게 어때요? 지쳤으면 최선을 다해서 쉬고, 익숙해져서 설레지 않는다면 변화를 줘보세요. 주소가 없으면 신분도 없잖아요.

마음 둘 곳을 찾은 다음 정체를 내려놓으세요. 어디에, 뭘 좋아하는지 알아야 내가 존재하는 걸 알 수 있는 법이니까요. 만물은 원자로 이뤄져 있고, 원자는 99%가 비어 있다고 했습니다. 평생을 채워가며 사는 거예요. 신선한 아침 공기, 활기찬 새소리, 한낮의 뜨거운 햇살, 밤의 고요한 벌레 소리, 별빛. 눈, 코, 입, 귀로 채우는 겁니다.

함께 하는 식사, 산책, 주말여행, 사랑한다는 속삭임 같은 것들이요.

행복은 수동 미션이라고 생각합니다. 나를 둘러싼 압박이 조여올 때는 숨 쉬는 데 집중해보는 거예요. 계란이 심해에서도 깨지지 않는 방법이죠.

숨 쉬고 눈 깜빡이는 걸 수동으로 바꿔보는 게 어때요? 고백하면 저도 같은 압박을 받습니다. 대체로 자기에 대한 판단은 외부에서 오거든요. 우연히 길을 걷는데 내가 어떤 사람인지 생각했어요. 늙은이, 은퇴자, 할 일 없이 시간이나 죽이는 사람… 이상했어요. 전 여전히 두근거리고 즐거움을 잊지 않았거든요.

마음이 명랑해지는 곳에 몸을 던지자 그제야 숨 쉴 구멍이 생겼어요. 나를 위한 일을 해보는 거예요. 먼저 숨 쉬는 걸 의식하면서 자동을 수동으로 비끄는 것부터요. 살아있다는 걸 느끼는 것부터 시작하는 거예요.

사연자님께 피톤치드에서 엄선한 책과 카모미일 티백을 선물로 보내드립니다. 5킬로에 맞춰서요.

다음 사연 들어볼까요? 조금 귀여운 중학생 사연입니다.

Q: 저는 운이 없어요. 이렇게 운이 없나 싶게요. 제가 응원하는

팀은 맨날 져요. 안 볼 때만 이기는 저주에 걸렸나 봐요. 친구들도 중요한 경기를 앞두고 네가 보면 진다고 놀려요. 그래서 궁금하지만 볼 수 없어요. 그래도 팬이에요.

보면 응원하는 팀이 진다고요? 마치 양자역학을 얘기하는 거 같군요.

단순히 보는 것을 넘어 양자 시스템으로 상호작용하는 멋진 물리 현상이라면 꽤나 멋진 일 아닐까요? 양자역학은 곧 상호보완의 관계니 더 봐야 할 이유가 생겼습니다. 적극적인 관찰로 파동에너지를 전해주세요.

전 경기에서 져도 진정한 팬이 많은 팀이 진정 승리한 거라고 보는데요? 스코어 대신 코어팬이 있는 팀이잖아요.

지더라도 경기를 보시면 좋겠습니다. 이기면 좋고 지면 다음엔 더 크게 응원하면 되잖아요. 즐거우면 된 거죠. 승리하는 팀만 있으면 무슨 재미예요. 포기하지 않고 응원하면 분명히 승리할 거예요. 그리고 승리의 확률은 미세하게 조금은 높아지는 거죠.

지금이 아니어도 조금씩 승리하는 팀이 되는 건 응원하는 사람들 덕분이죠.

사연자님께는 무작위로 씨앗을 선물로 보내드리겠습니다.

무엇이 될지는 모르지만 키워서 싹을 틔운 사진을 보내주시면, 그때 구단에서 야구 배트와 공을 보내드리기로 약속했습니다.

＊＊＊

시간 가는 줄 모르고 보고 들었다. 생방송 긴장이 끝난 로지의 표정은 지쳐 있었다. 진심이었다. 우리는 피톤치드에서 뒤풀이를 약속하고 함께 이동했다.

시간이 맞는 너구리도 합류해 한턱낸다고 했다.

영업시간이 끝난 뒤에 모이는 자리는 편했다. 서점이 작은 맥주집이 되는 데다, 주인장 눈치를 안 봐도 음악을 틀 수 있어서 특히 더 좋았다.

"잠깐 먼저 볼 수 있을까?"

너구리 말에 서점 앞에서 기다렸다.

양손 가득 간식과 맥주 6캔을 들고 모습을 드러낸 너구리가 할 말이 있다면서 되도 않는 진지한 표정을 짜내며 팔을 잡아끌었다.

"저기 우리 아빠 말인데, 네가 그랬잖아. 외로워 보인다고."

"아… 몸에 있는 그 마크?"

"뭐? 역시. 그렇지?"

"말해주시던데. 그때 약간 취기가 있긴 했어. 취중진담이라잖아."

"엄마한테 얘기해줘야 할지 아직 판단이 안 선다. 어떻게 해야 되나?"

고개 푹 숙이고 연신 깊은 숨을 내뱉었다.

"잘 얘기해봐."

"여자는 누군지 알아?"

"아, 의사? 여자였나? 요즘이 어떤 세상인데 여자든 남자든 뭐."

"설마 남자야?"

너구리가 낮게 절규하며 머리를 쥐어뜯었다.

"그게 뭐 중요하냐. 연륜은 있다더라."

"중요하지, 아니 중요하지 않지, 중요해. 아 모르겠다. 의사. 하, 역시. 아빠가 똑똑한 여자를 좋아하긴 했어. 맨날 엄마한테 신문 좀 읽어라, 책 좀 읽어라, 닦달하시거든."

"똑똑한 게 좋지."

"하아, 어떻게 해야 할지 모르겠다."

너구리가 일단 들어가자고 등을 떠밀었다.

"이렇게 모이는 거 오랜만이네. 거의 두 달 만인가?"

"오늘 방송국 갔다가 같이 왔어. 근데….."

난 로지를 향해 고개를 획 돌렸다.

"너 잘하더라? 다시 봤어. 언제까지 하는 거야?"

"박물관 만들 때까지."

"무슨 박물관? 아, 개인의 사진첩이었던가?"

"포타. 포크 토크 앞머리만 따서. 보통 사람들의 이야기를 담는 아카이브 저장소. 돈 많이 들어. 태블릿 기기, 헤드폰도 100개는 필요하고. 안 그래도 조금 저렴하게 살 수 있게 광고주와 얘기 중이야."

"미안하지만 좀 바보 같다?"

"뭐가?"

"태블릿 하나에 다 넣을 수 있는데?"

로지가 한심하다는 듯 분을 삭이는 숨을 내쉬었다.

"벽에 걸린 작품이 가만히 있으면 알아서 눈앞에 착착 와? 어? 손가락이 아니라 발로 보는 거라고, 천천히 걸으면서!"

눈을 부라리며 말하기에 어릴 적 트라우마가 튀어나올 뻔했다.

"그래, 네 말이 맞아."

"발을 동동 구르고, 발을 쿵 찧고, 네가 언제 발을 구르며 좋아하고 엇박자로 신나게 걸었는지 떠올려봐. 발에도 감정이 있어. 패드를 벽에 걸고, 사진을 터치하면 그 사람의 한 페이지를 들려주는 거 너희 아빠가 사진 찍어주잖아. 사진을 손으로 찍냐? 발로 찍는 게 사진이야."

"그게 그거야?"

왜 아빠가 그토록 열심인지 이제야 알았다.

"장소는 있어? 장소 잡는 게 가장 돈 많이 들겠다."

"옮겨 다니면서 할 거야. 날씨 좋을 땐 야외에서도 할 수 있고. 군이 한 군데서만 하는 건 아니고."

"입장료 얼마 받는데?"

"무료지. 너도 낄래?"

"안 해."

"츄러스 팔게 해줄게."

"이 몸이 공사다망해."

"츄러스로 좀 때리고 싶다. 그쵸?"

로지가 마리를 보고 말했다. 마리는 조용히 고개를 끄덕였다.

"내가 없는 것처럼 얘기하지 말지?"

표정이 여전히 굳어 있는 너구리에게 화살을 돌렸다.

"좀 웃어라, 웃어."

너구리가 억지로 웃었다.

"마셔, 마셔."

잠시 후, 맥주 두 캔을 연거푸 마신 너구리가 닭똥 같은 눈물을 바닥에 떨궜다.

"얘가 안 우니까 쟤가 우냐."

로지가 말했다. 얘는 나고, 쟤는 너구리였다.

"우리 아빠 가슴에…, 다른…, 난 그것도 모르고…."

신생아처럼 울어 젖히느라 말도 띄엄띄엄 들렸다.

히포도 너구리 등을 두들겼다. 영문을 몰라도 일단 위로는 기똥차게 해주는 친구들이었다. 졸음이 울음을 삼킨 틈을 타 너구리를 트렁크에 싣고 술 안 마신 히포에게 운전을 떠넘겼다.

"집 앞에 내려다주고 가자. 벨 누르고 튀어. 옛날처럼."

외로워서 대출

♂

티라노

새벽까지 밀린 수다 떠느라 해가 중천에 떴을 때 깼다. 차에서 자는 건 아무래도 돈이라도 받아야 할 만큼 힘들었다. 도무지 피로가 풀리지 않았다. 뜨거운 샤워 후 시원한 탄산수를 마셔야 정신 차릴 것 같았다. 앓는 소리 내며 뒷문으로 들어가려는데 초췌한 몰골 때문인지 독수리 할머니가 대뜸 다가왔다.

"뭐야, 도둑처럼?"

울림통 큰 할머니 목소리에 엄마와 마리가 같이 내다봤다. 손에 침을 발라 머리를 단정히 매만지고 억지웃음을 지었다. 아랑곳않고 할머니가 다시 큰 소리로 말했다.

"밖에서 잤어?"

"아니. 집도 밖도 아닌 곳에서."

"이따 밥 먹으러 와. 안 되겠다."

오랜만에 밥 해먹여야겠다고 무조건 오라고 통보했다. 안 되겠다는 말에서 의연한 각오가 느껴졌다.

"나도 바빠, 할머니. 저녁에는 뭐 할지 몰라."

"바빠도 와. 노인네랑은 밥 먹기 싫다?"

"아, 아니. 할머니 요리 최고지."

손을 휘휘 저으며 적극 부정했다. 옆에서 엄마가 거들었다.

"너 어릴 때부터 예뻐했는데 가서 필요한 거 있으면 도와 드려."

"오늘?"

"너, 겨울에 뜨거운 물 부어서 세차한다고 까불다가…"

"아, 예. 몇시에?"

"6시에 와."

이번에도 자기 할 말만 하고 사라졌다.

"이 동네 사람들은 일단 오라는 말이 유행인가 봐. 내 의사는 묻지도 않아."

마리를 보고 말했다.

"그럼 일단 가. 까불지 말고."

마리에게 이웃집 할머니의 아들, 그러니까 내가 어릴 때 놀아주던 삼촌 이야기를 해줬다.

"어릴 때 진짜 잘해주던 삼촌이었는데. 포크레인 삽에 타서 빙빙 돌고…."

"재밌었겠다."

"퇴근하면 매일 태워달라고 했어. 근데 살면서 가장 괴로운 소리를 들었어. 짐승이 울부짖는 소리도 아니고…. 뭐랄까, 그냥 나도 따라 울어버렸어."

"왜?"

"송전공사 작업 중에 바다에 추락해서 시신도 못 찾고…. 그래서 매일 새벽기도 올리셔. 아마도 아들 잃고 매일이 장례식이었겠지."

"세상에… 어떡해."

"할머니가 요리를 잘하시거든? 귀찮을 정도로 먹이시는데 그 이후로는 생선 요리는 한 번도 못 먹어봤어."

안타까운 마음을 섞어 말했다.

"좋은 분이셨네."

"자식 잃은 사람의 뒷모습을 본 적이 있어? 어깨만 보인 채 비틀거려. 밤에 길을 걷는 할머니를 보고 짓궂은 애들 몇몇이 놀렸어."

"못됐다."

"냄비만큼 중요한 게 뚜껑이잖아. 연필심만큼 중요한 게 지우개고."

"그게 왜?"

"무게중심이 아래에 있는 줄 알았는데 머리에 있더라고. 팔은 아무리 뻗어도 안 쓰러지잖아. 근데 머리를 앞으로 쑥 내밀어 봐. 발이 따라오지."

"그렇지."

"고개를 바닥으로 향한 채 사는 지옥이었어."

"당연히…."

"친구들이 유령의 집에 사는 유령 할머니라고 놀려서 그 친구들과 대판 싸우고도 분이 안 풀려서 그 집의 타이어 다 펑크냈지. 여름엔 지문이 묻지 않게 얼음을 던져 창문을 깨고, 겨울엔 차에 따뜻한 물을 끼얹는 장기전이었어. 주소 팻말 다 바꿔버리고. 진짜 유령처럼 밤에 별짓 다 해서 복수했어. 기차역, 터미널 화장실에 전화번호까지 다 남겼어. 아주 끈적하고 위험한 번호를… 회끈한 복수였어."

내가 말하고도 멋쩍게 웃었다.

이윽고 5시 반에 마리와 함께 이웃 할머니 집에 갔다.

식탁에 앉으라고 손짓한 할머니가 식탁 위에 봉투 하나를 올렸다. 낡고 해진 일기장과 봉투였다.

뭘 읽어달라는 말인가 싶어 귀찮은 내색을 뒤로하고 궁금한 척 물었다.

"할머니, 이게 뭐야?"

"네 아버지한테 주면 분명 반대할 게 뻔해. 으, 고집 고집. 젖은 고무장갑보다 질길 거다."

"그렇지, 뭐."

기분을 맞추려 인정해드렸다.

"무슨 박물관 만든다면서. 포크인지 뭔지. 그거 얼마나 드는지 몰라도 이것도 보태."

"어?"

금액을 확인해보기도 전에 다시 봉투를 밀었다. 죽기로 마음먹은 내가 맡기에는 부담스러웠다.

"아빠나 엄마한테 줘."

"말 징그럽게도 안 들어먹어. 나보고 자꾸 쓰라고 하잖아."

"써야지, 그럼."

"남편이 남긴 재산은 써도 아들 보상금은 한 푼도 못 썼어."

"할머니 고집이 더 세."

가볍게 웃음으로 흘리고 받으라고 재촉했다.

"나도 못 받아."

"지 애비 닮아서는….'

반박을 못 하고 스읍, 입술을 훔쳤다.

"이 일기장은 뭔데?"

"삼촌 어릴 때 일기장인데 이것도 실어줄래?"

"여기 마킹 돼 있는 건 뭐야?"

빠르게 훑으며 묻다가 이상한 점이 눈에 띄었다. 마킹 된 부분을 제외하면 모두 1페이지다. 의무감에 쓴 것 같은 일기. 다시 마킹 된 부분을 보니 2페이지 이상에 정성 들여 쓴 흔적이 역력했다.

7-8, 16-19, 40-45페이지. 머뭇거리는 할머니에게 설명 안 해도 알겠다고 말했다. 급격히 어두워진 할머니에게 다가가 어깨를 주물렀다.

"이 부분만 읽었어? 행복한 부분만? 이미 천국 갔다니까. 그렇게 기도하는 데 천국 안 가고 배겨? 하나님도 귀찮아서 천국에서 제일 좋은 자리 맡아놨대."

먹먹한 것이 목으로 차오르는 걸 감추려 할머니가 기침했다.

"이 이야기 실어달라는 거지?"

"그래."

"이게 무슨 부탁이라고. 그나저나 맛있는 건 뭔데?"

"그것보다 이 아가씨랑은 무슨 사이야? 신붓감?"

"그렇고 그런 사이?"

마리에게 등짝을 얻어맞았다.

"할머니, 설명하기 복잡해."

화제를 돌리려 애써 다른 질문을 짜냈다.

"근데 할머니, 살쪘어?"

"이놈아, 나도 고장났어. 신장 투석하고 부었지."

"투석까지 했어?"

안쓰러워 작은 압력으로 양어깨를 감쌌다.

"고장 나면 고치면 되지. 다 고치면서 살잖아."

"그래서 부탁이 있는데….”

"뭔데?"

"요즘 고장 난 형광등처럼 깜빡깜빡해. 네 엄마가 매일 와서 주방 훑어보고 전기는 잘 껐는지 확인할 정도로…. 내가 정신을 놔도 요양원은 안 가. 시간을 죽이면서 가기는 싫어. 집에서 갈 거니까 내가 죽거든 바다에 뿌려줘. 집은 어린이병원에 줄 거야. 넌… 갖고 싶은 거 있으면 가져가. 너 삼촌 기타 갖고 싶어 했잖아."

"그게 언제 적인데. 여자 꼬시고 싶어서, 어린 마음에….”

"지금은?"

"지금은 아니야. 갖고 싶은 거 없어. 짐 정리하지 마. 그건 나중에 20년 뒤에 해. 뭐가 그리 급해?"

"이놈아, 네가 철거학과 나와서 그래. 해체 잘하지 않을까 해서."

"이봐 이봐, 괴롭히는 거 잘한다니까."

마리를 보고 말했다.

"철거 잘하려면 건축을 잘 알아야 하니까 하는 말이야."

"아, 근데 어제 젊은 남자는 진짜 누구야?"

"가끔 와서 집에서 차 마시고 밥 먹고 말 상대도 해주는 사람."

"뭐, 그럴 수 있지. 근데 절대로 돈은 주지 마. 요즘에 데이트 피싱 몰라? 사랑에 미쳐서 돈 주고 그러면 큰일 나. 그 남자가 돈 달래? 정장 빼입고 딱 봐도⋯."

"빚쟁이야."

"빚쟁이가 다섯이나 되세요? 어이구."

장난스럽게 맞받아쳤다.

"너무 외로워서 빚냈어. 어차피 이제 대출받을 일도 없는 늙은 몸이라 그런가, 많이는 안 해줘서 여러 곳에서 조금씩."

"할머니, 나처럼 망했어? 아니, 나처럼이 아니라. 망했어?"

익살맞게 물었다.

"빚 안 갚으면 생사 확인하려 종종 와주거든. 이자는 늙은 이를 보러 와주는 거마비 정도로 생각하면 싸지. 말끔하게 차려입은 젊은 남자가 오는데 차 한 잔 마시면서 사는 얘기도 하고 얼마나 좋아."

"그게 다섯이나 된다는 거지?"

"뚱한 얼굴로 돌아서던 직원도 이젠 독촉하러 오는 길이 조퇴하는 기분이라더구만. 그저께는 간식도 사왔어. 남는 장사야. 주 2회는 아들 같은 녀석들이랑 데이트하는 기분 좋지."

"할머니, 지금 몇 살이야?"

"62살."

"오, 젊네."

그러고 웃는 내 웃음에 할머니가 멈칫하더니 정정했다.

"어⋯ 82살."

"주여, 82살이면 어떤 느낌이야?"

"초라해지는 일이지. 기억도 가물가물해. 그래도 좋아. 누군가를 미워한다는 사실도 잊을 수 있고. 악당도 이해하게 돼."

"왜 악당을 이해해?"

"희생은 더 대단하고. 악당을 저렇게 만든 사건이 영향을 끼치나 보다. 악당의 여지를 보게 된달까?"

"광각으로 보는 거구나."

"근데 마음에 남은 죄책감은 도드라져. 그건 무서워. 죽는 건 안 무서운데."

"꼭 할머니들은 그렇게 말하더라. 안 무섭다고. 진심인지 아직도 모르겠어."

"너 앞에 두고 거짓말하겠냐, 이눔아. 내가 자유를 얻은 몸인데. 하기 싫은 일은 안 해도 지장 없고, 하고 싶은 일은 하는 게."

"그래…? 자유부인이네."

"들뜬 결혼식, 산만한 출산, 정신없는 육아, 당장 고지서 해결하면서 살다 보니 늙어버렸어. 노약자가 되다니. 근데 늙어가는 건 너희들 입장에서 하는 말이지. 난 날로 아름다워지고 있어. 조용한 숙녀로 살다가 시끄러운 할머니가 됐거든. 가장 내 본질에 가까워. 원래 빛나고 멋진 건 먼지를 후, 불어야 진가를 드러내잖아."

"할머니, 다시 시집가도 되겠어."

"노인 학대하면 못 써."

"이럴 때만…."

"갑자기 궁금한데 지금 모습 누구한테 제일 보여주고 싶어?"

"우리 엄마. 빨리 보고 싶지. 내 아들도, 남편도, 언니도, 오빠도, 동생도."

할머니가 엄마라고 말하는 건 예상치 못한 대답이었다. 보고 싶어도 못 보는 사람들이 많아질 때야 비로소 죽음도 겁내지 않는 건 아닐까 생각했다. 아울러 어리게만 보던 내게 깊은 얘기를 꺼내는 여린 모습에 마음이 아려왔다.

"자주 놀러와서 얼굴 비춰."

"한 번이라도 더 보고 싶어?"

"볼 날이 몇 번이나 남았을까 생각하면…."

두 손으로 푸석한 얼굴을 훔쳤다.

"아, 알았어, 알았어. 분위기 바꿔. 바꿔."

"그래, 바꿔. 바뀌더라. 금처럼 결코 변하지 않을 것 같던 우선순위에 금이 가기 시작하더니 지금은 내가 가장 중요해."

"우선순위가 뭐였는데?"

"돈, 명예, 인맥 이런 건 아무것도 아니야. 참을 수 없는 가벼운 관계들이 정리되면서 범위는 좁아졌지만 그래서 편해. 멀리 못 보게 됐지만, 이제 누 끼치지 않고 조용히 죽을 날만 기다리는 거야. 주변을 살피면서."

할머니는 '못 보게 됐지만'에서 피식 웃었고 '기다리는 거야'에서 다소 차분해졌다.

"에이, 그런 말을 왜 해. 다시 시끌벅적하게 살아야지."

"이제 시끄러운 일들은 없어."

"…."

"파도에 휩쓸리지 않는 부표로 살고 싶었지. 근데 인파들 사이를 정처없이 부유하는 부초로 살 줄이야. 물가에 너무 가까이 가지 마. 파도가 닥치면 너도 쓸려가."

파도 얘기가 삼촌 이야기로 이어질까 봐 조마조마했다.

"한 발짝 뒤로 가서 두 발로 서 있어. 단단히 땅에 박혀 있어. 알았지?"

"알았어."

"근데… 그래도 나쁘지 않아. 부초도 나름대로 쓸모가 있다지 뭐야. 물을 정화하고 다른 생명의 영양이 된대. 그럼 됐지, 그치?"

그치라는 물음은 인정받기 위해서가 아니라 이미 확신을 가진 눈빛이었다. 동의한다는 의미로 입술을 단단히 오므리고 고개를 움직였다.

"할머니, 멋있어. 근데 진짜 이 봉투는 넣어둬. 박물관 만든다는 게 건물은 필요 없어. 요즘에 그 컴퓨터 알지? 손가락으로 꾹 누르면 움직이는 거."

"태블릿 피씨?"

"뭐지? 어, 아무튼, 거기에 사진도 들어가고 음성도 들어가. 하나도 안 어려워. 꾹 누르면, 아니, 태블릿 피씨랑…."

두 주먹을 귀에 대고 말했다.

"소리 나는 거 있어."

"헤드폰?"

"어, 웅, 그것만 있으면 돼. 그 정도는 키 멀대같이 큰 친구 알지? 서점 하는 여자애. 찻집도 같이 하고."

"잘 알지."

"걔가 다 준비하는 거야. 이 돈 못 쓰겠으면 들고 있다가 학교 같은 데 장학금으로 줘. 삼촌도 그걸 제일 좋아할 테니까."

할머니 표정이 한결 나아진 것 같았다.

"그래서 말인데… 제안을 한 가지 해볼까 해서."

최대한 어려운 제안인 척 낯빛을 어둡게 하고 극적인 효과를 냈다.

"무슨 제안?"

"어려운 제안이긴 한데… 들어준다는 약속부터 해줘, 할머니."

"들어줄게."

"어… 주변에 인맥 이제 없지?"

"글쎄."

"어르신들 도움이 필요한데, 박물관 안내원이 필요해. 마을을 잘 설명해줄 연륜 있는 분들. 솔직히 얘기해서, 자원봉사자들이 필요하지. 유니폼은 멋지게 준비할 거고."

"일을 벌려주는 게 얼마나 고마운 일인데. 불러주는 곳도 없고, 할 게 없는 게 가장 힘들어. 저녁 메뉴 걱정하는 즐거움도 사라졌어. 자식이 친 사고를 수습하는 일도 이젠 없어. 그런 우리한테 무려 박물관 안내원?"

"자원봉사자들이 필요하지."

"쉽게 잊혀지는 노년을 소중히 다루는 방식이 맘에 들어. 다시 출근하는 기분이겠는데?"

"근데 자원봉사자들을 어떻게 찾지?"

"내 인맥 무시하지 마."

"인맥 그런 건 중요하지 않다며."

"누가 그래. 전화 한 통이면 열 명은 당장 오게 할 수 있어. 일 없어서 힘들어하는 친구들."

"그럼 좀 부탁해도 될까?"

"얼마든지."

할머니 얼굴이 한결 편안해졌다.

"아차차, 얼른 준비해줄게."

"그거 무거운 거 들지 마."

"됐어. 주방은 내 거니까 들어올 생각도 말어."

"이 동네 사람들이 다 고집이 세. 꼰대, 꼰대."

마리에게 속삭여 말했다.

"다 들린다."

할머니 말을 뒤로한 채, 마리와 잡담을 나누는데 등이 흔들렸다.

촛농처럼 몰래 흐느끼는 눈물을 나와 마리 모두 모른 척하며 의미 없는 잡담을 이어나갔다.

슬프다는 아름답다의 하위어가 아닐까 생각했다. 아름답지 않으면 슬프지도 않았다.

식사가 나왔을 때 할머니가 내게 다가와 말했다.

"아가, 많이 먹어."

놀라고 무서웠다. 표정을 들킬세라 고개 숙인 채 먹었다.

내가 어릴 때 날 아가라고 부르던 유일한 사람. 20년 만의 호칭이었다. 62살이라고 말했다가 수줍게 거둔 10분 전으로 거슬러 올랐다. 치매라고 하면 아예 대화가 어렵지 않나. 단어 선택을 비롯해 완벽한 문장 배열, 유머까지. 나름의 근거로 볼 때 자연스러운 노화현상에 가까웠다.

마리에게도 이런 상황을 얘기했다.

"리모콘을 냉장고에 넣고 잊어버리는 정도의 건망증이겠지. 저렇게 말씀 잘하시는데?"

"그렇지?"

마리의 말에 안심했다.

내 밤은 너무 바쁘거든

티라노

아빠가 외출했다는 말에 도둑처럼 들어가 씻었다. 냉장고에서 간식을 꺼내먹고 나가려는데 로지에게 전화가 왔다.

"네가 꼬마들 심리는 잘 안다며, 좀 달래줘 봐."

"그게 과격한 꼬마들이라면야 알지."

"일단 이메일 보낼게."

FWD: 고양이를 잃어버렸어요.

보호기관에서 데려온 호두, 땅콩이인데…. 고양이를 잃어버릴 때 슬픈 마음은 어떻게 해요? 누가 좀 제발 알려주세요.

고양이 두 마리가 동시에 사라졌다?

촉이 발동했다. 제목만 보고 지난 새벽에 봤던 일이 장난이 아니라는 걸 알았다. CPU가 쉴 새 없이 돌아가 멍하니 입을 벌리고 서 있었다.

마리가 장난스럽게 턱을 받쳐 들다가 손가락을 내 눈앞에서 튕겼다.

흩어진 의심이 한 점으로 모였다. 옆에 있던 마리를 붙들고 말했다. 처음 차에서 자던 날, 꿈과 혼동됐던 일에 대해서.

"고양이가 택배 트럭 안으로 들어가더니 문이 닫히고 출발하더라니까. 이거 납치야, 납치."

"너무 나간 거 아니야?"

"나 지금 너무 이성적이야. 완전히. 생각해봐. 예전에 로지 고양이는 월급 한 달 치 주고 찾았다고 했어. 다른 고양이 찾는다는 전단지도 며칠 안 지나서 사라졌어. 찾으면 전단지 뗄 테니까 떼지 말라고 써 있었거든? 고양이를 그리 쉽게 찾는다고? 아니지. 절대. 내가 본 택배 트럭이 납치범이야. 현상금 사냥꾼."

로지에게 전화를 걸었다.

"설명할 시간이 없어. 고양이 잃어버렸다는 사연 혹시 몇 건이나 있었는지 알 수 있을까? …아, 당연히 고양이니까 집을 나가서 안 들어오기도 하지. 그런데 좀 이상해서. …알았어. 사연자들에게 혹시 고양이 찾으면 연락달라고 답장 보내줄 수 있어? …고마워."

"대충 기억나는 게 최근에 서너 건이라고 하는데, 사연 안 보낸 것까지 합치면 그 이상이지 않을까? 현상금을 걸었다면 연락 왔을 테지만. 현상금이 붙기만을 기다리고 있을지 몰라."

"현상금이 안 걸리면?"

"그냥 버리겠지."

"그럼 찾기는 더 힘들어지겠네…."

"아마도 그 택배 트럭이 범인 같아. 아니, 맞아."

"그 말이 맞다면… 근데 고양이들이 어떻게 트럭으로 와?"

"캣닢이나 마따따비 같은 환각성 물질을 뿌리겠지. 스프레이로 살포해서 유인하거나."

"음…."

미리가 고개를 끄덕였다.

"아마 강아지를 납치할 수 있었다면 했을 거야. 시장 규모가 더 크니까. 주인 곁을 맴돌고 산책할 때도 저항 없이 낯선 사람을 따라가면 보는 눈이 많으니까 꼬시기 힘들었겠지."

"일리는 있어."

"트럭 짐칸에 고양이가 제 발로 들어갔고 모르고 문을 닫고 출발했다. 그러니까 납치가 아니다. 이런 논리지. 만약 걸려도 빠져나갈 구멍을 만들고 꼬리를 밟히지 않기 위해 현금이나 가상화폐로 받지 않았을까?"

다시 로지에게 전화를 걸었다.

"미안. 한 가지만 더 물어볼게. 너 저번에 고양이 잃어버렸을 때 돈 어떻게 줬어? …어, 역시. 혹시 가상화폐로 달라고는 안 했어? …알았어. … 아니, 이따 얘기해줄게."

마리가 가만히 나를 바라봤다.

"거봐. 누가 가상화폐로도 사례금을 받아? 납치범이니까 받지. 택배 트럭이면 의심 안 받아. 밤에 트럭 짐칸을 조금만 열고 캣잎을 두면 주인 몰래 몰려올 테고. 그때 좋은 주인을 둔 고양이를 선별하는 건 껌이지. 꾀죄죄한 고양이는 내쫓았을 거야. 고양이를 낚는 거야."

"CCTV가 있잖아. 그렇게 과감할 수 있을까?"

"경찰이 고양이 잃어버렸다고 수사하지는 않을 테니까. 더구나 '난 도둑이 아니다'라는 논리까지 더해져서 활개치는 거지. 택배 트럭은 사람들 경계에서 한 걸음 물러나 있기도 하고. 놈에게 고양이는 상품이야. 훼손하지 않아야 현상금을 받고 수사도 안 받을 수 있다는 계산을 한 거지. 개인 간 계약 행위가 성립한다는 주장을 할 거야."

"꼭 해본 사람처럼 말한다?"

"딱 보면 알지. 범죄자 입장에서 생각해야 해. 한밤중에 CCTV 사각지대에 주차하고, 고양이가 들어오면 그대로 들고나오는 거야. 사람이 있다면, 그냥 무시하면 되지. 누가 신경 쓰겠어. 고양이가 좋아서 들어갔나 보다, 하는 거지."

"으음."

"만약, 아이가 있는 집의 고양이라면 현상금은 더 높아졌을 테지. 악질이야. 이놈 잡고 가야겠다."

"어딜?"

"아니, 집에."

말이 헛나와서 대충 둘러댔다.

"그래, 잡자."

"내가 본 건 일단 한 놈이야. 특성상 두 명 이상은 될 거야. 한곳에 모으면 관리하는 놈도 있을 거고. 납치조가 있으면 반납조도 있는 게 조직 구성의 기본이지."

바로 너구리에게 연락했다.

'양보 없는 고객 만족을 실천합니다'로 시작되는 너구리의 시그니처 멘트가 먼저 들렸다.

"야, 양보 운전은 해라. 그 멘트 좀 바꿀 수 없어?"

"왜 또 시비야. 뭔 일 있냐?"

"트렁크에 두 명 들어가는 차 있어? 넉넉히 세 명."

"당연히 있지. 일단 와봐."

"근처니까 일 분 내 도착."

도착하자마자 버선발로 뛰어나왔다. 내심 기대하는 눈치로

앞장선 너구리가 RV차량 앞에 멈췄다.

"야, 이건 뒤에서 넘어올 수도 있잖아."

"뭐야… 진짜 사람이야?"

고개만 까딱했다. 너구리가 안 믿는 눈으로 위아래를 흘겨봤다.

"에이, 농담은…. 그럼 냉동탑차 어때?"

"그럼 못 넘어오지."

넓은 주차장 끝 구석진 곳, 녹차밭 전경을 배경으로 푸른 탑차가 눈에 확 띄었다. 거기에 강렬한 폰트로 적힌 보성녹돈. 싱싱한 고기를 든 50대 사장님의 화사한 얼굴이 눈길을 끌었다.

마침 잘됐다. 기꺼이 도축업자가 될 참이었다. 돼지처럼 거꾸로 매달아 샹들리에처럼 걸어놓을 거라 작심했다. 녀석은 짐칸 안이 온통 녹색일 테고 난 외관이 짙은 녹색이다. 그 안을 붉고 싱싱한 고기로 채워야겠다는 열망이 일었다.

"보성녹돈이랑 아저씨 랩핑은 지워줄게. 무료로. 15만 킬로에 관리도 잘 돼서…."

"오케이!"

"영하 20도까지 설정할 수…."

"급속 냉각 좋아! 어차피 그것들 정형해야 돼. 여기 받아. 얼마 안 돼. 활짝 웃는 아저씨 보기 좋으니까 랩핑은 번거롭게 안 지워도 돼.”

“진짜 얼마 안 되네. 이 돈은 뭔데?”

“단기보험 가입비. 일주일만 빌리자.”

“….”

“사고 나면 내가 살게.”

“…안 나면?”

“와… 이 친구 양심 좀 보게. 마리야, 찍고 있지? 이거 맨날 입으로 의리, 의리 따지더니, 친구가 사고 나길 바라냐? 사고 나면 산다고, 산다니까? 시승을 오래 해보고 결정해야 될 거 아니야.”

“아, 알았어.”

“나 방금 진짜 실망할 뻔했어. 너 의리 없다고 소문날 뻔했고. 말 나온 김에 그리고 한 가지만 더.”

“또 뭐?”

“고양이 잃어버렸는데 현상금이 어마어마하다고, SNS에도 소문 내줘. 너 야구동호회 사람들 많이 알잖아. 내가 이따가 전단지 사진 보내줄 테니까.”

“일이 어떻게 돌아가는지는 몰라도 일단 그 정도야 뭐.”

“내가 친구 하나 잘 뒀지. 큰 도움 됐다야.”

“내일 와. 점검할 거 있는지 살펴볼 테니까.”

“오일류 점검 잘해줘. 기름 가득 넣어줘서 미리 고맙다.”

전단지부터 만들어야 했다. 탑차를 타고 집으로 향했다.

"내 방 컴퓨터 좀 쓸게. 아니, 내가 왜 내 방에 있는 컴퓨터를 쓴다고 허락을 받아야 하지?"

"써."

"고마워. 왜 고마운지는 모르겠지만."

난 가만히 쿠키를 바라보다 마리에게 시선을 옮겼다.

"얘가 도와준다는데?"

"이상하다. 난 싫다고 들려."

"개소리도 잘하고 고양이 소리도 잘하고, 외국어 천재네."

"진심으로 들으면 들려."

시선을 아래로 돌렸다.

"다른 친구들이랑 잠깐 놀래? …그런다는데?"

"그 말이 들리나 봐?"

"일단 부잣집 고양이처럼 꾸미고 전단지도 미리 만들자. 현상금은 얼마로 할까?"

"왜 나한테 물어?"

"아니다. 어차피 안 줄 거니까 내 맘대로 할게. 1년 연봉 정도는 걸어봐야겠다."

맨 위에 붉은색으로 금액을 써넣고 쿠키 사진과 특징을 나열했다. 현상금 전단지 흰 배경에 투명도 95%, 5포인트 크기로 문구를 추가했다.

지급 기한: 2099년 12월 31일까지

웬만해서는 안 보였다. 어차피 안 줄 참이니까. 줘야 한다고 해도 인플레이션이 해결해줄 것이었다. 너구리에게 전단지 이미지를 보내고 소문을 부탁했다. 놀랍게도 얼마 지나지 않아 너구리에게서 연락이 왔다. 벌써 하트가 많이 붙었다면서 '좋아요'만 300개 넘은 화면을 캡처해서 보내줬다.

너구리는 소문을 확산시키는 기지국 역할을 톡톡히 해냈다. 너구리는 웬만한 연예인의 연애와 결혼, 이혼사를 줄줄이 읊었는데 특히 이혼을 입에 담을 땐 입꼬리가 미묘하게 흔들리는 심술궂은 녀석이었다. '비밀인데'로 시작하는 말은 하루가 지나기 전에 동네의 가십거리로 입방아에 올랐다.

"같이 갈래."

마리의 말에 난 손을 저었다.

"위험할 수도 있어."

"이런 거 아니면 뭘 찍는데."

"지금 그게 문제야?"

"나한테는 이것도 중요한 문제야."

"혹시라도 문제 생기면 차 문 잠그고 나오지 마. 경적만 세게 울려."

전단지를 놈이 볼 만한 곳에 붙였다. 그리고 당장 밤부터 기다리기로 했다. 잠결이었지만 내 기억력을 신뢰한다. 놈을 특정하는 일은 쉬웠다. 늦은 밤, 단독주택 길가에 주차된 택배 트럭을 찾기만 하면 일단 용의선상에 넣었다. 그리고 짐칸 문이 열려 있다면 100%. 그러나 아쉽게도 첫 날은 밤새 돌아다녀도 용의자를 발견하기 어려웠다.

"날이 밝으면 소문이 더 퍼질 테니까 아마 오늘은 나타날 거야."

새벽 세 시, 마리를 집에 바래다주고 근처에 주차했다.

얼마 젖혀지지 않는 시트를 최대한 눕혀서 자려다 말끔히 청소했다는 너구리 말이 떠올라 중고차 매장 담을 넘었다. 트럭 운전석 헤드레스트를 뽑아 짐칸으로 갔다.

괜찮은 베개가 돼줬다. 어두운 짐칸에서 가만히 생각에 빠졌다.

'고양이가 한두 마리가 아닐 텐데…. 아파트는 아닐 테고, 외곽인 것은 분명하다. 폐쇄된 공간이어야 한다. 인근 주민들의 눈을 피해야 한다. 오래전이라면 사료 취급 업소를 가면 되겠지만 요즘은 인터넷으로 주문한다. 가장 저렴한 사료를 먹였을 테고, 그렇다면…. 택배 기사를 만나서 요즘 사료 배달이 많은 곳을 물어본다? 근데 개인정보라서 가르쳐줄까?'

생각이 뻗어나가다 자꾸 넘어졌다. 꿈에서도 놈을 쫓다가 일찍 깨버렸다. 시계를 보니 아침 11시. 겨우 다섯 시간 남짓

잤지만 머리는 안개가 말끔히 걷혀 깨끗했다. 5분 전 마리에게 부재중 전화가 와 있었다.

'어디야?'라는 메시지가 왔다.

— 모레까지는 연락 못 할 수 있어.

일방적으로 통보하고 전원을 끄고 다시 밤까지 기다리기로 했다.

너구리에게 연락이 와서 트럭에서 잤다고 했다.

"미친놈, 조심히 써. 어제 오일류 다 갈았고 기름도 가득 넣어놨다."

찐하게 포옹하고 곧장 수산시장으로 갔다.

"이모, 이거 아이스박스 얼마나 해요?"

"우리가 쓰던 건데, 그건 안 파는 거야."

"네, 알아요. 그래서요. 얼마에 파실 거예요?"

"시라는 생선은 안 사고…. 그거 청소도 안 했는데…."

"청소 안 해도 돼요. 그 조건으로 좀 싸게 줘요, 네?"

"알았어. 어차피 안 쓰는 거니까 두 개 줄게. 쓰레기 버려주면 우리야 고맙지."

대형 아이스박스 두 개를 트럭에 던져넣었다. 스티로폼 소리가 베이스 음처럼 두둥퉁 낮게 깔렸다.

쓰레기통에서 빈 페트병을 주워서 함께 던져 넣었다. 통통거리는 소리가 맑고 경쾌했다.

***

잠복 이틀째, 고양이가 드나들기 쉬운 단독주택, 비교적 고가의 주택단지를 대상으로 두 시간 간격으로 옮겨 다녔다.

불편한 자세를 고쳐 앉으면서도 눈은 전방에 고정했다.

새벽 3시경, 익숙한 택배 트럭이 조용히 주택가에 택배 트럭을 세웠다.

"왔다, 내 고블린."

갑작스럽게 용돈 많이 주는 친척의 방문처럼 좋았다. 혼잣말에도 운율이 붙었다. 역시 큰 나무와 조경수 가까운 CCTV 사각지대. 설령 CCTV에 찍혀도 자기는 그럴 의도가 없었다는 것을 증명하면 되니 대담한 범행 수법이라 생각하며 감탄했다.

짐칸을 열고 다시 운전석에 오른 놈을 멀지 않은 곳에서 지켜보고 있었다. 차에서 나오는 모든 불빛을 차단하려 애썼다. 녀석의 차에서는 간혹 옅은 불빛이 새어나왔다. 칠칠치 못한 놈.

몸을 낮추고 뒤꿈치를 들고 걸었다. 사냥하기 위한 본능적인 몸의 감각이었다. 조용히 놈의 트럭 짐칸으로 갔다. 어둠 속에서도 문틈 사이에 더 짙은 어둠이 있었다.

목격한 대로 문이 열린 것을 확인 후 쾅, 하고 문을 닫았다.

두꺼운 철제문 소리에 운전석 불빛이 크게 흔들렸다. 나는 놀란 척하며 운전석 창문을 두드렸다.

"계셨구나? 짐칸 문이 조금 열려 있는데요?"

"그래요? 죄송합니다."

"제가 닫아드렸습니다. 같은 트럭맨들끼리 돕고 살아야죠. 아침에 일찍 배송가시나 보다. 새벽부터…."

놈은 비슷한 나이대 남자로 젠틀하게 대답했다.

"그렇죠, 뭐. 새벽잠 줄이면서 살아야죠."

"안 그래도 저도 도움이 좀 필요했는데…. 이 시간에 누굴 부를 수도 없고. 같은 업계 동업자 정신이 이럴 때 필요한 거 아니겠습니까."

정중히 도움을 구했다. 녀석에게는 귀찮은 기색이 역력했다.

"전 냉동트럭인데 영 말썽이네요. 처음 에어컴프레셔 켤 때 딸깍 소리 나는지만 봐주시면 되는데… 고기 납품하러 가는 길에 중요한 거래처…."

"차 어딨어요?"

"저기 뒤에요."

군대식 경례로 가볍게 인사했다.

"감사합니다! 오늘 선행해서 좋은 분 만났나 보네요. 근처에 사세요? 요새 배송 물량이 더 늘었어요. 그쪽은요? 트럭맨

들끼리 서로 돕고 사는 게 참 직업 잘 정했다고 생각드는데, 그쪽은 어떻게 트럭 몰게 됐어요?"

일부러 눈살 찌푸리게 짧은 시간 동안 귀찮을 정도로 말을 쏟아냈다.

놈이 터벅터벅 걸어왔다. 휴대폰이 뒷주머니에 있었다. 계획에 없던 일이었다. 차에 두고 내릴 거라 생각했다. 그렇지만 못 뺏어도 상관없었다. 놈을 짐칸에 밀어넣고 최대한 험하게 운전하면 된다. 짐칸 가까이 왔다. 두 손으로 철제봉을 잡았다. 엉덩이를 뒤로 쭉 빼고 허이차, 기합 소리와 함께 짐칸에 들어가려고 할 때 뒷주머니에서 휴대폰을 빼는 동시에 안으로 밀어넣었다.

무게중심이 무너진 놈이 고꾸라진 동시에 철컹 문을 잠궜다.

쿵쿵 문 두드리는 소리와 욕설에 재빨리 운전석으로 가 시동을 걸고 온도부터 −20도로 설정했다. 거친 저항 소리가 계속됐다.

"추우면 오줌만 많이 나오니까 페트병 있지? 넉넉하게 여섯 개 넣었다. 아이스박스 넣어뒀어. 아이스는 없으니까 걱정 말고."

시동을 켜고 급가속하자 둔탁한 진동이 엉덩이에 닿았다. 시계를 돌려 19살, 아빠 차를 훔쳐 운전하던 때로 돌아가 비

포장 자갈길을 달렸다.

벨트 단단히 매라. 아, 벨트는 없구나. 무중력 호송차로 만들어주지. 놈이 다시 문을 두들겨서 급정거했다.

다시 엉덩이에 우당탕탕 진동이 느껴졌다. 소리 지를 때마다 급출발, 급정거를 몇 번 반복하자 조용해졌다. 녀석은 에어컴프레셔의 냉기가 가장 늦게 닿는 운전석 뒤에 웅크리다가 차가운 접촉면을 최소화하기 위해 두 발로 겨우 지탱하고 있겠지.

급가속, 급제동으로 정신을 빼놓고 저항이 없다는 걸 느낄 때는 이십 분이 지난 뒤었다. 새로운 길이 뚫려 한적한 지방도, 버려진 주유소로 옮겨 주변을 살핀 후 +18도로 설정했다. 놈이 들어갈 곳은 아이스박스 안이다. 냄새야 좀 나겠지만 추위를 피할 곳은 그곳뿐이었다.

"이 차가 어디로 길지는 네가 하는 거에 따라 달렸어. 절벽 끝으로 가서 밀까? 아니면 이대로 드라이브 할까. 경찰서는 안 가. 너 같은 놈은 잘 빠져나오잖아. 딱 한 번만 물어볼 거야. 휴대폰 비밀번호 뭐야?"

"일… 이… 삼… 오."

놈의 치아가 달그닥 빠르게 부딪혔다.

"잘했어. 두 번 물으면 다시 지옥의 드라이브야. 고양이들은 어딨어!"

"⋯."

"5분 뒤에 다시 올 테니까 그땐 좋은 태도 장착해놔."

에어컴프레셔를 다시 -20도로 설정하고 근처에서 놈의 휴대폰을 들여다보느라 정신이 팔렸다. 검색기록과 최근에 닫은 탭을 통해 어떤 취향을 가진 놈인지 알 수 있었다.

지도 앱을 통해 지난 동선을 알 수 있었는데 동선을 추적하면 집 주소도 알 수 있을 것이다. 휴대폰 하나면 위성도, 고문도 없이 비밀 기지도 손쉽게 찾을 수 있는 편리한 세상이다. 긴 선이 한곳에서 모이는 곳이 있어 위성지도를 확인했다. 폐축사다.

이쯤 되면 하늘이 돕고 있었다. 냉동탑차를 타고 가기에 제격이었다.

"주소는 안 불러도 돼. 넌 그냥 죽어야겠으니까. 마지막으로 해동시켜줄 테니까 따뜻한 기억만 남기고 가라."

웅얼거리는 소리가 희미하게 들렸지만 무시할 정도의 수준이었다.

+18도로 설정하고 놈의 은신처로 향했다. 안 그래도 흙냄새 나는 얼굴이라 의심에서 벗어나기 쉽다. 거기다 수건을 목에 두르고 업무에 지친 걸음이라면 사실상 스텔스 기체와 다름없었다.

옹기종기 모여 있는 할머니들 앞에서 차를 세우고 라디오를 크게 틀었다. 티타임즈에서 들은 내용을 떠올려 길 가는 할머니에게 길을 물었다. 사용감 있는 작업복이 필요했다.

할머니들은 손짓발짓으로 열정적인 내비게이션이 돼줬다. 듣는 둥 마는 둥하면서 내 시선을 잡아끈 건 농협 모자였다.

"할머니들, 이 모자는 뭐야? 예쁘다."

"그거 저어기 아랫집 큰아들이 쓰는 모자 같은데 왜 두고 갔을까?"

"그러게."

"좋아 보이면 가져다 써. 우리 집에도 많아, 저 모자."

할머니들이 이물 없이 다가와 너나 할 거 없이 모자를 가져가라고 했다. 내게는 낡은 모자가 화룡점정, 완벽한 착장이었다.

길을 물었을 뿐인데 음료수도 얻어 마시고 농약 제품명이 박힌 수건, 농협 모자까지. 다시 차에 올랐다. 몸을 들어 룸미러에 비친 모습을 봤다. 이 정도면 경력 10년차 유통업자다. 취급주의 상품도 아닌, 깨져도 무방한 놈을 싣자 안락한 운전을 포기하고 차량을 극한으로 몰아보고 싶었다. 그러다 문득 너구리의 얼굴이 떠올라 차분히 드라이브 데이트를 즐겼다.

이윽고 폐축사가 보였다. 선바이저에 붙은 거울을 보며 옷 매무새를 다시 가다듬었다. 자비심을 실어 -10도로 설정해 놈의 입부터 막았다. 놈은 대형 아이스박스에 들어가 웅크리고 있을 것이다.

갓길에 차를 세우고 모자를 비스듬히 걸쳐 올렸다. 아까 편취한 휴대폰을 만지작거렸다. 휴대폰 케이스에서 고양이 털로 의심되는 얇은 금빛이 보였다. 이 정도면 심증은 굳었다.

비밀번호 입력 후 메신저부터 확인했다. 맨 위에 뜬 대화창 말고는 죄다 광고였다. 당연히 최근 대화는 와이프였는데, 고개를 갸우뚱했다. 와이프 이름을 풀네임으로 정하는 놈이라니. 여러모로 재수 없었다. 하트 하나쯤은 괜찮잖아. 최근 메시지부터 다시 살폈다.

여보 이거 봐바ㅏ ㅎㅎ호

이거 좀만 기다ㅏ리면

더 오를 거 같지 않ㅎ아? ㅋㅋ케

내가 만든 전단지를 캡처해 공유한 사진이 있었다. 어찌나 흥분했는지 오타만 봐도 알 수 있었다. 월척보다 파닥거렸다.

욕심좀작작부려.

SNS에서시끄러울때면주목받을수있어.

좀말좀들어라

부부라기에 사랑은 없어 보였다. 온도 설정을 다시 -20으로 할 만큼 서로 배려가 없었다. 통화목록으로 생활 패턴을 확인하고 메신저 대화법을 통해 둘의 역학관계를 파악했다.

주로 남편이 하는 말은 '네가뭘알아'와 '내가알아서한다니까', '시끄러'로 요약된다. 띄어쓰기와 마침표나 이모티콘이 전혀 없다. 남자는 지독한 가부장적인 면모를 보이고 여자는 경계하는 모습을 보인다. 둘 사이 자녀는 없다. 있으면 더 문제다. 메모장을 켜 남편의 언어 습관을 따라 메시지를 썼다.

"아휴, 띄어쓰기 좀 해라. 눈알 빠지겠다. 아버지가방에들어가신다, 돼지도살자, 나물좀다오…. 넌 물 없어!"

나지막이 혼잣말로 놈을 원망했다. 놈에게 간이 화장실과 침실이면 충분하다. 과도한 복지는 재정 여건상 어렵다. 메모장을 켠 뒤 와이프에게 보낼 메시지를 쓰기 시작했다.

으휴답답한여편네아

냥이들밥은줬어?

상품가치가높아야돈을받을수있다고

똥이나좀제대로치워한심아

겨우일하나맡겨놨더니

제대로하는일이없어

집앞에트럭올테니까짐칸에서

아이스박스좀열어줘

　와이프를 남편이 있는 짐칸으로 보내기 위한 러브레터를 쓰는 건 가장 어려운 일이었다. 생애에 걸쳐 쓰는 걸 단박에 써야 하다니.

　　지금단속반가는중이니까무조건도망쳐

　　휴대폰꺼놓는다

　　근처에냉동탑차있거든?

　　거기뒷칸으로도망쳐아까사람보냈어

　　흙냄새나게생긴얼굴착하니까안심해

　　3분안에간다조심해

　　멍청한짓하지마이한심한여편네야

　　그래도사랑해

　다정한 말은 남편이 아니라는 것을 의심할 테고, 평소 남편의 가부장적이고 윽박지르는 말투로 가장해도 조금이라도 다르면 겁먹은 고양이처럼 움찔하며 숨을 수 있다. 남편처럼 제 발로 짐칸에 들어가야 했다.

　이동하면서 어떤 메시지를 보낼지 머릿속에서 계속 다듬었다. 이윽고 도착한 폐축사 근처에 주차한 뒤 창문을 열고 라디오 볼륨을 최대로 높였다. 수건을 목에 두르고 생활에 지친 걸음으로 성큼성큼 걸었다. 도착 직전에야 마지막 문구에서 '사랑해'를 삭제하고 보낸 뒤 남편 휴대폰을 껐다.

얕은 언덕 끝에 위치한 폐축사는 마치 거대한 똥공장인 것처럼 냄새부터 고약했다. 허벅지가 당길 만큼의 경사도에서 폐수가 아래로 흐르면 하수처리 시설을 거쳐 방류돼야 했겠지만 배수로 자체가 막혀 입구부터 똥내가 진동했다.

돼지, 소똥과는 확연히 구분되는 고양이 특유의 시큼한 냄새였다.

입구 한쪽에는 버스를 개조한 캠핑카가 보였다.

옮겨 다니며 고양이 납치를 저지르는 유랑인이었다.

캠핑카 문을 두드리고 속삭였다.

"사장님. 사장니임? 계세요? 단속반!"

나이 지긋한 여자가 고개를 빼꼼히 내밀었다.

"여기 지금 안 하니까 가세요."

"그게 아니라…."

"가시라고요. 제 말이 안 들리세요?"

예민한 반응만 봐도 충분했다. 묘하게 닮은 얼굴과 모난 성격만 봐도 부부가 틀림없다. 너도 신선해져라, 마음을 다잡았다. 둘이 꼬옥 붙어 있게 만들어줄 차가운 온도면 고마워할지도 모른다.

아직 메시지 확인을 안 했다고 확신하고 천천히 뒤돌아서는데, '잠깐만요!'라는 낮은 속삭임이 들렸다.

난 검지를 입술 위에 올리고 말했다.

"쉿! 발걸음 낮추세요. 저기 냉동탑차 있죠? 거기로 재빨리 올라가시는 거예요."

급조된 파트너끼리 서로 뒤를 살피며 걸었다. 고민 끝에 보낸 메시지가 통한 것 같아 기분이 짜릿했다. 와이프는 약속이나 한 듯 남편의 행방을 묻지 않았다. 트럭에 도착했을 때 나는 손가락을 입술 위에 올리며 다시 한번 주변을 살폈다. 그리고 괜찮다는 의미로 다행스러운 웃음을 보였다.

조용히 짐칸 앞에 서서 들어가시라고 정중하게 손짓하고 미소 지으며 휴대폰을 달라고 손짓했다.

"위치추적…."

대꾸 없이 휴대폰을 손바닥 위에 올렸다.

"숨으세요."

와이프가 고개를 끄덕이고 짐칸에 두 발을 올린 즉시 기합과 함께 밀어 넣었다.

아악, 하는 날카로운 비명은 큰 라디오 볼륨에 묻혔다. 남편은 아이스박스 안에 몸을 웅크리고 있을 테니 안심이었다. 와이프도 한 몸 누일 싱글 사이즈 아이스박스가 있었다.

다시 폐축사로 달려갔다. 캣타워에서 안락하게 낮잠 자는 고양이들이 눈에 들었다.

특이한 건 고양이 목걸이마다 동네 이름이 쓰여 있었다는 점이었다. 더 볼 것도 없이 냉동탑차로 터벅터벅 걸어와 퉁, 문을 두드리고 물었다.

"이렇게 분류했다 이거지? 학대범아."

"학대범이라니. 보호자야! 이렇게나 잘 돌봐주는데 뭐가 어쩌고 저째? 너 지금 큰일 저지르는 거야, 납치범아."

앙칼진 목소리가 삐져나왔다.

"나 순간 속을 뻔했어. 네가 진짜 선의를 가지고 한 일이 아닐까? 하고 날 의심했잖아."

"잠깐! 50대 50. 영업 비밀 알려주고. 이 정도면 선심 쓴 거야."

남편이 끼어들어 말했다.

"내가 돈이 급한 게 네 눈에도 보여?"

"다 급하지. 너도나도."

"협상하러 온 게 아닌데, 자꾸 제안을 하면 내가 열이 받아, 안 받아?"

"우리를 죽일 건가요?"

"말 같지도 않은 소리. 스스로 죽이는 거지."

"네 고양이는 뭔데? 그냥 줄게. 나머지도 다 풀어줄게."

"저 중에서 어떻게 찾아. 100마리도 넘겠구만."

"특징을 말해봐."

"이름표가 있어."

"이름표 있는 고양이는 많아."

"너희들은… 너희들은… 비인간이야."

인간이 아닌 걸 가르치려니 품이 두 배로 들었다. -20도로 온도를 낮췄다. 따로 말하지 않아도 아이스박스에 몸을 구겨 넣었을 것이다. 고민할 것도 없이 경찰서로 차를 몰았다. 신선하게 경찰에게 배달하기만 하면 됐다.

30분을 거칠게 달려 경찰서에 도착했다. 엉덩이가 얼얼했다. 안내 담당직원에게 신고 경위를 설명했다.

신고자 인적사항을 적고 남편 휴대폰을 인계하고 짐칸에서 부부를 현행범으로 연행했다.

뻣뻣해진 몸뚱아리 옆으로 다가가 한 마디 보탰다.

"좀 와이프한테 친절하게 하고 띄어쓰기 좀 해! 이모티콘도 좀 보내고!"

경찰서 출입기자가 사진을 찍길래 얼굴부터 가리고 유유히 빠져나오면서 문득 공허한 생각에 휩싸였다.

새로운 스테이지를 마주할 때면 언제나 그랬다. 물러서고 싶은 두려움과 나아가 이기고 싶은 도전의식이 함께 일었다. 정확히는 해결하지 못한 문제를 안고 사는 불쾌감이 더 컸던 것 같다. 판을 못 깨면 나는 그때부터 집착으로 이어져 미치기 시작한다.

현실의 악당을 잡는 건 게임에서 악당을 잡는 것보다 강렬한 자극이었다. 그러면서 진한 아쉬움이 들었다. 삶이 게임이라면 처음부터 다시 시작했을 텐데…. 난 파산 직전, NPC(Non Player Chracter, 비플레이어 캐릭터)로 전락하기 직전이라는 현실만 자각하고 깊은 한숨만 내쉬었다. 승리감 뒤에 밀려드는 더 큰 패배감에 급격이 우울해졌다. 기분을 바꾸려 창문을 활짝 열고 달렸다.

곧장 너구리에게 탑차를 반납하러 갔는데, 세상 다 산 얼굴을 하고 앉아 있었다.

"차 상태는 안 봐도 좋으니까. 부검하듯이 살펴보지 말고. 여, 여기 흙탕물 묻은 건 어차피 사용감 있던 거니까 상관없지?"

"괜찮아. 부서져도… 친군데 뭘. 그게 무슨 문제라고."

바쁜 와중에도 내 차 정비와 세차까지 해놨다는 말에 고마웠다.

"네 아버지 일 때문에 그러냐? 외롭지 않게 옆에서 잘 챙겨드려, 새끼야."

한숨만 푹푹 쉬었다.

너구리가 차를 잘 살펴보지도 않고 어깨가 축 처진 채로 사무실로 들어갔다. 사실 막 몰다가 하부가 좀 긁혀서 청구서 내밀까 봐 긴장했었다.

차에 올라 한적한 공터에 세우고 시트를 눕힌 채 그대로 곯아떨어졌다.

긴 잠에서 깼을 땐 부재중 통화가 12개, 읽지 않은 메시지 33개가 심상치 않은 마리의 기분을 말하고 있었다.

메시지를 꾹 눌러 수신확인 없이 미리보기를 했다.

'어디야? 걱정돼'로 시작해 '장난해? 미쳤어?', '너 찾으면 죽었어. 내 인생을 걸고 맹세하고 잡히면 가만 안 둬. 미리 잘 숨어.'

마지막은 '삭제된 메시지입니다'였다.

무시무시한 내용이라는 걸 미루어 짐작할 수 있었다.

걱정에서 분노로 이어지는 그라데이션에 휴대폰을 떨어뜨릴 뻔했다. 전후사정을 캐물을 게 뻔해 더하고 뺄 것 없이 말해주는 것으로 일단락됐다.

"고생했어. 근데 그걸 찍게 해줬어야지."

"빨리 움직이려면 혼자가 편해서."

마리는 더 추궁하지 않았다.

다행히 고양이 납치범들은 동네별로 분류하고, 건강도 돌본 덕분에 쉽게 가족들을 찾을 수 있겠다고 했다. 그들에겐 돈이 되는 상품이어서 그랬겠지만 사료도 예상과 달리 고품질 사료를 공급했다고 귀띔해줬다.

경찰과 동물보호협회 지부의 도움으로 고양이 주인을 찾아주는 것으로 일단락됐다. 전과가 없다는 점과 현금이 몰수돼 피해복구가 일부 이뤄진 점을 감안해 남편은 징역 1년, 아내는 징역 3개월을 예상한다는 변호사 인터뷰가 뒤따랐다.

호기롭게 시작한 비즈니스가 망한 뒤 경제적인 어려움에 어리석은 짓을 했다는 뒷이야기도 들을 수 있었다.

내 미래가 됐을지도 모르는 그들의 현실에 알 수 없는 오한을 느꼈다. 독수리 할머니가 말한 악당을 이해한다는 말도 스쳤다. 어쩌면 지금 내가 머무는 공간도 냉동 칸일 수 있지, 혼자 중얼거렸다.

무전기

♂

티라노

따뜻함은 온도계로 잴 수 없다고 하죠. 기억으로 잰다고 합니다.
참 재밌는게요, 이 녀석에게는 자아가 있는지 꼭 필요한 사람에게 전달됐습니다.

소외된 사람에게도 부족함 없이 가닿는 따뜻한 온기. 상대성 온도라는 게 존재한다면 가장 따뜻한 온도는 화목한 크리스마스가 아닐까요? 가장 차가운 건 혼자 앉아 있는 테이블일 테고요. 오늘 여러분의 온도는 몇 도인가요?

여러분과 함께 하는 따뜻하고 총총한 밤, 티타임즈입니다.

스튜디오에서 생방송 구경하는 건 소소하게 재밌었다. 바삐 오가는 사람들이 아름답다고 생각했다.

"난 아마 전생에 대지주였던 거 같아. 욕심 안 부리고 남작 정도? 남들 일하는 거 보는 게 그렇게 뿌듯할 수가 없어."

"머슴의 먹성을 가진 남작도 있어?"

과자 집어 먹는 와중에 스튜디오 안이 분주해졌다.

생방송 시작한 지 30분이 지났을 때였다. 아이가 실종됐다는 긴급신고가 접수돼 로지가 급하게 방송을 중단하고 실종 아동을 찾는 방송을 했다.

마침 긴급문자도 발송됐다.

[긴급] 경찰은 마루산 인근에서 실종된 여아를 찾고 있습니다.

키 120cm, 몸무게 20kg, 8살, 긴 머리. 찾으신 분은 경찰서로

연락주시기 바랍니다.

자고 바람 잘 날 없는 동네였다. 급히 차를 몰아 집결지로 향했다. 내가 한때 산악인을 꿈꾸면서 매일 오르락내리락하던 곳이었다. 500미터도 안 되는 낮은 산이지만 주변이 평지라 내가 태어나기도 전에 천문대가 설치된 곳이었다.

소방차와 경찰차 사이렌 불빛이 산 아래 요란했다. 긴급문자에 너구리 일행도 모였다. 얼추 머릿수를 세니 오십 명 남짓이었다. 야구 좋아하는 너구리에게 야구 배트를 건네받고 의용소방대원에게 헤드라이트를 받았다. 거기다 뒷좌석에

굴러다니는 블루투스 스피커도 챙겼다.

"각자 길을 나눠서 올라갑시다. 우리는 여기. 찾으면 여기로 전화주세요."

안내도에 적힌 등산 루트를 따라 일사불란하게 오르면서 찾아보기로 했다.

"정상에 있는 천문대에서 만납시다."

지휘봉을 든 소방관이 진두지휘했다. 내가 선택한 루트는 말이 길이지, 산책로가 되지 못한 채 풀이 가득 잠식한 흐릿한 길이었다.

내가 갈 곳은 마루산의 땜통으로, 팔부능선쯤에 헬리콥터가 착륙할 수 있는 공간이 있었다. 등산로에서 벗어난 곳, 천문대가 보이는 곳, 가재를 잡던 작은 냇가가 흐르는 곳. 오래전 나의 아지트. 목표 지점이 정해지자 저돌적으로 올랐다.

일단 그 근처까지 가서 찾아보기로 하고 쉬지 않고 올랐다.

배트를 붕붕 휘두르며 바람 소리를 냈다. 이따금 바닥을 내리쳐 위협적인 소리를 더했다. 사람들 고함 소리가 메아리쳤다. 오랜만의 등산이라 숨이 턱까지 차올랐다. 산의 허리쯤 닿았을 때 문득 의문이 들었다. '꼬마가 과연 여기까지 올라올 수는 있을까? 내가 헛다리 짚은 건 아닐까?'

허벅지가 터질 듯 부풀고 배트가 무겁게 느껴질 무렵 나도 무서워지기 시작했다. 죽는 건 예정돼 있어도 멧돼지 송곳니에 박혀서 죽는 건 계획에 없는 일이었다. 보험약관을 뒤져도 멧돼지 특약은 없을 것이었다. 한 번 끔찍한 생각이 떠오르자 거침없이 커지고 선명해지기 시작했다.

마침 거친 풀에 쓸린 다리에서 통증이 거세졌다. 앓는 소리를 내며 터벅터벅 올라가는데 순간 마른 나뭇가지를 밟는 바스락, 소리가 들렸다. 그리고 정적. 사냥하려는 동물의 움직임이었다.

'이건 짐승이다.'

순간 걸음을 멈추고 입으로 숨을 쉬며 은폐했다. 바스락 소리를 분석해 적당한 무게를 가진 짐승이라는 것을 확신하고 라이트를 목에 끼워 고정한 뒤 야구배트를 다시 움켜쥐었다. 새끼면 어미가 근처에 있다는 뜻이고, 어미면 수컷도 있을 수 있다는 생각까지 뻗어나갔다. 멧돼지의 약점은 하체, 얇은 다리를 부러뜨리면 된다는 짧은 계획을 세우고 다시 귀를 쫑긋 세웠다.

그리고 이어진 타닥타닥, 돌이 구르는 소리에 몸이 경직되기 시작했다. 멧돼지가 움직이며 작은 돌이 아래로 구르는 소리에 주문을 외웠다.

"약점은 하체. 약점은 하체…."

서서히 소리나는 방향으로 몸을 고정하고 야구배트를 높이 들었다. 밀리 초 단위로 시간이 흐르는 게 느껴질 만큼 모든 감각이 하나에 고정됐다. 나의 생존.

'그래, 이리 와라, 이리 와. 이리 와. 이리 와봐.'

속으로 되뇌였다. 공격 타이밍을 뺏겨선 안 됐다. 내가 소리 지르고 흥분한 멧돼지가 달려들면 그때 하체를 공격해야 했다. 크게 심호흡하고 크게 외쳤다.

"이리 와!"

목에 끼운 라이트가 바닥에 튕기며 빛줄기가 사방에 흩어졌다. 큰 소리에 메아리가 퍼졌다. 그리고 들려온 소리였다.

"안 가."

귀여운 소리였다. 새끼 멧돼지인가, 말하는 멧돼지인가? 잔뜩 긴장한 탓에 아드레날린이 솟구쳤나. 다시 힘껏 소리쳤다.

"이리 와! 와봐아아악!"

"안 가"

앳된 소리에 팽팽한 긴장이 일순간 꺼져버렸다.

"어?"

"안 갈 거야!"

야밤의 산에서 나올 목소리가 아니었다. 안락한 침대에서 아직 자기 싫다고 투정부리는 아이의 목소리였다. 아… 찾았다.

몸에 긴장이 다 풀려 주저앉고 말았다. 이어 뭐라 웅얼거리는 소리가 들렸다. 소리를 추적하며 닿은 곳에서 아이가 다시 말했다.

"여기서 자고 아침에 내려갈 거야!"

목이 쉬다 못해 쇳소리가 나는 아이에게 조심스럽게 다가가 물었다. 토끼 인형을 갖고 다니는 아이라니. 다시 휴대폰 긴급문자를 보고 8살이라는 숫자를 봤다. 그리고 주변을 휘휘 살폈다. 엄마 품처럼 움푹 들어간 바위였다. 내게도 익숙한 곳.

곧장 지휘봉을 든 소방관에게 찾았다는 전화부터 했다.

"위치요? 등산로가 아니라 설명하기 어려운데, 일단 내려갈게요."

전화를 끊고 조심스럽게 목소리 방향을 따라 올라갔다.

"저기, 아저씨. 여기 계시면 안 돼요. 집에 가셔서 주무셔야죠!"

쪼그려 앉아 말없이 바닥만 멍하니 보는 아이에게 다가갔다.

"이거 봐. 너 맞지? 맞네. 키는 대충 1미터. 몸무게는 20킬로."

"…."

"비밀이라고? 그렇지. 공주 몸무게를 이렇게 만천하에 공개하는 게 어딨냐. 다음에는 몸무게 비밀이라고 써달라고 할게. 아니다. 다, 다음에는 이런 일 없어야지."

어리버리한 말에 피식 웃는 얼굴로 옆에 앉았다.

"여기 뱀 있을 수 있어. 내가 어릴 때 여기 왔는데, 발목에 불같은 통증이 시작되더니 핏방울 두 개가 맺혀 있는 거야. 깜짝 놀랐지."

난 '깜짝 놀랐지'에서 과장된 표정으로 말했다.

"그래서요? 어떻게 됐어요?"

"그때 아빠가 정신없이 달려와 입으로 피를 빼서 퉤 뱉고, 등에 걸쳐 업고 달려 내려가던 기억밖에 없어."

어느새 아이 앞에서 등을 보이고 앉았다.

"뱀 있을 수 있으니까 일단 타세요."

"…뱀 싫어."

"그럼 제일 좋아하는 동물이 뭔데?"

"기린."

"왜?"

"무늬도 예쁘고 세상에 없는 것처럼 생겨서."

"만약에 네가 기린을 처음 본 사람이라면 다른 사람들에게 어떻게 설명할 거야?"

아이가 자신 있게 오른손을 위로 쭉 뻗어 휘저었다.

"저기요, 그건 새끼 타조잖아요."

아이가 음음, 소리내 생각하더니 아, 하고 반색했다. 그리고 파닥거리며 제자리에서 뛰었다.

"그건 황새잖아요. 날개도 있고."

"아닛!"

아무래도 사람은 억울할 때 점프력이 가장 높은 게 아닐까 싶다. 미치고 팔짝 뛰겠다는 얼굴로 더 높이 뛰었다.

"여전히 타조 같은데요?"

"기린은 커요. 5메다예요!"

할머니, 할아버지랑 같이 지내는 게 사소한 데서 티가 나 귀여웠다.

"내가 가르쳐줄게. 일단 등에 타. 그리고 다시 손들어."

기린 발걸음을 흉내 내 터벅터벅 걸으며 공연을 펼쳤다.

"저기요, 기린 씨. 플래시로 앞을 비춰줘. 끼히이이잉."

"그건 말이야."

"그럼 기린이 어떻게 우는데?"

"우는 게 아니라 소리 내는 거야. 그리고 소리를 잘 안 내."

"그러니까 멸종 위기지."

"…."

"누군가를 부르려면 비명부터 질러야지. 힘들면 소리 지르는 거야. 도와줘, 말하는 건 구조 위치를 알리는 거고. 기린이 말만 할 줄 알았으면 사람 집 높이가 지금보다 세 배는 높아졌을 텐데, 아쉽다."

"난 소리도 안 지르고 기린처럼 가만히 있었는데?"

"아, 어떻게 찾았냐고? 그러니까. 관심을 가지고 머리를 써야지. 안 그래?"

난 손을 위로 뻗었다. 아이가 손바닥을 보이기 무섭게 뛰어 손바닥을 짝 부딪혔다.

"그래, 머리를 써."

"이건 손바닥이야."

"그게 지금은 기린 머리잖아."

"아, 지금은 맞아."

어느덧 아이도 긴장이 풀렸는지 말에 웃음이 섞였다. 세상에 아이들 웃기기가 가장 쉬운 일 같았다. 고전적인 방법으로 기린 방귀로 웃겨줄까 하다가 이미 올라오면서 가스를 소진한 탓에 참았다.

경계를 풀고 나서야 아이는 내 등에 올라탔다. 손에 꼭 쥔 무전기가 내 얼굴을 스치며 아득한 생각에 빠졌다. 나도 손에 쥔 적 있는 무전기였다.

무전기에 대고 말하면 별이 된 사람에게 전파가 닿는다는 공공연한 비밀이었다. 난 저 나이 때 무전기에 대고 돌아가신 할머니에게 많은 이야기를 했다. 소원도 빌었고 아빠에게 혼났을 때는 할머니한테 대신 혼내달라고 따져 물었다.

"할머니, 난 불장난한 게 아니라 강아지가 추워서 따뜻하게 해주려던 거야…."

다음 날, 아빠는 날 안고 미안하다고 사과했다. 할머니가 진짜로 혼내줬나 생각했다. 얼마쯤 지났을 때, 이 신기한 만능 무전기가 의용소방대원 사무실에 연결됐다는 걸 알고 반짝 효자가 돼 아빠 신발을 닦고 불편한 팔을 주물렀던 기억이 선연했다.

'여전하네….'

낮게 혼잣말을 하고 웃었다. 아이의 상황은 무전기 하나로 미루어 짐작할 수 있는 것이었다.

"나도 그 무전기 알아. 소원 들어주는 무전기. 나도 소원 빌었었어."

"진짜요? 뭐라고 빌었는데요?"

"강아지 한 마리만 사주세요. 그때 너처럼 앞니가 없었거든. 그래서 강아디 한 마디만 다듀데요."

특출 난 바보 연기에 경계를 푼 아이가 풉, 비웃었다.

"너 무전기에 대고 뭐라고 말했어?"

아이의 머뭇거리는 호흡이 이어졌다.

"어… 어… 엄마, 아빠 빨리 보게 해주세요."

"… 어… 그래? 최고의 엄마, 아빠셨구나. 어디 계시는데?"

과거형을 서둘러 고쳤다.

"멀리. 남극."

어떻게 레퍼토리가 달라진 게 없나. 차라리 우주정거장에 있다고 해야지.

부모 잃은 아이를 달래는 방법 같은 건 누구도 가르쳐주지 않았다. 아이에게는 천붕. 하늘이 무너진 세상. 서툰 위로를 건네는 마음이 내게도 전해졌다.

"만능무전기가 인공위성에 닿고 그게 남극으로 연결되려면 산에 와서 얘기해야 되는 걸 보니 똑똑하네. 다른 소원은 없어?"

"아무 때나 사탕 먹기."

"너도 어른 되면 밥 먹기 전에 먹을 수 있어. 어느 때든지."

"부러워."

"난 네가 더 부럽다. 나도 작아지고 싶어. 다른 소원은 없어?"

"음… 자전거 가르쳐달라고 하기, 모스부호 배우기, 해먹 만들기, 텐트 치는 거 배우기, 물로켓 잘 만들기…."

"너… 학구열이 엄청나구나?"

"스카우트 못 보내주니까 배우려고."

"난 그거 다 할 줄 아는데. 자전거 앞바퀴 들고 타고 물로켓 2단으로 쏠 줄 아는데. 매듭 묶는 거, 텐트 치는 법, 거기다 게임도 엄청 잘하는데. 루미큐브, 할리갈리, 우노…."

"가르쳐주세요! 가르쳐주세요오!"

"이럴 때만 존댓말이지? 봐서, 시간 되면. 호랑이 소리 틀어줄까?"

"그럼 다른 동물들이 무서워하잖아."

"…미안하다. 게임을 왜 배우고 싶어?"

"안 이쁘니까. 남자애들이 벽에 낙서한 얼굴처럼 생겼대. 친구 많이 만들고 싶어서. 생일파티 때 와줄 친구."

"아니야, 너는 너대로 멋져. 너다운 건 너밖에 없잖아. 60억분의 1이야. 진짜 안 멋진 게 뭔지 알아? 열등감에 찌든 괴물이 가장 추한 얼굴을 가졌어."

"열등감이 뭔데?"

"괜히 미워하는 거. 질투, 알지?"

"응."

"축하해주지 못하는 옹졸한 얼굴이 제일 못난 얼굴이야. 입에서는 질투 가득한 냄새가 가득해. 으으, 그런 얼굴을 두고 못생겼다고 해. 벽에 낙서한 거면 그래피티잖아. 예술이라는 말로 들리는데?"

"근데…."

"응?"

"지구에 60억 명밖에 안 살아? 요즘은 더 많아."

"그새 사랑을 엄청 했네들."

"근데…."

"왜?"

"왜 내 소원은 안 들어줘?"

'그건 원래 바로 안 들어줘'라고 말하려다가 참았다.

"어… 음…. 아무래도 신은 작곡자 아닐까? 작사는 네가 해야지. 너 작사 안 했구나? 도와주세요보다 미리 감사해버려. 그러고 보니 안무도 네가 하는 거였어. 그게 다 되면 마치 준비해둔 곡이었던 것처럼 가사와 춤에 맞는 노래가 뚝딱 나올 거야. 강한 중독성 있는 코러스가 마음에 들걸?"

"소원 안 들어주고 계속 지켜만 보면?"

"먼저 친절함을 보여줘. 문을 열고 다가가. 그럼 팔짱 끼고 한 발 물러나 있는 신보다 끼어드는 신을 보게 될 테니까."

"그럼 아무것도 못 하는 거잖아."

"가사와 안무부터 해. 감사합니다, 그리고 댄스. 아프면 병원에 가는 것처럼. 병원이 너한테 가는 건 아니잖아. 너 야구 알아? 구원투수도 중간에 들어와. 마무리는 네가 해야지."

"의사 선생님이 오는 것도 있잖아."

어떻게든 빈틈을 찾으려는 게 꼭 내 어릴 적을 보는 듯했다.

"너 돈 많아? 아니다. 종합병원 의사들이 다 달려들어야 하는데 어떻게 그 사람들이 왕진을 와. 네 한 몸이 움직여야지."

"그래서 게임 배우려는 거야. 나한테 오게 하려고."

"삼촌 허리 아프다. 잠깐 쉬었다 내려가자."

숨을 돌리며 짧은 정적이 일었다.

"난 왜 태어난 거야? 선생님도 모른대."

고난이도 어린이였다. 자칫 말실수하면 아이 인생에 나쁜 영향을 끼칠 것 같아 신중하고 싶었다.

"이유를 갖고 태어나는 건 필요에 의해서지. 장난감, 노트, 볼펜 같은 것들. 우리가 태어난 건 이유 없어."

"그럼 뭐야?"

"극적인 이벤트지. 그 자체가 이유야. 그 안에서 '왜 태어났을까?'라는 생각도 하고, 친구와 우정을 만들고 사랑도 하고 공부도 하고 좋아하는 음식을 찾는 여정을 떠나고 슬픔과 절망, 행복도 느끼고. 그게 이유겠지?"

아이가 다 이해하지 못했을 거라고 생각했다.

"조립식에 가까워. 이동식이기도 하고 말이야. 구체관절 인형 알지? 네가 만드는 거야. 넌 뭐 만들고 싶은데?"

"엄마, 아빠."

감히 내가 해줄 말이 떠오르지 않아 말을 돌렸다. 알면서 모르는 눈치인지 가늠하기 어려웠다.

"다시 내려갈까?"

"소나기 내리던 날 친구들은 다 엄마, 아빠가 데리러 왔는데 나만 늦게까지 학교에 있었어. 비 다 맞았고."

다행히 나도 같은 경험이 있었다.

"삼촌도 그랬어. 비 와도 한 번도 마중 나와준 적 없지만 그땐 몰랐지. 엄마, 아빠가 삼촌 삶 전체를 젖지 않게 해주시려고 안간힘을 쓰고 있었다는 걸. 그늘을 만드느라 등이 타는 줄 몰랐겠지. 우산 만들어주느라 다 젖는 줄도 몰랐을 거야. 비 맞는 거 아무것도 아니었어. 오랜만에 비 맞아보니 어땠어? 삼촌은 비 맞으면서 축구할 때 신나고 좋았거든. 우산을 못 챙길 가능성을 대비해서 가방 한편에 우비를 챙겨 다녀봐. 두 손이 자유롭고 비가 머리와 어깨를 톡톡 두드리는 게 하늘과 내통하는 기분도 들어. 장화 신고 비 맞으면 너무 좋지 않아? 냄새도 좋고."

"어… 난 비 싫은데…."

"비 맞으면 잠도 잘 오고 좋거든?"

"난 싫거든!"

노는 건 쉽고 즐거워도, 교육은 어려운 일이었다. 티격태격 어깨가 빠질 것 같은 통증이 시작될 무렵, 자동차 여러 대가 헤드라이트를 켠 캠프가 보였다. 이윽고 사람들이 달려나왔다.

그중 눈에 띈 건 발을 동동 구르는 할머니, 할아버지였다. 그 뒤에 마리도 손을 비비며 발을 굴렀다. 내 걱정에 앞서 아이를 찾은 보호자의 걱정을 먼저 배려했을 거라 생각했다. 아이를 내려 건네려는데 내 뒤로 숨었다. 알록달록 색연필 세트 박스를 든 할아버지의 거친 손을 보고 아이가 다가갔다. 다친 곳은 없는지 머리부터 발까지 어루만지고 깊은 안도의 숨을 내쉬었다.

연신 머리칼을 쓸어넘기고 앞뒤로 돌리며 등과 배, 양팔을 쓰다듬었다. 손녀에게 작은 질책도 없이 고맙다는 말에 모든 감정이 담긴 걸 알 수 있었다.

내 옷자락을 당기고 파란색 연필을 손에 쥐어줬다.

"가장 아끼는 색이구나?"

고개를 크게 끄덕였다. 안주머니에 넣고 무릎 굽혀 고맙다고 말했다.

"아니 아니, 그건 공주. 삼촌은 이렇게."

손을 돌려 허리를 숙이는 왕자식 인사를 건네고 손을 내밀었다.

"번호."

"아. 번호? 언제든 필요하면 연락해."

파란색 연필로 말랑한 손바닥에 마리의 번호를 남겼다. 두 달 뒤면 사라질 나보다는 마리 번호를 가르쳐주는 게 나았다. 나중에 고맙다고 전화하려는 어여쁜 마음만 받았다.

"여기 피…."

내 다리를 보고 놀란 아이를 급하게 달랬다. 자전거 타다 넘어져 아스팔트에 쏠린 것 같은 선명한 찰과상이었다.

"어, 이거? 옛날에도 넘어져서 피 났는데 안 죽어, 안 죽어. 괜찮아. 빨간색. 근데 너 빨간색 연필 있어?"

"여기 있어."

"오, 좋겠다. 너무 부럽다."

아이와의 대화에서 화제를 바꾸는 일은 쉬웠다. 아이를 찾은 안도감 덕분에 안심하며 담소를 나누는 분위기였다. 이런 일이 있으니까 모이는 거지, 하며 웃음소리도 여기저기 터졌다.

그런 요란스런 모습이 신기한지 연신 두리번거리는 아이를 보고 말했다.

"이 어른들이 다 한밤중에 뛰어들었어."

"나 하나 때문에?"

"너 하나니까."

"다음에 보면 인사해. 여기 어른들 이제 다 아는 사이니까."

누구는 머리를 헝클었고, 누구는 볼을 꼬집었다. 아이는 자다 일어난 모습이었다. 깨어난 모습. 아이의 묘한 표정 변화에서 안도감을 읽었다. 어떤 말보다 위로가 됐던 것 같다.

아이를 둔 엄마와 젊은 아빠, 동네 아저씨, 밤잠 없는 할머니, 혈기왕성한 고등학생까지 각양각색이었다.

"밖에서 깨져도 안길 품이 있으면 괜찮아. 부모의 역할은 그것만 해내도 충분한 거야."

벌벌 떠는 손녀 할아버지를 달래는 다른 할아버지의 말에 나도 안도했다.

늦은 걸음으로 다가오는 마리를 보고 일부러 더 활짝 웃었다. 미세하게 떨리는 손부터 잡고 괜찮다는 말을 대신했다. 마리가 원망을 거두고 걱정하는 얼굴로 물었다.

"어디서 찾았어? 다리는 또 왜 그래?"

마리 입가가 떨렸다.

다리를 내밀어 보는데 정강이와 종아리에 억센 풀이 스치며 사방이 긁혔다. 여전히 긴장한 마리를 두고 의기양양한 얼굴로 말했다.

"내가 앵그리 베이비잖아. 아이들 심리는 잘 알지. 좀 다치면 어때. 어차피… 아니다, 저 아가 세상은 완전히 바뀌는 거니까. 무한한 신뢰. 알지?"

무심코 올려다본 달이 예뻤다. 쇠락할지언정 소멸하지 않는 그믐달이 좋았다. 얇은 눈썹, 흔들려도 전복되지 않는 그릇은 무엇이든 담을 수 있다고 속삭이는 듯했다.

멀리 라이트가 흔들리며 사람들이 내려오고 있었다. 그중 익숙한 걸음걸이가 잰걸음으로 내려왔다. 역시 이런 일에 빠지지 않는 아빠였다.

미묘한 관계

♀

마리

상기된 표정이었다.

"멧돼지가 있는 줄 알았다니까? 그래서 야구배트 들고 딱 자리 잡고 있었지. 나와! 나와! 고함치는 그때 작은 소리가 나는 거야. 안 가! 그때 다리에 힘이 쭉 풀리는 거 있지?"

온몸을 써 실감나게 연기하는 모습에 열심히 맞장구쳐줬다.

"오, 그랬어? 정말? 대단하다. 잘했어."

신난 모습에 묘한 안도감이 들었다. 이렇게 안심시켜놓고 죽으면 가만 안 둘 작정이었다. 피투성이인 다리를 보고 말했다.

"병원 가야 되겠는데?"

"안 가. 어차피⋯."

"어차피, 뭐?"

이맛살을 찌푸리고 되물었다.

"아니, 저절로 낫는다고. 찰과상이면 약 바르면 돼."

"뭐가 어차피야?"

"약 바르면 된다고."

저 다리를 부러뜨려서 못 가게 막는 것도 나쁘지 않겠다는 생각을 했다.

"웃지 마."

괜찮다는 것을 확인하고는 괜히 심술을 부렸다.

"뭐, 아무튼! 고된 하루였으니까 이만 자야겠어."

"차에서 계속 자려고?"

"익숙해졌어."

아직 계획을 철회하지 않은 것으로 보였다. 끈질긴 녀석이었다.

'네가 괜찮다는 말을 안 믿는 것처럼 난 익숙해졌다는 말을 안 믿어.'

다음 날, 모르는 번호로 연락이 왔다.

"여보세요?"

어젯밤 여주인공 목소리를 듣자마자 내 번호를 알려줬다는 걸 알았다. 다른 사람이 전화 받으면 실망할까 봐 말을 지어냈다.

"어젯밤 당나귀 아저씨? 등 타고 내려온 그 아저씨 말하는 거지? 지금 해가 중천에 뜬 지금까지 자고 있어. 늦잠 자면 안 되잖아, 그치? 그래, 고맙다고 전해줄게. 진짜로 아무 때나 연락해도 돼. 그 아저씨는 잠이 많아서 내가 대신 받아서 전해줄게. 학교 스타가 됐다고? 용감한 어린이라면서? 대단하다. 축하해. 게임? 무슨 게임을 가르쳐줘? 할리갈리…. 루미큐브…. 자전거타기…? 아 그거? 음…. 조만간? 조금만 기다려줄래? 꼭 가르쳐달라고 할게. 꼭! 언니는 약속 지키는 사람이야."

내가 모르는 얘기에 일단 조만간이라고 애둘러 말했다. 정확한 날짜를 지정하진 못해도 최대한 빨리 약속을 지키도록 만들 참이었다. 뒷덜미를 잡아서라도.

남 모르게

티라노

"촬영은 어느 정도까지 된 거 같아? 돈은 언제쯤 받을 수 있을까?"

"내가 끝이라고 할 때 끝이야."

"나도 좀 급해서 그래."

"빨리 끝내볼게. 머릿속으로 계산하는데 아직 분량이 안 나왔어. 조금만 더 기다려줘."

은행에서 연락 오는 주기가 짧아졌다. 상환 일정이 어떻게 되시냐며 정중하고 매섭게 물었다. 운율이 없는 사무적인 말투. 빌려줄 땐 웃으면서 고객님이라더니 가족이라더니 이젠 고객님 대신 '씨'라고 부른다.

은행의 기민한 촉은 내가 곧 파산할 거라는 걸 아는 눈치였다. 겨우 한 달이나 버틸 수 있을까. 초조해지기 시작했다. 죽기 위한 돈이 부족했다. 마리가 약속한 촬영 끝난 뒤 30% 지급 계약만을 기다렸다. 그 돈이 필요했다. 그래야 은근한 독촉과 예고된 파산으로부터도 잠깐 해방이었다.

로지에게 전화가 왔다.
"지금 메일 보냈으니까 확인해보고 네가 답변해줘."

FWD: 악어가 꿈에 나와요. 벌써 이틀째예요.

안녕하세요? 어떤 고민이든지 보내라고 하셔서요. 제 꿈에 이틀째 악어가 나와요. 어떡해요? 큰 입을 벌리고 잡아먹으려고 해요.

울퉁불퉁한 악어의 질감이 잘 표현된 서툰 그림이 첨부사진 돼 있었다. 파일명 IMG_23982. 사진을 많이 찍거나 휴대폰이 오래됐거나 둘 중 하나였다. 악어가 귀엽게 입을 벌리고 있었다.

노트를 꺼내 끄적이며 답변할 준비를 마쳤다.
악어의 약점… 꼬리를 잡고 힘차게 들면 된다… 라고 썼다가 지웠다.

악어를 잡으려면 큰 고무줄만 있으면 돼. 치명적인 약점은 누구에게나 있어. 꿈에 나오면 줄로 입을 붕붕 싸버리렴. 고무줄은 잠옷 바지에도 있으니까.

입을 여러 번 묶고 속삭여보는 게 어때? '너… 지갑 되고 싶어?'라고 말이야.

인상 팍 쓰고 말하면 악어가 오줌싸는 걸 볼 수 있을 거야. 집에 굴러다니는 밴드를 손목에 차고 자는 걸 추천할게.

조동이를 동여매고 옆구리 간지럽히면 큰 고통을 줄 수 있어. 웃고 싶어도 못 웃으니까. 아주 미치는 거지.

마리 눈치를 봤다.

모니터 검은 부분 마리의 보조개를 포착하고 안심했다. 다른 사람의 고민을 듣는 게 마치 남의 일기장을 읽는 묘한 기분이었다.

이참에 잘 됐다 싶어 로지가 정성껏 정리한 고민과 엔젤클럽의 답을 보며 시간을 보냈다. 다른 사람들은 어떻게 답변을 보냈는지 궁금해졌다.

Q: 어느새 쉬는 것도 불안해졌어요. 이래도 되나 싶게 일이 잘 풀릴 때도 불안해졌죠. 잘돼도, 안 돼도 불안해요. 이래도 되나 싶게 좋을 때도 닥쳐올 불안에 금세 미소를 잃어요.

결심은 0칼로리. 아무리 먹어도 배 안 불러. 그냥 하면 돼. 시작은 불안을 떨치는 최고의 약이야. 작은 시작 같은 건 없어. 걱정은 시작 앞에 무력하거든. 전혀 힘을 못 써.

움직여야 무비가 된다. 가만히 있으면 아무것도 아닌 것이 돼. 머리에 곰팡이 핀다? 새로운 음악도 듣고, 다른 사람 의견도 들어봐.

불안에 잠식되면 사는 게 사는 게 아니라 생존하게 됩니다. 언제 죽을지 모르는 연명치료와 뭐가 다르겠어요. 불안을 흔들어서 털어내세요. 새가 푸드덕거리고 웅덩이에서 샤워하는 것처럼요. 섀도우복싱이라도 해보세요. 보이지 않는 불안을 허공에 주먹질하면 타격은 입히지 못해도 단련됩니다. 부스러기 같은 잡념들이 떠돌 때는 움직여서 털어야죠. 신나는 댄스, 산책, 복싱은 훌륭한 처방전이었습니다.

미리 걱정하는 것은 지금 구름을 보고 4개월 후 날씨 예측하는 것만큼 황당한 일이었어요. 기쁜 순간에도 다음의 불안이 닥치는 게 얼마나 안타까운 일이에요. 하지만 확실한 건 날씨는 몰라도 계절은 알 수 있다는 거예요. 겨울 다음에는 봄이라는 사실이요.

우울, 불안은 네 마음에 불법 체류하는 거 아니야. 원래 지분이 많은 주인이야. 감정을 죽이는 건 널 죽이는 일이니 잘 달래서 재워. 일어나면 다시 재우는 연습을 해보는 거야. 이 녀석은 특이하게도 누워서 자는 게 아니야. 서서 자. 걷거나 뛸 때야 잠들어. 손보다 발이 필요한 녀석이거든.

불안하면 스쿼트라도 해. 몸에서 가장 큰 근육이 허벅지니까 다시 일어나는 데 도움 돼. 런닝화를 사고 건강검진을 받아. 영양 골고루 챙기고 당뇨나 혈압에 신경 써. 술, 담배도 끊어. 무엇보다 해로운 관계부터 끊어.

축구, 농구, 럭비를 보자. 기회라면 앞으로 달리는 사람에게 닿지 않겠어? 내가 공을 갖고 있다면 달려가는 사람에게 롱패스 할 거야. 그게 아무리 멀어도. 목표를 향해 가는 사람은 어떻게든 눈에 띄어. 그리고 기회를 얻게 돼. 세상 돌아가는 이치가 그래.

Q: 특별히 바쁘지 않지만 마음이 바빠요.

시간이 없다? 시간은 만드는 거였네. 기회도 저절로 주어지는 게 아니라 만드는 것이었고. 때를 기다리지 말고 만들어. 지금. 바로 지금만이 완벽한 순간이야. 지금 시작해.

일을 할 때 타이밍은 필요 없다. 좋은 타이밍, 내일은 영원히 안 올 테니까. 언제나 지금이라는 것만 믿어라. 나중은 허구야. 사기야. 지금만 믿어라.

멍하니 보내는 여유가 필요해요. 톱니바퀴도 맞물려서 돌아갈 때 빈 공간이 있다는 걸 아시나요? 우리는 무의식적으로 공간을 채우려는 본능이 있어요. 침묵을 경계하죠. 행간에도 대화 도중에도 빈 공간은 필수예요.

프랑스에서는 대화 중 침묵을 천사가 지나가는 시간이라고 한대요. 해결할 수 없는 걱정은 너무나 큰 공간이에요. 채울 수 없는 걸 채우려 할 때 우리는 급격히 불안해지는 것 같아요. 불확실한 걱정 대신 맛있는 음식으로 채우는 건 어때요? 직접 걸어서 장을 보고 요리하면서 대접해주는 거예요. 설거지까지 하고 나면 나른해질 거예요. 그렇게 당장 앞의 일만 해결하면서 살아보는 거죠.

Q: 짝사랑하는 친구가 언니랑 싸웠다고 해서 언니 혼내준다고 했다가 차였어요. 편 들어준 게 잘못이에요?

차이는 건 더 멋진 남자가 되는 기회야. 지금 길거리에 멋진 사람들? 여러 번 차이면서 발전한 사람들이야. 이 기회에 바꿔봐. 차일 때마다 새롭게 태어나는 거니까.

형사가 되려고 하지 말고 그냥 양호실 선생님이 돼라. 딱히 해주는 건 없고 마주 앉아서 잘 들어만 주면 돼. 잘잘못을 따지면서 피의자 피해자 구분하지 말고 그냥 들어주면 된다. 해결책을 내지 말고 옆에 있어 줘. 의사보다 환우가 되는 걸 바라는 거야. 모르면 그냥 음, 음 하면서 고개만 까딱까딱해.

연애 고민까지 하는 걸 보면서 연륜을 체감했다. 하긴 연애를 했으니까 부모가 됐고 어른이 됐을 테니까, 쉽게 납득해버렸다.

로지는 이메일 중에서 사연이 될 만한 내용을 골라 인쇄한 뒤 편지지에 담아 실링 왁스로 마감한 뒤 엔젤클럽에 보냈는데, 로지가 없는 틈을 타 내용을 몰래 훔쳐봤다. 최근 고민 목록 중 눈에 들어오는 내용이 있었다.

Q: 완전히 동굴에 갇힌 느낌입니다. 어두워서 한 치 앞도 안 보이죠. 자포자기의 심정으로 버티다가 조용히 사라지기를 원합니다. 제 머릿속에는 저를 안건으로 다루는 이사회가 있습니다. 오랜 고민 끝에 내린 결론은 파산보호이지만, 보호를 바라지는 않습니다. 원망도 그리움도 남기지 않고 평화롭게 잊혀지고 싶습니다. 만약 신이 계신다면 평화로운 상태 그 자체가 신이라고 봅니다. 그런데 떨어진 과일이 될 운명이라 짓밟히고 벌레가 꼬이겠죠. 그건

평화보다 파괴에 가까워요. 그래서 떠나고 싶습니다. 상처를 남기지 않고 떠날 방법이 있을까요?

딱 내 상황과 맞물리는 고민. 경제가 안 어려울 때가 없다지만 망하기 직전의 두려움을 고스란히 담은 내용에 눈이 갔다. 차곡히 쌓인 종이 중에서 제일 위에 올렸다.

"뭐해?"

"아니."

"아니긴 뭘 아니야."

"그게 아니라, 이 사연은 꼭 넣어줘."

내 마음을 움직이는 답변이 오기를 바라는 한편 고작 그저 그런 위로가 도움이 안 될 거라는 회의적인 시선이 함께 했다.

"좋아, 그 정도는 친구패스지. 어? 또 메일 왔다. 네 작은 친구. 네가 답변해준 거니까 책임감을 가지고 보내봐."

로지가 말했다.

FWD: 덕분에 악어는 처리됐어요.

정말 정말 감사합니다. 덕분에 악어는 처리됐어요. 근데 호랑이가 나오기 시작해요. 물로 들어가도 물을 좋아하는지 쫓아와요. 고무줄로 입을 묶을 수도 없었어요. 어떡해요, 저?

샷건을… 이라고 썼다가 지웠다. 꼬리 쪽을 보면 치즈볼 같이 생긴… 다시 지웠다. 큰 박스를 두고… 이것도 아니고. 마리 눈치를 봤지만 무덤덤한 표정으로 내려다보고 있었다.

호랑이의 치명적인 약점은 목이란다. 새끼를 옮길 때 목을 물잖니. 호랑이가 오면 재빠르게 옆으로 비켜선 다음 양손으로 목을 꽉 집어보렴. 호랑이를 널 만한 큰 빨래집게가 있으면 좋겠지만 없으니까 힘껏 목을 잡으면 엄마인 줄 알고 스르륵 눕게 될 거야. 그대로 빨랫줄에 널어보고 안 되면 또 남겨줘.

"아이들 상상력이란…."
점점 어려워지는 걸 느꼈다. 지금 호랑이가 나오면 프로이트 꿈의 해석을 검색해볼 텐데, 아이에게 통할 리가 없었다.
마리가 옆에 서서 테이블에 손을 받치고 그윽하게 쳐다봤다.
"호랑이에게 쩔쩔매는 티라노."
놀리려는 의도를 무시하다가 문득 마리 시계가 눈에 들었다. 그간 잊고 지낸 숙제였다.
"저기 코너 돌면 유명한 시계 명장 아저씨 있어. 방송에도 나와서 전국에서 맡기는 곳이야. 이참에 시계 맡기는 게 어때?"

고장 난 시계를 차고 다니는 마리를 위해 작은 선물이라도 하고 싶었다. 고집을 부려 시계를 건네받아 함께 수리를 맡겼다. 함께 저녁을 먹고 집으로 바래다주려는데 마리가 말했다.

"미안, 카메라 배터리를 방송국 테이블에 두고 온 것 같아."

출입키를 찍고 들어간 어두운 복도에서 은은한 빛이 새어나오는 방 하나가 있었다. 살금살금 걸어서 목만 빼고 보는데, 며칠 새 익숙한 얼굴인 건물 관리인 아저씨와 지브라였다. 마이크에 대고 열창하는 모습이 생소했다.

"녹음 버튼에 불도 안 들어왔어. 그냥 연습하시나 봐."

"관객이 없어도 자기를 위해 연주하는 것도 멋지지 않아? 누군가에게 보여주기 위한 게 아니고 나를 위한 거. 그게 진짜 사랑인 거 같아. 진짜 어렵지."

요즘 가상 악기로 녹음하는데 직접 통기타 들고 노래하는 모습이라니.

가만히 노래를 들었다.

어느새 또 하루 끝에

문득 네 얼굴이 떠올라

혹시 너무 늦은 걸까

그 생각에 나, 걸음을 멈췄어

가사가 정확히 들리진 않았지만 반복되는 라임으로 보아 곡을 들였다는 걸 알 수 있었다. 몰래 복도에 새어 나오는 노래를 마리와 함께 들었다.

같은 노래를 세 번 들었을 때 노래가 멈추고 지브라가 뛰어나왔다.

"아이고, 급한 거 참느라고 혼났네."

혼잣말하며 나오다 뒷모습이 걸려버렸다.

"거 누구요?"

천천히 뒤돌아서 두 손을 들고 순결한 얼굴로 말했다.

"아무것도 못 들었어요."

"넌… 왜 여기? 뭘 못 들어?"

"노래요…."

학교에서 몰래 담배 피우다 걸린 표정으로 우물거렸다. 대화 소리에 관리인 아저씨도 나왔다. 건물 오가며 인사하고 마리는 커피도 두어 번 갖다줘서 내적 친밀감이 있었다.

"비밀로 해줄 거죠? 아직은 얼굴 없는 가수니까."

"빗자루와 피타고라스. 아니다. 빗자루와 지시봉… 아니, 해리와 포터. 남성 듀오 이름으로 좋은데요?"

당황하는 두 아저씨들의 어색한 웃음에 마리가 나서서 너무 좋아요, 하고 말했다.

관리인 아저씨도 다가와 해명하듯 말했다.

"저기, 저기, 그간 돈만 벌면서 살았어."

"보기 좋은데요."

"아니, 아니, 꿈을 뒤로 미뤄야만 했던 생계형 인간으로 살다가···. 오랜 꿈이 있었거든."

"그게 뭔데요?"

마리가 물었다.

"노래. 무슨 바람이 불어서 그랬는지 몰라. 춤을 좋아하는데 춤이 나를 안 좋아해. 자꾸 밀어내서 댄서는 못 됐지."

"그냥 좋아하면 하는 거죠."

해명하는 듯한 어투는 그대로였다.

"남은 인생에서 돈을 공제하면 남는 건 사랑과 노래뿐이더라고. 한없이 누추하고 방황하고 고민하던 그 순간들, 뭐든 할 수 있을 것 같은 막연한 자신감에 운이 따를 것만 같은 시기를 놓쳤다고 생각했는데, 다시 좋아하는 게 생기니까 눈이 빛나는 거 있지?"

"그게 노래였고요?"

"야, 남몰래 사랑하는 거, 숨겨진 사생활 하나쯤은 있어야지. 불 꺼진 밤에 이불 속에 작은 불을 켜고 혼자 즐기는 거. 상상친구는 나이 들어서도 있어. 넌 없냐?"

지브라가 어금니 꽉 물고 말했다. 시큰둥한 내 반응에 따지듯 말을 보탰다.

"저 아무 말도 안 했거든요?"

"끌리는 대로 사는 거야. 꿈을 이루고 나서 난 뭐가 더 있을 줄 알았어. 근데 더 갈 데가 없지 뭐야. 그럼 다시 내려가야지. 그리고 다시 꿈을 꾸는 거지. 미끄럼틀을 타는 거, 그게 좋았어. 시간 될 때마다 자주 미끄럼틀 타라. 너무 높으면 한 번이면 끝나는 게 아쉬우니까. 알았냐?"

"근데 노래 제목은 뭐예요?"

"연가. 사랑하는 사람을 그리워하면서 부르는 노래."

"사랑한 것을 잃어본 보통 사람들의 노래."

지브라와 관리인 아저씨가 같이 말했다.

"비밀로 해줄 거지?"

이쯤 되자 장난으로 대할 수 없었다. 입을 지퍼로 잠그는 시늉을 했다.

"그럼 믿고, 우리 먼저 가볼게."

급히 자리를 파한 해리와 포터를 보며 마리와 나는 한참이나 웃었다.

"아직은 창피하신가 봐."

마리의 말에 지브라를 닮은 글이 생각났다.

아마도 엔젤클럽에 지브라도 포함돼 있을 거라 생각해 컴퓨터를 켰다.

메일 중에서 '노래'를 검색했다. 콘클라베 같은 비밀주의를 고수한다고 해도 글에서 풍기는 냄새까지 감출 수는 없는 노릇이었다.

인생이 대하소설인 줄 알았는데 짧고 경쾌한 시였다는 것을 깨달았습니다. 비슷한 일상을 반복하지만 그 안에서 라임을 맞추면서 리듬감을 가진 시를 쓰는 것 같아요. 시에 리듬을 담으면 노래가 되잖아요. 누구는 힘든 근로자로 살겠지만 제 선택은 노래하는 사람으로 변주하며 사는 것이었습니다.

can, can't 사이에는 할 수 없이 해야만 하는 일이 많았습니다. 그걸 수행이라고 생각했습니다. 행동을 반복하는 수행자처럼 출근하며 저라는 색을 잃어버리기도 했습니다. 해야 하는 일 사이에 좋아하는 일을 끼워넣어서 리듬을 만드는 거. 전 그게 살면서 정말 중요한 일이라고 생각합니다.

허밍으로 흥얼거리는 무언가. 외출하는 마음을 가볍게 만드는 들뜬 설렘. 발에 리듬이 실린 걸음.

이건 다 엇박에서 시작됐습니다. 두려울 땐 엇박으로 걷고, 시의 행을 바꿉니다. 엄마 손 잡고 사뿐히 걷는 아이들 걸음을 되찾는 거예요. 우린 어김 없이 해봐서 알고 있는 그 걸음을요.

나이 먹은 지금 서툰 발걸음으로 새로운 시를 씁니다. 여기에 멜로디를 더해 노래를 만드는 지금은 이루 말할 수 없이 행복합니다.

취미로 3D 프린터 작업을 하던 때였습니다. 전 갈기가 멋진 사자를 만들려고 했죠. 그런데 중간까지 가도 뭐가 뭔지는 누구도 몰랐습니다. 완성되기까지도 몰랐습니다. 만드는 저를 제외하고서요.

꿈을 적은 종이가 갈기갈기 찢어지기도 했습니다. 파쇄된 꿈이어도 이어붙여 다른 형태로 빚을 수 있다는 것을 아는 지금은 오랜 꿈인 노래를 만듭니다. 꿈은 비웃음을 먹고 자란다고 믿었습니다. 비웃으면 오기가 생겨 더 잘하려고 들었거든요. 그런데 아니었습니다. 가능성을 붙돋아줄 칭찬이 중요했습니다. 그래서 더 다듬어서 발표하고 싶은 소망이 있습니다.

지금은 평론가의 의자를 치우고 무면허 감정평가사에게 휘둘리지 않고 조용히 음악을 만들기로 했습니다. 완성되면 티타임즈를 통해 공개할 수 있기를 간절히 바랍니다.

지브라 검거 완료. 선생님 2막 인생이 멋져 보였다. 동시에 질문을 던져오는 것 같았다. 대체 꿈이라는 게 뭘까? 슬라임처럼 변형되는 꿈의 성질은 안다. 그러나 파쇄된 꿈마저도 이어붙일 수 있는 걸까?

가능이나 할까?

곧 모든 걸 잃는 나도 다시 살 수 있을까?

수상한 사연

♂

티라노

시간 날 때마다 티타임즈를 거슬러 올라가 들었다. 가장 함축된 오프닝을 듣는 것만으로도 로지가 달리 보였다.

〔오프닝 시그널 음악〕

제가 학창시절 배운 가장 강렬한 경험은 실수해도 된다는 것이었습니다. 실수를 실수로 남기지 않으면 반등의 기회가 된다는 것을요.

소심한 성격 탓에 반강제로 연극반에 들어가야 했습니다.

3개월을 준비해서 작은 대사를 얻었습니다. 남자주인공이 꼬마에게 사탕을 주면서 '저기 언니에게 가서 언니 너무 예뻐요'라고 하고 꽃을 주는 상황에서 전 꼬마 역할을 맡았습니다.

"어… 엄니, 지인짜 예뻐요."

짧은 대사를 실수한 어린 저는 얼어붙고 말았습니다. 순식간에 엄마로 만들어버린 거죠. 꽃다발을 건네줘야 하는 상황에서도 놓질 않았죠. 전교생이 비웃는 소리가 들렸습니다. 이어서 긴 대사를 해야 하는 데 머릿속은 이미 꼬여버렸습니다.

그때 남자주인공을 맡은 형이 와서 '엄니가 아니고 언니야. 이 꽃은 언니 꽃이지?'라면서 자연스럽게 실수를 만회해줬습니다.

순간 든든한 기분이 들었습니다. 실수해도 괜찮구나. 그리고 남은 대사를 마칠 수 있었습니다. 연극이 끝나고 오히려 큰 격려의 박수를 받았습니다.

마라톤에서 두 번째 큰 박수는 완주한 꼴찌의 몫이었습니다. 1등을 못 하면 완주하면 된다고 생각합니다. 느려도 실수해도 괜찮았습니다. 실수를 실수로 내버려두지 않고 박수로 바꿔버리는 센스는 누구나 갖고 있으니까요.

두 번째 큰 박수, 어쩌면 가장 큰 격려를 위해. 여기는 총총한 밤, 티타임즈입니다.

로지가 말도 없이 이메일을 보냈다. 내가 담당인가 보다.

FWD: 귀찮게 해서 죄송해요.

어젠 코끼리가 화내면서 달려왔어요. 겨우 옆으로 피하긴 했는데 그다음엔 기린처럼 큰 동물이 저를 공격했어요. 발에 치이기 전에 깼어요. 식은땀에 베개랑 바닥 이불이 젖었어요.

　조금 귀찮아지기 시작했다. 난 보육과 교육보다 노는 데 특화돼 있다는 걸 누구보다 잘 알았다. 빈 노트에 볼펜이 허공을 헤맸다가 컴퓨터로 자리를 옮겼다. 빈 메모장에 커서만 깜빡거렸다. 한참을 깜빡이는 커서만 쳐다봤다.

　얼마나 지났을까. 모니터가 기하학 무늬를 뿜어내고 있었다. 다시 마우스를 움직였다.

　코끼리의 약점은 없단다. 걔들은 그냥 어마어마하게 강해. 잘 피했다.

　기린은 평지에 사니까 높은 곳으로 뛰어 올라가. 도망치는 게 아니라 장소를 바꾸는 거야. 경사진 곳으로 올라가면 기린은 못 쫓아오지. 아, 그리고 귀찮지 않고 재밌어. 네 사연만 기다린단다.

　"근데 좀 이상하지 않아? 꼭 찾아달라는 것처럼…."
　"왜?"
　이상하게 보면 이상하다. 내가 놓친 게 있을까? 생각하니 어쩌면 통째로 도와달라는 신호일 수도 있겠다고 생각했다.
　그동안 아이가 보낸 고민을 두고 보는데 확실히 이상하긴 했다.

"으음, 난 이게 꼭 게임 같단 말이지. 마치 긴급 신고할 때처럼 영리하게 구조신호를 보내는 거야. 확실히 뭔가 있어."

"진정해."

마리가 어깨에 손을 얹었다.

"응, 그럴 수도 있겠다는 가정이지."

말은 그렇게 하면서 머릿속에서 아이를 학대할 만한 사람을 추렸다.

가장 먼저 떠오른 건 동네의 시끄럽고 아픈 존재. 전직 소방관이자 알코올 중독자인 남자였다.

필체와 그림으로 추정하는 나이는 7세~10세, 집에는 보호자로 위장한 학대범이 있다는 걸까?

"혹시 학교 폭력 아니야?"

마리가 말했다.

"모르겠어. 아무튼 이런 기분이면 깊게 못 자. 꿈에서 계속 나와."

깊은 한숨이 새어 나왔다. 그래, 촉법보다 무서운 건 내일이 없는 어른이다.

"피곤해 보여."

"게임 끝판을 깨지 못하면 난 미친다고. 딱 한 놈만 더 거꾸로 매달아야겠어. 코가 입이 되게 반쯤 절여놔야지."

오히려 생기가 도는 기분이었다.

"경찰에 신고하는 게 어때?"

"이걸로 경찰이 신고 받아주겠어? 경찰한테 설명하는 시간이 더 걸리겠다. 이건 아이 인생을 죽이는 게 아니라 윤리를 살해한 거야."

'내 마지막 게임, 빌런을 잡고 가는 거야.'

잡아서 본보기로 삼고 곤죽을 만들어 널리 이름이라도 알려야겠다고 마음먹었다. 두 번 생각해도 꽤나 합리적인 명분이었다. 내 표적은 보이지 않는 놈을 향했다. 경찰은 예방보다 사후 처리에 특화된 조직이니 기껏해야 포렌식만 할 수 있다. 거기까지는 생각하고 싶지 않아 머리를 흔들었다.

의미 있는 일 하나쯤은 남기고 가고 싶다는 순수한 열망. 또한 실추된 명예를 회복하겠다는 더 순수한 욕망의 산물이었다. 신나는 도주극으로 마침표를 찍는 게 게임 같기도 했다.

"애들 건드리는 건 가만히 못 두고 봐."

"일단 겁먹고 숨은 아이가 다시 나올 수 있게 해야지. 티타임즈를 듣는 건 확실하니까 찾아오게 하는 건 어때?"

마리가 말했다.

"그게 되겠… 네? 될 거 같은데?"

"그래서 내가 볼 땐 너무 어리지는 않은 아이 같아. 글 읽고 쓸 줄은 알아."

하루도 지나지 않아 로지로부터 메일이 전달됐다. 마치 찾아주기를 바라는 것처럼.

FWD: 이제 동물 대신 유령이 나와요.

동물들은 이제 안 무서워요. 알고 보니 귀여운 친구들이었어요. 오히려 불쌍하다고 여겨져요. 배가 고파야 주인을 더 잘 따른다고 했어요.

유령은 사람을 해치지 않아. 걔네가 뭘 할 수 있는데? 겁만 줄 수 있지. 놀고 싶어서 장난치려는 거야. 슬프거나 억울한 이야기를 들어줄 사람이 필요할 때 그런 거라고 하더라.
네가 무서워하면 더 좋아서 또 나올 거야. 난 무서운 얼굴을 한 유령보다 무서운 마음을 품고 사는 사람이 더 무서워. 어떻게 생긴 유령인지 얘기해줄래? 넌 괜찮아?

어떻게든 대화를 이어가야 했다. 답변을 기다리며 먼저 보내볼까 하다가도 지우기를 여러 번. 이틀이 지나도 연락이 없자 기우에 그쳤다는 안심으로 이어졌다. 편하게 거저 얻은 안정이었다.

스트레스는 꼭 예고도 없이 들이닥쳤다. 로지가 메일을 보냈다.

FWD: 전 괜찮아요.

내용 없음

"전 괜찮아요? 여기가 스톡홀름이야? 가해자 걱정을 하네, 얘가. 그럴수록 더 잡아야겠다. 너 안 괜찮아. 거짓말이야. 전쟁이 과부, 고아를 만든다면 밀폐된 작은 전쟁은 철든 아이들, 거짓말쟁이를 양산해. 뭔가 있어."

휴대폰 액정을 보고 혼잣말을 뱉었다.

괜찮다는 말은 안 믿는다. 누가 보낸 건지 찾아야 한다. 은밀하게 우리에게 말한다. 주파수를 찾아야 한다. 아빠가 그랬듯.

난 이 아이를 꼭 찾고 싶었다. 찾아야 했다. 섣부르지 않게 조심히 다가가야 한다. 믿을 수 있는 어른이라는 걸 알려야 했다.

최근 며칠간 시야에서 벗어나 웅크리고 있던 아이, 이상했던 아이를 되짚었다.

"생각해봐, 그런 아이 없었어?"

내 물음에 마리가 골똘히 생각하다 입을 뗐다.

"음… 다 이상했어. 놀라운 방식으로 제각각."

마리와 함께 어떤 답장을 보내야 할지 의논하고 고치기를 여러 번 했다. 각자 답장을 써서 합치고 지우다 결국 짧은 문장으로 쓰자는 합의에 이르렀다.

　　혹시 악어, 호랑이, 코끼리가 꿈에서 깨도 계속 때리거나 욕을

　　해? 도와달라는 말은 부끄러운 게 아니야. 알았지? 그것만 알면

　　돼. 연락 기다릴게.

　이메일을 전송하자마자 새로운 메일이 도착했다.

　"이메일이 반송됐어. 계정 폐쇄야…."

　"IP주소는 몰라?"

　마리가 물었다.

　"이미 확인해봤는데 이메일 처리한 회사의 서버 위치만

떠."

　"우리가 찾는다고 알릴까?"

　"그럼 더 숨을 거야. 숨은 데 이유가 있을 테니까."

　"우리랑 숨바꼭질하는 거야? 찾아달라는 거야? 장난 아닐

까?"

　"꼭… 아이가 아닐 수도 있잖아."

　마리가 머뭇거리며 말했다.

　"삐뚤거리는 그림체만 봐도 아이가 맞아."

　엽서라면 필체 감정이라도 해서 추정해볼 텐데…. 진한 아

쉬움에 책상만 내리쳤다.

"기다려봐. 지금 단서도 없이 뭘 할 수 있는데?"

"질문이 잘못됐어. 뭘 할 수 없냐고 물어야지. 내가 지금 할 수 없는 일은 없어."

얼굴이 종잇장처럼 구겨졌다.

"모르게 찾아달라는 말을 하고 싶은 거 아닐까?"

"숨어서 조용히 얘기하는 거 같아. 아, 어린애들이 비극에 놓이기에는 너무 작아. 그건 아동용이 아니야. 우리가 가진 단서는 제한적이고 감쪽같이 사라졌어. 다시 돌아오기를 기다리거나 찾아 나서는 수밖에."

"괜찮다는 게 진짜 괜찮은 거 아닐까?"

마리가 물었다.

"자기가, 아니, 당신이 괜찮다고 했을 때 괜찮았어? 아니잖아. 거짓말이야."

"자기야, 당신이야? 한 가지만 해."

마음과 말이 따로 놀아 마리의 말을 애써 무시해야만 했다.

"단서라고 해봐야 동물원, 악어, 호랑이, 코끼리, 기린이야."

최근 동물원을 대규모로 확장 리뉴얼 해서 이 동네 학교란 학교는 다 단체 관람했다고 한다. 조금씩 퍼즐이 맞춰지자 더 잡고 싶어졌다. 숨어버린 아이를 찾고 학대범을 잡아야 했다. 로지에게 허락을 구했다.

"이제부터 티타임즈는 비상체제로 운영하자. 게임 만들면서 아동 심리, 행동치료 책만 서른 권 넘게 봤어. 얘는 은유, 비유로 자기 상황을 알렸어. 그럼 똑같은 시그널을 보내야 하는 거야. 신호가 잘 닿았다는 걸 오프닝 멘트로 넣어줘. 같은 동물로. 같은 눈높이로 얘기하는 거야."

"그래. 네 말 들으니까 이상하긴 하네."

마리가 카메라를 내려놓고 의자를 당겨 앉았다.

우리는 함께 머리를 맞대고 눈높이를 맞춘 코멘트를 쓰기 시작했다. 눈높이에 맞는 용기를 북돋울 이야기를.

마리가 정갈한 글씨로 쓴 코멘트를 보고 그대로 로지에게 건넸다.

"고칠 게 없는데요? 저희랑 같이 일하는 게 어때요?"

로지의 칭찬이었다.

종이접기할 때 배운 게 있습니다. 개구리 뒷다리는 접을수록 멀리 튕겨 나간다는 것을요. 실패할 때마다 압축력이 생깁니다. 네 번 접은 개구리보다 다섯 번 접은 개구리가 멀리 날아갑니다.

알잖아요. 우리는 우리가 얼마나 진심이었는지. 그 마음을 잘 달래줘야 해요. 때로는 무반주로 격정춤을 추기도 하는 거죠.

빗속에서 춤을 추고 공장 기계 돌아가는 소리에 스텝을 밟기도 해요. 생활 속에 흐르는 리듬을 찾는 거예요. 그저 음악이 아니라 삶을 대하는 방식이거든요. 화이팅입니다. 총총한 밤, 티타임즈입니다.

클로징 멘트도 아이만을 위해서 썼다.

우리는 왜 작고 약한 새끼손가락으로 약속할까요? 유일하게 혼
자서는 못 구부리는 손가락이기 때문은 아닐까요? 새끼손가락을
구부리면 네 번째 손가락도 같이 움직이죠. 주로 음식 간을 볼 때
도 씁니다.

두려움을 찍어 먹어보는 거예요. 가장 작은 손가락에도 많은 의
미가 있는데, 우리 몸 전체에는 얼마나 많은 의미가 담겨 있는지
생각해봅니다. 스스로 쓰다듬어주는 밤은 어때요? 새끼손가락
걸고 약속! 총총한 밤, 여기는 티타임즈입니다.

낚싯대를 던지고 입질이 오기만을 기다렸다. 아이를 찾지
못했다는 죄책감은 의외로 컸다. 공허함에 찬 공기가 채워져
금세라도 깨질 것 같이 위태로웠다.

분주하고 초조한 내 모습에 마리도 불안한 입술에 손을 올
리고 슬픈 눈썹을 쓰다듬었다.

당장 다음 날부터 새끼손가락에 반지 낀 아이를 찾는 무모
한 계획을 세웠다가 철회했다. 진도가 영 안 나가 답답해 미
칠 지경에 이르렀다. 교활한 한 놈만 후크에 걸면 된다. 지독

한 불면증이 더 심해졌다.

***

뜬눈으로 밤새고 다음 날 오전, 마리가 거칠게 조수석 창문을 두드렸다.

"와…. 채권자도 이렇게 안 두드리겠어. 무슨 일인데?"

"전화 받아봐. 그 아이."

빠르게 상황 파악을 한 뒤, 목을 가다듬었다.

"여보세요?"

"미안해, 갑자기 전화해서. 놀라지는 말고."

"어, 왜? 또 산에 갇혔어?"

"아니, 그게 아니고…. 이따 두 시간 후에 학교에 와줄 수 있어?"

마지막에 킁, 하고 콧물을 삼켰다. 사정을 듣자 하니 학교에서 사고를 쳤고 내가 대신 가달라는 말을 길게 꼬아서 말했다.

"내가 보호자로 가도 돼? 누가 온다고 말했는데?"

"삼촌이라고 했어."

"삼촌이라고? 할머니, 할아버지 걱정하실까 봐?"

"응."

자초지종을 들어보니 학교에 불이 났단다. 과학실에서 인화성 물질을 엎지른 탓에 벌어진 일이었다.

마리가 눈을 동그랗게 떴다.

"아, 저번에 산에서 만난 꼬마가 보호자로 학교에 가달래. 가려고. 삼촌이라는 증명서를 뗄 것도 아니고. 내 선에서 해결할 수 있으면 끝내고, 아니면 어쩔 수 없이 보호자한테 말해줘야지."

마리가 그래도 되냐는 뜻으로 갸우뚱했다.

"원래 아이는 보호자와 그 중간에 불량스러운 삼촌이나 이모가 있으면 좋아. 불량식품 주는 삼촌."

"조금 해로운 삼촌이잖아? 근데 옷은 그대로 갈 거야?"

"왜?"

"전투복 입어야지. 기죽이러 가야 하는 거 아니야?"

"맞다."

바로 원프레임으로 가 행거 앞에 서서 손끝으로 훑었다. 촬영용으로 구비된 정장을 모아둔 곳. 마리 눈치를 보고 옷걸이를 꺼냈다.

"연미복에 나비 넥타이는 별로지?"

"응, 지팡이까지 들면 마술사 같아."

마리가 조용히 고개를 젓고 전신 거울을 치웠다.

"내 안목을 믿고. 초등학교니까 원색 옷 입어."

결국 마리가 건넨 건 위아래 보라색 정장이었다.

"보라색 정장은 더 마술사 같지 않나? 금융맨 같은 게 좋은데."

"패션을 진짜 모르네. 강렬한 첫인상이 중요하지. 여기 조끼 하나 입어. 녹색이면 잘 맞겠다."

"알았어, 패션은 말 들을게."

내게 딱 맞는 사이즈는 없었지만 괜찮았다. 머리 세팅을 마리에게 부탁해 단정하게 가르마를 탔고 가슴팍에 손수건을 삼각형으로 접어 넣었다.

"이쯤 되면 차가운 금융맨으로 보여?"

"응, 제3금융맨 같아."

"그래도 좋아. 채권 회수하러 가자!"

"말투도 바꿔. 거칠게."

으르렁 대는 얼굴로 두 주먹을 가슴에 부딪치는 고릴라식 인사로 원기를 충전했다. 원색이 주는 강렬한 힘에 작은 분노가 스파크처럼 일어 각성효과가 났다. 학교 정문 앞에 차를 세우고 가슴을 두어 번 더 쳤다.

시뻘게진 눈을 감추지 않은 채 곧장 상담실로 들어갔다.

아이 맡긴 죄인의 심정으로 고개 숙여 인사하고 삼촌이라고 소개했다.

젊고 단정한 삼촌이 왔는지 흠칫 놀란 눈치였다.

"얘기는 들으셨죠?"

선생님이 말했다.

"간단히 들었습니다. 단단히 주의를 줘야 하는데…."

"과학실 장비 파손과 관련해서 말씀드리는데, 일상생활 책임 보험 같은 걸로 해결할 수도 있다는 말씀을 직접 전하는 게 나을 것 같아서 뵙자고 했습니다. 보험 가입 유무를 확인…."

"그딴 거 없고요."

"가정에서 안전 관련 교육을 안 시키시나 보죠?"

서류를 넘기며 말하는 본새를 보아 부모가 없다는 걸 알면서 비꼬듯 말하고 있었다. 태도가 영 불량해 욱 치밀어 올랐다.

"여기 학교 안전관리 책임자가 누굽니까?"

"그건 왜요? 접니다만."

"당신 말고 최종 책임자."

"그건 왜…."

"그 사람에게 전하세요. 귀한 조카가 크게 다칠 뻔했다고. 기물파손? 하! 그래, 기물파손. 인사 사고 날 뻔했는데 기물파손? 법정에서 피가 터지게 다툴 준비 다 됐다고 전해. 물론 당신도 함께."

의자를 박차고 일어났다.

담당자도 맞춰서 일어나 손을 뻗었다.

"저기, 잠깐만요. 일단 진정하시고요."

"학부모들이 가만히 있지 않을 겁니다. 사과와 재발방지 약속을 받아야 할 사람을 협박해, 지금? 뭐? 일상생활책임보험?"

반존대로 말했다. 존중하는 건지 무시하는 건지 헷갈리는 어디로 튈지 모르는 말투였다.

"그게 아니라…."

"아까 뭐라고 했더라. 기물파손? 하이, 씨."

"학교기금으로 해결할 수 있는지 알아보겠습니다."

"조카가 마음 다친 건 어떻게 보상받는지 이 자리에서 설명하세요. 부당한 일을 뒤집어쓰고 불안에 떨었을 밤을 당신 손에서 어떻게 보상할 건지에 대해서. 들어보고 결정할 테니까."

"죄송합니다."

"죄송해?"

눈을 치켜떴다. 이쯤 되자, 작은 팔이 내 팔을 잡아당겼다. 그만하라는 신호였다.

한 번 붙은 불을 끄기가 여간 쉽지 않아 팔을 뿌리치고 더 윽박질렀다.

"지금 애 봐서 참는 거야. 어?"

기에 눌려 쪼그라든 상담교사를 앞에 두고 어금니를 꽉 깨물었다. 양볼 근육이 파르르 떨렸다. 그만 됐다는 뜻으로 아이가 옷자락을 끌어 복도로 나오면서도 시선은 상담 교사에게 고정했다.

"응?"

아이가 시무룩한 얼굴로 말했다.

"미안해."

기어들어가는 목소리여서 되물었다.

"뭐?"

"미안하다고!"

긴 복도에 메아리가 퍼졌다. 나는 주변을 살피고 곧장 한쪽 무릎을 꿇어 눈높이를 맞췄다.

"귀."

"내가 네 문제를 알았으니까 이제 우리 문제야. 한배를 탄 거지."

작은 귀에 낮게 속삭였다.

"배?"

"우리 이제 공범이야. 카르텔. 아니, 동업자야. 길드. 동맹. 혈맹!"

"그게 뭔데?"

"엄청엄청 친한 친구. 네가 맞으면 내가 맞는 거랑 똑같아.

내가 맞으면 네가 맞는 거랑 똑같은 거. 네 뒤에 내가 있다는 거."

"그러면 나한테도 얘기해. 누구한테 맞으면."

그러고는 손바닥을 귀에 댔다.

"그게 전화하라는 뜻이야?"

"응."

이번엔 작은 주먹을 말아줬었다.

"완전 돌주먹이네?"

주먹을 부딪혀 인사하고 교실로 돌려보냈다. 들어가라는 손짓을 하고는 뒷모습을 가만히 지켜봤다. 처음 뒤돌아볼 때는 울먹였고, 두 번째 뒤돌아볼 때는 안심했다. 마지막으로 뒤돌아볼 때야 웃음기 머금은 입 모양이었다.

자켓을 어깨에 걸치고 위풍당당하게 걸어나왔다.

마중 나온 마리가 내 포즈만 보고도 소기의 목적을 달성했다는 걸 안 눈치였다.

"괜찮은 거야?"

"예측 불가능한 삼촌이 있다는 걸 안 이상, 안 괜찮으면 안 되지. 말도 안 되는 걸로 애들 겁주면 안 되지."

"좋은 삼촌 돼서 좋겠네."

"삼촌 아니고 친구야."

마리가 피식하고 웃었다.

잃어버린 아이도 이렇게 쉽게 해결할 수 있으면 얼마나 좋을까마는 숨어버리고 말았다는 씁쓸한 생각이 웃음을 앗아갔다.

폭력에 노출된 아이는 성장 촉진 주사를 오버 도즈로 맞는 것과 같다. 납을 달고 사는 무거움에 어깨가 굽는 질환으로 나타난다.

부모의 걱정을 흡수하며 빠르게 커버린 아이, 눈에 띄는 아이가 보일 때마다 어른의 무게를 짊어진 아이가 있는지 살폈다. 폭력과 선정성 그리고 무관심. 웃음을 뺏기지 않도록 지켜주는 어른. 파수꾼에 그치지 않고 몸을 낮춰 은밀히 다가가 망치를 휘두르겠다는 다짐에 주먹을 꽉 쥐면서.

오후에는 포타 사진 봉사에 할애했다. 내 옷차림 반응도 좋았다. 가수 같다나. 역시 마리의 패션 센스는 믿을 수 있었다.

어르신들 사진을 찍는데 말 징그럽게 안 듣는 아이들도 찍어달라고 성화였다. 카메라 앞에서 하도 성화여서 렌즈에 꼬마 지문이 찍혔다. 일그러진 얼굴이 무서웠는지 이번엔 엄마에게 가서 떼를 썼다.

"사진 찍어주세요오오."

투정부리며 끝말을 길게 빼는 징징거리는 말투에 눈살을 찌푸렸다.

"조금 있다가 찍어줄게. 잠깐만 비켜줄래?"

엄마 말에 꼬마가 귀를 막고 에베베베, 혀를 낼름거렸다.

"우린 남는 게 시간이니까 애들부터 찍어줘."

할머니들이 웃으며 양보했다. 꼬마들 다루는 일은 쉬우면서
도 어려웠다. 오냐오냐와 확, 그냥 이씨, 사이를 넘나들었다.

관찰보고서

♀

마리

탐조 활동을 하며 알게 된 건 새에게도 미묘한 표정 변화가 있다는 것이다. 동공의 크기를 비롯해 몸짓을 동반한 표정 변화는 숨길 수 없는 거였다. 어미가 새끼를 돌보고, 수컷이 암컷에게 구애하는 행동 패턴을 보며 녀석에게도 대입하기 시작했다.

침대에 누워 카메라 액정을 보며 유심히 관찰하는 동안 여러 번의 행동 변화가 감지됐다. 그는 사건 사고 속에서 죽음의 냄새가 지워졌다. 그리고 문제가 해결됐을 때 꿈틀거리는 생명의 냄새가 나기 시작했다.

그럼에도 불구하고 폐기처분돼야 할 계획을 착실히 이행하는 녀석의 불규칙적인 감정 변화를 장담할 수는 없었다.

처음부터 마음을 들키기 싫어했던 녀석이었다. 사고사로 죽겠다는 은밀한 계획을 안 이상 내버려둘 수 없었다. 카메라 초점은 녀석의 몸짓과 표정을 주목했다. 이따금 멍한 표정을 지을 땐 반가웠다. 생각을 다른 곳에 두고 온 듯한 멍한 표정은 그를 살게 하는 미제였다. 그를 미치게 하는 것. 살게하는 집착.

작은 가능성의 조각이라도

티라노

사라진 아이를 찾을 조그마한 단서도 없는 막막한 상황이었다. 풀지 못하는 문제 앞에서 엉뚱한 집착을 하게 될까 봐 두려워지는 지점에 닿았다. 소수를 연구하다 미쳐버린 수학자들이 이런 마음일까. 한 가닥 가능성이라도 잡아야 했다. 그게 무엇이 됐든. 뭔가 부딪혔을 때 부스러기라도 나오기를 바랐다.

아이가 언급한 동물을 단서로 용의자 범위를 넓게 잡으면, 시립동물원 건설을 맡은 지역 신문사 사장을 비롯한 동물원 가족이었다.

지역 건설사가 대주주인 신문으로 기사를 빌미로 시청에서 발주하는 관급공사를 수주하기 위한 용도로 보인다. 부드러운 협박으로 먹고사는 구조였다.

시청 광고나 주변 부동산 광고로 근근이 유지되는 직원 두 명짜리 인터넷 신문. 그것도 보도자료를 조금씩 바꾸면서 풍성하게 보이려 애쓴 흔적이었다.

사이트 또한 무료 템플릿으로 만든 조잡한 사이트다. 그렇지만 무가지를 뿌리는 통에 마냥 무시할 수만은 없다. 기자는 프리랜서로 보인다.

동물원에 갔다. 동물원은 시립이지만 운영권을 이 건설사 산하 업체가 보유하고 있다는 것은 미리 확인했다. 곳곳에 부실 흔적이 역력하다. 동선도 엉망이었다. 청소하는 직원을 붙잡고 물었다.

"실례지만 여기 직원은 몇 명이나 돼요?"

"리뉴얼 하면서 확장됐는데 직원은 오히려 줄었어요."

"왜요?"

"CCTV 몇 대 추가하고 경비는 직고용에서 외주로 바꿨고, 안전관리자는 원래 없어요. 처음부터 예방하면 되지 않냐면서. 감시하는 CCTV만 늘린 거죠."

"시립인데도요?"

"어쩔 수 있나요? 저희 같은 사람들이?"

지역 영세 신문사 사장인데, 이미 악덕으로 소문났다. 도서관을 비롯해 시립 체육관, 심지어 초등학교에도 신문이 비치

돼 있어 거대한 신문사인 줄 알았다. 실은 지역 건설사 대표이자 와이프는 시민단체에서 열심히 활동한다. 이름도 그럴 듯하다.

비즈니스 버즈 포스트.

쉽게 말해, 항간에 도는 찌라시 수준이라는 거다. 지독히 무능한 시장과도 각별하다는 소문이 파다하다. 지역 언론과 정치를 더한 데다 시민단체 영향력까지. 조직 동원력은 곧 표심으로 연결돼 시장도 눈치보는 구조악이 형성된 것이다.

자연스럽게 방송국 대표가 떠올랐다. 이이제이. 비호감끼리 싸우는 것보다 마음 편하고 좋은 구경이 또 있을까? 난 이 둘이 일으키는 갈등의 부스러기 속에서 단서가 튀어나오기를 바랐다.

죄책감에서 벗어나자 거침없어졌다. 이건 마치 친구 큰누나, 작은누나의 옷을 바꿔치기하는 정도의 전쟁 전야의 긴장감이었다.

마리가 다큐를 찍는다는 것을 이용하기로 했다. 방송국 놈은 좌천에서 벗어나기 위해, 신문사 놈은 더 탄탄한 신뢰로 더 많은 감투와 공사 수주를 위해 적극적으로 협력할 것이었다.

고품격 포럼을 기획했다. 홈페이지를 급조했다. 행사 개요를 먼저 쓰고 뉴미디어의 발전을 꾀한다는 지루하고 긴 기획 의도를 붙임하여 공문 형태로 보냈다.

▶ 포럼 개요

행사명 : 제1회 뉴미디어 발전을 위한 리더 포럼

주   제 : 미디어 테크 혁신 전략

장   소 : 메리어트 로얄홀 (2F)

강   연 : 구* 글로벌 미디어 정책 총괄 대표, B 특허법률사무소

지적재산권 부사장, 맥킨* 컨설팅 아시아·태평양 비즈니스 전략

담당, 대통령직속 정보통신위원회 연구위원

문   의 : 뉴미디어 포럼 사무국

환영사 : UBC(United Broadcasting Corparation) 지역 대표

축   사 : BBP(Business Buzz Post) 대표

일정

10 : 00 환영사

10 : 15 축사

10 : 30 - 12 : 00 강연

12 : 00 - 13 : 00 오찬

* 상기 프로그램은 변경될 수 있습니다.

정교한 미끼에 두 놈이 덜컥 물었다. 일사천리였다. 똑같은 놈들이 아니랄까봐 비슷한 시간에 연락이 왔고 인터뷰 일정을 잡았다.

신문부터 만났다. 환영사와 축사라는 게 별게 없었다. 기억나지도 않는 헛소리를 카메라에 담기 시작했다.

어찌나 중구난방인지 입가에 하얀 거품이 일었다.

내용을 듣지도 않고 주둥이 거품만 쳐다보며 고개를 끄덕였다. 그러다 말이 막힐 때마다 혀로 양쪽 거품을 훔쳤다.

구역질을 참느라 헛기침을 연신 했다. 차마 눈 뜨고 볼 수 없어 시선을 돌리기를 몇 번, 이 짓거리도 못 해먹겠다는 생각이 들 때쯤 긴 축사가 끝났다. 내가 고생했다.

"이 정도면 됐나요?"

"충분합니다."

"이런 건 처음이라…."

"자리를 빛내줄 겁니다. 그나저나 조심하세요. 시청과 광고 계약할 때 배포 부수가 사기라고 문제 제기한다는 이야기가 들리던데요. 광고 측정이 확실하지 않다면서…."

"누가 그래요?"

"그건 말씀드리기 곤란하지만 같은 업계…."

"아, 누군지 알겠구만…. 그 새끼, 맞지? 기강을 잡아야 했는데."

목을 가다듬는 것으로 대신 답했다.

방송국 대표를 만나서 똑같이 인터뷰했다.

"안녕하세요? 저번에 맥주집에서 한 번 뵈었는데 기억하실지 모르겠네요. 취임 기념 때요."

"아아아."

내 나름의 아이스 브레이킹이었는데, 얼굴을 보아하니 기억 못 하는 눈치였다. 길고 긴 축사 인터뷰를 하고 사적인 얘기로 평판을 브레이킹하기로 했다.

"시청 광고를 효과 측정이 직관적인 신문에 몰아준다는데, 요즘 방송국은 경영 괜찮나요?"

"그런 말이 있어요?"

"요즘 누가 TV, 라디오 듣냐고 말이죠. 시장님과 친해서 그런가? 그 와이프도 사실 시민단체고…. 신문은 시민단체 입을 빌려서 자기 의도대로 기사화하고 말이죠."

난 아! 하고 입을 틀어막았다. 조금 재수 없지만 난 철저히 방송국 편이었다. 신문은 쌓인 폐단이라 더 부숴야 할 대상이었으니까 말이다.

방송국은 신문사 발행부수 조작에 대해 밝히고 시장과 시민단체, 신문과의 유착관계에 대해 떠들 테다. 신문은 지역 내 네트워크를 이용해 신임 방송국 사장을 견제하겠지. 서로 견제하는 게 보기 좋다.

지역 토착 비리는 전국 방송을 타고 이슈가 될 것이다. 무능한 시장과 시민단체의 탈을 쓴 이익집단과 앵앵거리는 버즈 소리는 잦아들겠지.

둘의 육탄전이 기대되는 동시에 결국 명확한 단서를 찾기가 어렵다는 생각에 기운이 빠졌다. 어려운 스테이지였다.

보이지 않는 가해자를 두고 헛발질하다 나만 진이 다 빠져버렸다. 포춘쿠키에도 꽝이 있었나.

'아가, 넌 대체 어디로 숨었니.'

문제를 어떻게 풀어야 하나. 아쉬움을 넘어 무기력을 동반한 우울로 변질됐다. 무능으로 인한 자책, 거꾸로 매달릴 놈에 대한 분노가 섞이면서 미열이 계속됐다. 도무지 깊은 잠을 이룰 수 없었다.

특별한 상담

♂

티라노

집착은 상당한 에너지를 쓰는 게 분명하다. 처음부터 다시 복기했다. 아이가 구조 신호를 보냈다. 그리고 사라졌다. 이 과정을 반복 재생하며 입맛과 잠을 잃어버렸다.

차에서, 그것도 선잠을 네 시간 남짓 자니 종일 몽롱했다. 눈은 실핏줄이 가득했다. 마리가 촬영 종료를 선언해주기를 바랐다.

"조금 더 기다려줘. 사연 몇 개는 더 담아도 편집하면 겨우 한 시간 겨우 넘겠어. 1시간 30분짜리는 돼야 할 거 아니야."

"나도 계획이 있어서 그래. 정시 출발하고 싶어. 늦으면 못 타."

아무래도 계약서에 정확한 날짜를 못 적은 게 문제였다. 끝려다닐 수밖에 없는 노예 계약이나 다름없었다.

"잠은 좀 잤어? 통 못 잔 얼굴인데?"

두세 사람이 비슷한 말을 했다. 계획에 맞춰 여행길에 올라야 하는 압박도 점점 세졌다. 마리에게 이끌려 피톤치드에 들렀다가 쓴 차를 마시고 로지, 히포와 함께 무리 지어 방송국에 함께 휩쓸려 갔다. 관리인 아저씨가 빗자루를 들고 먼저 인사했다.

"커피가 남아서."

멋쩍게 인사하는 관리인 아저씨가 양손에 커피 트레이를 쥐어줬다. 출입키를 들고 스튜디오로 들어오자마자 로지가 말했다.

"건물주가 관리인까지 하시니 심심하신가 봐. 우리 보면 진짜 반가워하셔."

"건물주야?"

"응, 안 그래 보이지?"

'실은…'으로 시작해 스튜디오에서 본 일을 다 말했다. 로지와 히포는 믿을 만하다고 믿어서였다.

"그래? 그럼 출연 부탁드려봐야겠다."

"내가 얘기했다는 건 비밀이야."

내가 아니면 마리니까 그래도 50% 확률로 용의자에서 빗겨난 셈이다. 너구리에게서 전화가 왔다.

"고맙다. 티셔츠 좋은 걸로 사드렸어."

한층 고양된 목소리가 카페인보다 더 잠 깨게 만들었다.

"잘했어. 사우나도 갔어?"

"안 간다고, 안 간다고… 고집부리셔서 안 갔지."

"티셔츠 입으시는 건 봤고?"

"그것도 안 입는다고, 안 입는다고…. 그러다가 필살기를 썼지. 네가 그랬잖아. 같이 사우나를 가라, 티셔츠를 보는 데서 입으라고 해라…. 혹시 아빠가 의사랑 바람 피우나 생각했어. 오래 고민하다가 결국 몰아붙였지. 아빠 바람 피우냐고. 상대가 어떤 의사냐고. 남자냐고 여자냐고!"

"오, 강하게 나갔네."

"피웠네, 피웠어… 그럴 줄 알았지. 엄마아아아아. 아빠가 아아아아. 있잖아아아아. 달려가면서 큰 소리로 엄마 불렀지. 이건 내 선에서 해결할 문제가 아니라 당사자들끼리 싸워야 한다. 미리 변호사까지 알아봤어. 난 엄마 편이니까. 아빠가 목소리 낮추시더니 대뜸 웃통을 까시더라고."

"그래서?"

"풍선 같은 배만 보이더라. 배꼽은 꼭 풍선 묶어놓은 것마냥 생겼고."

"그게 끝이야?"

"그러다 위로 올라가니까 가슴팍에 작은 상처가 보였지. 뭐냐고 물으니까 그때 실토하시더라. 수술했냐고 물으니까 끝까지 시술이라고…. 수술 자국이 선명한 데도…. 걱정 안 끼치려고 단어 선정에도 신중하시더라고. 다리에 힘이 팍 풀리고 화도 났지. 차라리 잠깐 바람 피운 게 낫다고 생각했어. 지금이라도 알아서 다행이었고. 고맙다."

"고맙긴."

"아무튼 조만간 밥 살게."

전화를 끊고 가만히 되뇌었다. 남자냐, 여자냐…. 웃긴 녀석이었다. 덕분에 졸음을 좇고 사연을 뒤적거렸다.

…아래에서 소리치는 나를 믿고 주저없이 던졌을 겁니다. …전 어디서든 대체될 수 있지만 집에서는 아빠였습니다. 절 아빠로 만들어준 자식이 고마웠습니다. 지금은 멀어진 아이에게 이 말을 꼭 전하고 싶습니다. 부모는 선택할 수 없지만 넌 선택받은 아이야.

구조 신호를 더 찾으려 상담 내용을 훑다가 문득 아빠 같다는 생각이 번뜩였다. 누군가의 아빠면 내 아빠일 수도 있다는 결론도 타당했다. 엔젤클럽 사람들은 소중한 사람을 떠나보낸 사람들이라고 하지 않았나?

멀어진 아이…. 언젠가 아빠가 친구와 통화할 때 그랬다.

"우리 애기 오면 먹을 간식 만들고 금방 나갈게."

문득 미제를 한쪽에 치우고 난제부터 풀고 싶어졌다. 내내 미뤄둔 질문에 대해서.

로지는 처음에 베르테르 클럽이라고 했다. 베르테르 효과를 떠올리며 아빠 주변에 스스로 생을 마감한 사람이 있는지 떠올려봐도 잠잠했다.

내가 모르는 무언가 있나? B형과 AB형 사이에 B형이니까 혈액형은 문제없다. 의사가 가족을 수술하지 않듯이 같은 처지의 사람들에게 도움을 구한 것일까.

티타임즈에 아빠가 남긴 흔적이 더 있을 것이다. 이름은 없지만 아빠의 인장이 찍힌 이야기.

로지가 눈치채지 않도록 그동안 받은 사연에서 아빠를 찾기 시작했다.

특정될 만한 키워드, 이를테면 소방, 사진관, 사진 같은 단어를 검색해도 아빠를 찾을 수 없었다. 스튜디오에 있는 프린터로 연결된 설정을 사무실 프린터로 바꿨다.

분주한 스튜디오를 벗어나 사무실로 몸을 옮겼다. 파일을 인쇄하는 데 프린터 기기가 멈췄다. 어느새 복사용지 한 박스 1,200매를 써가는 즈음 잉크 부족까지 겹쳐 글씨가 연하게 인쇄되기 시작했다.

종이 더미를 들고 차에 올라 밤새 아빠를 찾기 시작했다.

밤을 새고 낮에 잠깐 자고 다시 밤이 찾아왔다. 그러다 흐릿한 글씨 사이로 보이는 아빠의 인장. '한쪽 팔이 으스러졌습니다'에서 멈칫했다.

답변이 아니라 상담에 있었다.

왜 사람은 기억이라는 게 있어서 이토록 지난 일을 돌아보며 힘들어하는 걸까요? 부쩍 잠에 들기 어렵습니다. 꿈만 꾸면 화염 속에 있던 아끼던 친구가 생각납니다. 친구를 잃었지만 유리창을 깨고 던진 이불에 싸인 보물을 받은 그 순간의 안심으로 버틴 지난 날들이었습니다. 팔의 기능은 일부 잃었지만 그보다 수만 배 많은 사랑을 돌려받았죠. 그 아이와 서먹해졌습니다. 그러지 말았어야 했는데 때리고 말았습니다. 맹세코 실수였습니다. 어떻게 다시 되돌릴 수 있을까요?

한쪽 팔이 불편한 건 다쳐서라고 했다. 아빠는 왜 의용소방대 활동에 열성일까? 의문이 꼬리를 물자 정작 아빠에 대해 아는 게 없다는 자책이 일었다. 난 사연이 아빠가 아닌 가능성에 대해 생각하다가 집어치웠다.

더 읽을 자신이 없었다. 눈은 더 빨개졌다. 곧장 무거운 얼굴로 로지에게 물었다.

"너 내 눈 똑바로 보고 얘기해. 여기 우리 아빠도 있지?"

산처럼 쌓인 종이에 손을 올렸다.

"신상은 비밀이라…."

내 입술이 떨리고 있다는 건 내가 먼저 알았다. 로지가 시계를 슬쩍 보더니 장소를 알려줬다.

"내가 얘기했다는 말은 하지 마."

미처 로지의 대답이 끝나기 전에 움직였다.

"내가 운전해볼까? 지금 운전하면 안 될 거 같아…."

마리가 옆에 붙어 조심스럽게 말했다.

"그 정도는 아니야."

마리가 주차장까지 내내 앞서 걸었다. 시동을 켜자마자 마리가 함께 차에 올랐다. 끼이이익, 바닥 마찰음이 유난히 컸다. 머릿 속엔 보내준 주소만 생각하고 있었다. 마리가 눈을 떼지 않고 옆얼굴을 응시하는 걸 느꼈지만 모른 척했다.

가까스로 닿은 곳, 근처에 차를 세우고 모퉁이에 몸을 숨겼다. 스치는 사람들 틈에서 건물 입구만 봤다. 얼마 지나지 않아 낯익은 엄마, 아빠 뒷모습에 큰 목소리로 '엄…'까지 불렀다가 삼켰다. 마치 모두가 소중한 사람을 떠나보내고 잃어버리는 엔젤클럽이라는 듯이 노바디면서 에브리바디였다.

군중 속에 묻힌 엄마, 아빠를 가만히 바라보기만 했다. 미세하게 떨리는 손에 마리의 손이 포개졌다. 내 불안을 모두 상쇄하는 적당한 타이밍이었다.

나는 다시 손을 빼 마리 손등에 포갰다. 우리는 누가 끝을 장식할지 서로 손을 빼고 포개다가 웃어버렸다. 어떤 말도 필요치 않은 완벽한 위로였다.

뒤이어 지브라가 모습을 드러냈다.

비틀거리며 달려가 물었다.

"선생님, 엔젤클럽 멤버였어요? 누군가의 아빠였어요?"

다 알고 묻는 거라는 걸 눈치챈 모양이었다.

"자식 잃은 아빠는 더 이상 아빠가 아니냐?"

"…."

"근데 어떻게 알았어? 너, 나 스토킹 하는 거냐? 스튜디오에서부터. 자식, 노래 배우고 싶으면 그냥 얘기를 해. 도와달라고. 창피할 거 없다."

그러고는 내 머리를 헝클이고 장난스러운 얼굴로 인파로 들어갔다. 엄마, 아빠의 강한 모습을 봐서 다행이었다. 이제 죽어도 괜찮았다. 숨을 깊게 들이 마셨다. 부푼 가슴일 때, 녹음 오프 알람 소리가 정신을 깨웠다. 마리의 존재를 다시 알리는 소리였다. 난 알 수 없는 미소를 지었다. 이제 마리와 잘 헤어지기만 하면 됐다.

동네 길목에서 할머니와 중년 여자가 함께 있는 모습을 봤다.

어느덧 친해진 마리가 살갑게 다가가서 물었다.

"어디 다녀오시는 길이세요?"

"아기 보러."

"어?"

할머니가 또 장난하나 싶어 맞대응하려는데.

"자네도 아기가 있나?"

"무슨 말이야, 할머니."

난 옆의 중년 여성을 보고 말했고 할머니가 다시 말했다.

"가족을 만드는 것보다 위대한 일도 없어. 아기 없어?"

"죄송하지만, 응."

평소처럼 농담으로 응수하려다가 억양이 없는 말투에 뭔가 번뜩였다.

"할머니 재미없어."

무심코 중년 여성을 쳐다보고 말했다. 내 손을 잡아 옆으로 끌더니 목소리를 낮춰 되물었다.

"모르셨어요?"

"뭘요?"

"친척이세요?"

"가족이요. 사실상."

"사실상 가족이요? 아… 직계가족분은 없으시죠….”

그 정도에서 이해해달라는 의미로 고개를 떨구었다. 시선을 돌리는 동안 어르신 놀이터 어쩌고 하는 차량 스티커가 스쳤다.

"언제부터예요?"

"두 달쯤 전에 스스로 오셔서…."

누를 끼치지 않으려고, 가물거리자 혼자 발걸음 옮겼을 할머니가 눈에 선했다. 보호사가 집을 나서고 또 데이트 남성이 올까 확인하는 삼십 분 남짓이 지나서 노크했다.

"할머니, 지금 여기가 어디야?"

"어디긴 어디야. 내 집이지, 이눔아."

"진짜?"

"너 꼭 옛날에 담배 피는 거 걸렸을 때 표정 같다?"

"할머니 입 무겁다는 거 취소야."

마리를 보고 손으로 가위표를 그리고 말을 더했다.

"할머니, 옛날 얘기 많이 하면 늙었다는 증거야. 내일을 얘기하면 젊은 거래."

"넌 내일 뭐 할 거냐?"

"내일은…. 뭐, 그렇지."

생각할 시간을 버는 동안 아무렇지 않은 표정을 지었다.

"근데 누구 왔던데 아까 무슨 일이 있었어?"

"아무 일도 없었지. 나 심심해."

불과 몇 시간이 삭제된 것처럼 순수한 얼굴이었다.

"친구들이 안 심심하게 해줄 거야. 계획이 있어. 그럼 엄청 귀찮을 일 많아질 텐데… 할머니, 괜찮을까….”

과장된 표정으로 말했다.

“바쁘고 정신없는 게 좋지.”

“가만히 보니까 머리카락이 안개꽃 같다. 눈이 내려앉았어. 눈의 여왕이 할머니 별명인 거 알아?”

“독수리라던데.”

“이제 여왕이야.”

“오래 살고 볼 일이네.”

농담을 더 주고받고 집으로 왔다.

엄마, 아빠에게 할머니 상황을 아는지 여쭤보려다가 요리 준비에 분주한 엄마를 가만히 봤다. 가장 약하고 강한 엄마에게 남기는 게 없어서 미안했다. 유언을 가장한 편지를 쓸까 생각하다 평생 같은 편지만 읽다가 일상이 멈춰버릴까 봐, 할머니가 보여준 삼촌의 해진 일기장처럼 평생의 족쇄가 될까 봐 참았다.

요리하는 엄마 옆에서 서성였다.

“여기 피망 보여? 아무것도 없지. 감자를 봐. 안이 꽉 차 있지? 감자 같은 사람이 되기를 바란다, 이 엄마는.”

“맨날 감자가 되래.”

“많은 부침을 겪은 엄마가 함께 뒤집어줄게! 얍.”

엄마 요리교실에서 빠지지 않는 멘트였다. 맨날 뒤집는다.

"내가 너무 무거워서 안 돼."

"노하우로 하는 거지, 누가 힘으로 뒤집어."

"그러네."

"사람이 이백 년쯤은 살아서 육십 살에 아기를 낳으면 좋겠어. 그럼 더 잘 키울 수 있었을 거야. 근데 겨우 백 년을 살잖아. 그건 엄마, 아빠랑 같이 성장하라는 거야."

멋쩍게 웃는 엄마 표정이 귀여웠다. 그때 아빠가 들어왔다. 순간 정적이 일었다. 아빠는 안 듣는 척 주방을 서성이다 냉장고 문을 열었다 닫았다 하며 괴롭혔다.

"감자 한 덩이를 잘라서 심으면 다시 자라는 게 아직도 신기해. 내 피와 살을 뗀 거야. 잘 자라 달라는 걱정과 사랑으로 잘 컸지."

"아들이 이렇게 제 맘대로여도 괜찮아?"

"엄마가 데이지 한 송이를 심었는데 어느새 여러 꽃밭이 돼 있지 뭐야. 어울리는 것들을 채워넣다 보니 힘든 줄도 모르고 이렇게 돼버렸지 뭐야. 네 아빠를 좋아하니까 네가 생긴 것처럼."

"엄마, 나 지금 설득당하고 있어."

"우리는 서로를 키운 거야. 넌 나를 엄마로 만들어줬고, 넌 말 안 듣는 내 아들인 거고."

"…아들은 수식어 붙어도 되나?"

"자식은 돼. 증명 안 해도 돼. 성공 안 해도 돼. 이미 태어나서 엄마, 아빠로 만들어준 걸로 몫은 다 했어. 부모가 특별하기를 바라지 않아도 존재만으로 특별하듯이 자식도 그래. 그 특별함은 냄새처럼 가까이 가야만 맡을 수 있고. 그러니까 자주 오라고. 아빠도 그렇게 생각해."

"엄마가 아빠 연락장교야?"

"이제 그만 풀지? 아빠가 언젠가 거울 보면서 왼손으로 오른손 때리더라. 끙끙대는 남편을 바라보는 내 입장은 어땠겠어. 네가 사고났을 때, 아빠도 무서웠나 봐. 네가 크게 다쳤을까 봐. 무사한 널 보고 안심한 다음 다시는 그러지 말라는 의미로 때린 거야. 아빠도 서툴러서 그래. 집이든, 차든 부서져도 아무렇지 않아. 너만 괜찮으면 돼."

"엄마가 어떻게 알아?"

"네 아빠가 얘기 다 해주는데? 부부 사이에 비밀 없다, 얘."

"아, 진짜⋯."

깊은 한숨을 내쉬었다.

"네가 이사 갈 때마다 매번 새 소화기 두고 간 아빠 마음을⋯."

나도 모르게 말허리를 끊었다.

"그게 아빠가 놔둔 거야? 집주인이 아니고? 열 몇 번이나?"

"당연히 아는 줄 알았지."

"집주인이 당연히 해주는 건 줄 알았지!"

"네가 이사 가는 집마다 그 건물 주변을 다 살폈어. 위험한 게 있으면 시청에 연락하고."

엄마가 으이구, 하며 내 팔뚝을 가볍게 툭 쳤다.

"아빠가 좀 티를 내야 말이지. 그런 걸 말 좀 하라고 전해 줘."

"직접 말해. 불러줄 테니까."

말릴 틈도 없이 엄마가 그 자리에서 큰 소리로 말했다.

"아들이 할 말 있대! 빨리 와봐!"

경매사의 고함 소리보다 컸다.

"무슨 말?"

무심한 얼굴 그러나 호기심 어린 몸짓으로 걸어 나왔다. 주변에서 대기하고 있던 게 분명했다.

"저기, 아빠⋯."

"할 말이 뭔데?"

"그러니까⋯."

"얼굴 보면 말 안 해도 안다."

"뭘?"

퉁명스럽게 말했다.

"괜찮다고."

"둘이 처음 사귀어?"

엄마가 말하고 웃었다.

"그 소화기는…."

아빠가 쭈뼛대다 다리를 꼬고 말했다.

"다 듣고 있었어?"

아빠가 멋쩍게 웃었다. 다 듣고 있었으면서도 모르는 척하는 능청스러운 아빠의 소심한 구석이 좋았다. 엄마가 아빠를 보고 물었다.

"그치?"

표현에 서툰 아빠가 얼버무렸다.

"그렇지. 아, 저기."

나는 아빠 행동을 번역할 유일한 사람, 엄마를 봤다.

"아빠 지금 뭐라는 거야?"

이런, 엄마도 버퍼링이 걸려 머뭇거렸다.

"어, 그게, 저기, 그… 잘하고 있어."

"아빠가 사랑한다고 말하는 거야."

시간차 번역이었다. 아빠의 수줍은 고백에 정신이 아찔해졌다. 나는 아이처럼 목젖을 보이고 웃고 말았다. 실로 오랜만이었다.

공항

♀

마리

동물 다큐에서 제작자는 자연의 섭리에 개입하지 않는 것이 대원칙이지만 우리는 로지를 따로 만나 옆집 할머니 얘기를 할 수밖에 없었다.

"할머니가 사람을 좋아하니까 굳이 다른 장소는 필요 없겠어."

"무슨 말인데?"

뜬금없는 전개에 내가 되물었다.

"보통 사람들의 박물관 만들겠다는 거, 포타였나 그거. 할머니 집이 좋겠어. 로지, 히포, 너희도 괜찮지, 그치?"

"괜찮을까?"

히포가 염려했다.

"으음… 좋겠는데?"

로지가 말했다.

"그럼 나도 오케이."

히포가 로지의 말에 재빨리 번복했다.

"입장료 조금 걷어서 할머니에게 더 많은 채권자들이 오게 만들자. 요양사도 더 자주 오게, 친구들도 북적거리게, 꼬마 친구들도 부르는 거야. 거기에 피톤치드도 옮기면 어때? 월세는 싸게 해달라고 내가 얘기해줄게. 오랜 지인 패스로. 집 앞 언덕보다 더 뛰어놀 수 있는 공간이 될 수 있지 않을까?"

입을 동그랗게 말아 오! 하며 고개를 끄덕이는 친구들 얼굴을 보니 모두 찬성이었다. 처음 본 의견 일치였다.

"좋은데? 구체적인 얘기는 좀 이따 더 해보자."

"괜찮겠다. 재밌겠는데?"

로지와 히포가 차례대로 말했다. 바로 티라노 얼굴을 살폈다. 고마워, 보디는 다행이다, 라는 표정이었다.

할머니를 안건으로 옮긴 짧은 회담이 끝났다. 다시 둘이 남았을 때 조심스럽게 물었다.

"이것저것 만든다는 거 친구들한테 시키는 거야? 직접 하지? 친구들은 바쁘잖아. 안 바쁜 사람이 해야지."

"나도 나름 바쁜 사람이야."

자기가 불리하면 정색하는 녀석을 앞에 두고 신나게 웃었다. 촬영이 마무리에 접어들었지만 따로 말하지는 않았다.

이제 정당한 계약에 따라 돈을 송금해도 되겠지만 종료 사인은 보내지 않았다. 지금부터 다큐 기획의도를 정확히 알려야 했다.

"장난 아니야. 친구들은 바쁘니까 직접 만들어."

"나도 바쁘다니까? 계약금 받으면 여행 갈 거야."

"미안하지만 그 계획은 당장 성공하기 힘들어."

"갑자기 무슨 뚱딴지 같은 소리야."

"넌 아는 어른이 됐으니까. 아이들에게 나쁜 물이 되는 거야. 왜 죽으려고 해?"

"무슨 말 하는 거야?"

처음 보는 표정으로 모른 척 되물었다. 넌 뻔뻔한 얼굴은 못 만드는구나, 난 침묵으로 응수했다. 그러자 꼬리를 내리고 물었다.

"알고 있었어?"

"나 알아. 다 알아. 네 계획? 반려됐어."

"뭘."

"너 가서 안 돌아오려고 했잖아. 치밀하더라. 보험금 못 받을까 봐, 기록도 안 남기고. 사고사로 위장하려고. 겨우 빚 생길 거 같아서 그래?"

"겨우 빚?"

"파산하면 되고, 얼마든지 다시 시작할 수 있어. 넌 네가 갖고 싶은 걸 간직해야 하는데 차지하려고 하다가 멍청한 생각에 빠져든 거고."

"내 입장이 안 돼서 모르나 본데."

"닥쳐."

"그래도 약속한 대로 줘. 50% 줘야지."

"그럼 사과해."

"미안."

"제대로 사과해. 뭘 잘못했는데?"

"전부…."

"전부는 낫띵이야! 구체적으로!"

"뭘 구체적이야…. 굳이 따지면 세상 모두의 잘못이지."

"모두의 잘못도 누구도 잘못하지 않았다는 책임 회피야! 넌 뭘 잘못했는지도, 네가 잘못한 건지도 모른다는 거잖아."

"…."

"멍청한 생각을 한 게 잘못이고, 혼자 도망치려고 한 게 잘못이야. 그 결정은 네가 한 거니까 네가 잘못한 거고, 멍청아."

"…."

"네 목숨이 완전한 네 소유야? 전혀. 잠시 임차하고 있는 거야. 네 모든 생의 관계가 끝나도 넌 죽을 수 없어. 네가 태어나는 데 일조한 부모 동의가 필요해. 친구들! 미래의 와이프와 나중에 태어날 네 자식들과 손자 손녀들까지. 넌 가족이 탄 배에 구멍을 내고 가라앉히려는 못된 놈이야. 길고 긴 연결을 끊는 연쇄살인이라고! 대상이 사라진 사랑은 잔옥한 형벌로 남아 가족들까지 죽인다고!"

"화내지 말고 얘기해."

"화내는 거 아니야. 아파서 그래, 슬퍼하는 거라고!"

"차라리 화를 내. 맘이라도 편하게."

"네 작은 표정도 다 읽을 수 있어. 쓴 가루약 먹을 때 표정, 좌약 넣을 때의 미세한 표정 변화까지 다. 심지어 나 역방향에서도 네 냄새 맡을 수 있어. 근데 넌 도망가려고 해. 왜 나를 약자로 만드냐고! 왜! 때리지 말라고!"

녀석이 주변을 두리번거렸다.

"누구도 믿기 힘든 이야기를 가진 그런 사람이 되는 것도 멋지잖아? 사연 가득한 골동품이 되는 거."

"악령 씐 골동품도 가치가 있어?"

"그럼."

"억지야."

"밝아 보여도 가면 바꾸는 틈에 네가 숨기고 싶은 게 비춰. 그게 보인다고!"

"진정해."

"진정하게 생겼어? 일 저지르는 데는 한 손이면 돼. 수습할 때는 두 손. 근데 은폐할 때는 열 손으로도 모자라. 너 지금 손이 몇 개야. 어? 네가 저지른 짓에 몇 명이 손을 써야 하냐고!"

"…."

"주둥이 없어? 말을 해!"

"두 개."

"입이 두 개라고?"

"아니, 손이."

답답해서 연신 손부채로 열을 식혔다.

"그래, 그 두 손으로 수습할 수 있다고."

"…그래서 촬영은 언제 끝나는데?"

"말 돌리지 마."

"돌리는 거 아니야. 나한테는 중요해. 계약했잖아."

"곧."

"맨날 곧, 곧, 곧! 등산객이야? 다 왔어, 다 왔어, 다 왔어!"

가성으로 소리 지르는 통에 더 크게 질렀다.

"곧! 곧! 곧! 계약금 받고 싶으면 네 계획에 대한 주변 사람들 동의서 갖고 와. 그럼 내가 남은 돈 다 줄 테니까. 지금 당장 줄 수도 있어!"

"아, 무슨 억지야. PTSD 올 거 같네."

어지럽지도 않으면서 머리를 쥐어뜯고 비틀거렸다.

"저번에도 집중 안 된다고 ADHD 어쩌고 했지? 말에도 인플레이션이 있어. PTSD는 파스타샐러드 ADHD는 아몬드 허니브레드. 정확한 건 진료 받아보면 알지. 조금만 산만하면 ADHD, 조금만 무서우면 PTSD. 확 그냥."

"됐어. 촬영 끝나면 30% 준다는 계약서 있어. 계약 위반이야!"

"아니! 아직 해외 촬영 남았어. 바라나시, 히말라야, 노르웨이."

"뭐야… 장난하지 마. 거긴 혼자 가야 돼. 거짓말이라고 해줘."

"계약서가 어딨더라…."

"어차피 공황이라 비행기 못 타잖아!"

"난 너의 영원한 목격자이자 잘 자라서 행복하게 살았다고 전해줄 증인이야. 항상 네 건너편에 설래. 마주 보고 반대하면서 괴롭힐 거야. 그래서 더 가까이서 보려고. 비행기? 타보지 뭐. 여기 여권 받아. 계약서가…."

내가 봐도 무서운 접착력이었다.

"내 여권을 왜 갖고 있어?"

"소중한 건 잘 간직했어야지. 아, 넌 그걸 못했지."

"와, 왜 이렇게까지 해?"

"억울할 거 없어. 네가 나였어도 똑같이 했을 테니까. 아니, 이미 했으니까."

"…."

"이성으로 걸러내면 이상한 녀석이 남고, 감정으로 걸러내면 날개 부러져 허우적거리는 불쌍한 녀석이 남았어. 참고로 난 감정적인 편이야."

괜히 머리칼을 뒤로 넘겼다.

"의미 없어. 돌아가, 제발."

"닥쳐. 난 네 말에서 의미를 찾았는데?"

"난 도덕적으로 망가진 것만큼 가난한 것도 수치스러워. 빚에 갇혀서 살기 싫어. 꿈도 없이 쫓기면서 사는 거 싫다고."

"그래, 그거야. 30년 모기지라고 생각해. 네가 한계에 닿으면 능력이 시작돼. 내가 볼 때 넌 충분히 일하면서 갚을 수 있어. 카페 알바, 사진관 알바, 티타임즈도 돕고, 예쁜 사장 기사도 하고… 더 바빠질 텐데. 일머리 있어서 부르는 데 많잖아."

"…."

"포타 박물관 일도 해야하고 할머니 장난도 더 받아줘야지."

"아… 아악. 미치겠다."

"머리 그만 쥐어뜯어. 넌 한 방을 원하는 거지? 그건 극단적이야. 한 명의 건강한 시민을 기르는 데 최소 30년의 보육,

교육, 재교육이 필요해. 근데 한 명의 테러리스트를 기르는 데는 혐오와 분노, 확신으로 세뇌시키면 돼."

"됐어. 내가 테러리스트야?"

"아니. 그보다 더한 거지."

"으아…끄아아악 크하학"

몸을 비틀며 거친 신음을 뱉는 모습을 보고 말했다.

"그래, 그렇게! 좀비처럼 살아. 좀비의 회복력을 닮으라고."

"진짜 프랑켄슈타인이네."

"프랑켄슈타인은 박사 이름이라니까. 너야말로 됐고, 여기 노르웨이에서 돌아오는 티켓은 현지에서 발권해. 언제 올지 모르니까."

"노웨이다, 진짜!"

"크리처 디자인 왜 이래? 더 못생겨 보이게?"

"와, 진짜. 미치고 팔짝 뛰겠다."

"지금 그 열정이면 원자력발전소 1기는 대체할 수 있겠는데? 바라나시에서 히말라야 갈 땐 버스, 기차, 도보 다 이용할 거야. 모레 출발이야."

"설마 여기로 데려와서 처음부터 끝까지… 다 계획이었어?"

여가까지 눈치챈 이상 이실직고하지 않을 수 없었다.

"계획이 다 비틀어져서 손 쓸 수 없었어. 데려오는 것만 겨우 성공하고 나머지는 네가 통제 불능으로 움직였거든."

"하아."

배가 부풀어 오를 정도로 깊은 한숨을 쉬었다.

"넌 사랑이라는 이름으로 멍청한 짓 해본 적 없어?"

내가 물었다.

"굳이 그 이름이 아니어도 많이 해봤지."

"그러니까. 나도. 따라갈 거야."

"진짜…."

"진짜 뭐! 사는 게 다 비슷해. 편집되지 않은 롱테이크 원본을 어떻게 가위질 하느냐에 따라 달렸어. 고유한 편집권을 뺏기지 마. 네 가위는 어딨어?"

손가락 가위를 만들어 슥슥 소리를 냈다.

"와, 미쳐버리겠다."

"모레야, 모레. 알고 있으라고."

"진짜 싫이, 싫다고! …뭐야 이게! 신짜!"

빠르게 운명을 받아들이는 녀석 특유의 울부짖는 소리였다.

자세도, 철자도 달라진 건 없었다.

Run! 도망치지 않고 달리기로 바꿨을 뿐이었다.

공항

♂

티라노

"나도 모레 가족들이랑 여행 간다. 진짜 오랜만에. 10년도 넘었지."

너구리 이 녀석은 자랑할 때는 꼭 전화를 했다.

"모레? 나도 모레, 수요일이야. 어디 가는데?"

"베트남."

"비행기 타고?"

"그럼 배 타고 가겠냐? 넌 몇 시 비행기인데?"

"9시."

"난 8시. 스크루지 영감께서 굳이 아침 비행기 예약해두셨단다. 티켓이 싸서 그런가?"

"미친놈아. 그거, 미리 네 아버지 집에 가서 자고! 같이 일찍 나가자는 거 아니냐. 영업맨치고 진짜 눈치 없네. 넌 새끼야, 골프백 수하물로 부쳐야 돼."

"아, 그래?"

우리 비행기가 한 시간 늦다. 촉새가 된 터라 아저씨를 보는 게 조금 민망해 차라리 잘됐다고 생각했다. 함께 여행 가는 건 어쩔 수 없었다. 여행 중간에 마리를 떼어놓을 궁리를 하며 하루를 다 썼지만 마땅한 수가 떠오르지 않았다.

계약금을 다 받은 것도 아니다. 아직 못 받은 70%가 남아 있어서 돈에 묶여버렸다. 여권을 보관하겠다는 마리에게서 도로 훔친다고 해도 카드를 쓰면 도난신고로 정지될 게 분명했다. 찾아달라는 아이를 찾지 못한 것부터 잘못된 걸까. 비상한 내 두뇌가 도태되는 것 같았다.

일찍 출발하기 위해 거실 소파에서 잤다. 차 시트보다 훌륭하고 두 다리도 쭉 뻗을 수 있었다.

신변을 정리한 잔상이 남아선 안 됐다. 난 절대적인 사고사여야 했다. 보험은 실효되지 않았으니 충분하다. 그래도 남길 게 있어서 다행이라 생각했다.

못 볼 꼴을 보일 게 미안했다. 이 모양 이 꼴이라 어쩔 수 없었다. 돌이켜보면 마리에겐 미안하고 고마웠다. 엄마, 아빠에겐 빠른 위안을 빌었다. 친구들에게는 고맙기만 했다. 어려울 것 없다. 비공개로 바꾼 뒤 계정 삭제다.

새벽 일찍, 몰래 나가려는데 마리가 이미 다 차려입은 상태로 계단을 내려왔다. 마지막으로 마리를 떼어낼 기회도 놓쳐버렸다. 아쉽지만 현지에서 상황을 봐야 했다.

집을 나서기 전 마지막으로 잠든 엄마, 아빠 얼굴을 봤다. 어스름한 푸른 새벽 빛에 잠든 모습이 평온했다.

공항으로 가는 길, 노란 카펫처럼 긴 새벽 햇살이 바닥에 깔렸다. 건조하고 따뜻했다. 촛불처럼 위태로워 보이던 출근길 사람들이 달리 보였다. 책임감과 열정으로 쉬지 않고 위를 향해 흔들리는 불처럼. 그랬다. 뜨거운 것의 성질은 위로 솟구치며 춤추는 것이었다. 그간 궂은 날씨가 계속된 탓에 공항은 분주했다.

겨우 닿은 공항, 멀리 검색대 앞에 줄을 선 너구리가 보였다. 멀리서 손을 흔들었다가 전화를 걸었다.

전화 받자마자 나를 향해 손 흔들었고, 아저씨도 손을 흔들었다. 촉새를 목격한 아저씨가 익살스러운 표정으로 주머니를 뒤지다가 결국 엉덩이에서 주먹을 꺼내 흔들었다. 그리고 장난기를 거두고 두 손을 가슴에 모았다. 멀리서도 그게 고맙다는 의미라는 걸 알았고, 나는 괜찮다는 의미로 주머니를 뒤적이다 엄지손가락을 크게 치켜올렸다.

"잘 갔다 와. 사진 찍고 액자 인화는 당연히 원프레임에서. 제일 큰 놈으로. 꼭 부탁한다."

우리 집도 먹고 살아야 하니까 부자 친구 덕을 봐야 한다.

"보면 네가 더 영업맨이야. 네 엄마, 아빠 위하는 마음이. 조만간 다시 뭉쳐."

"일단… 알았다. 잘 지내. 다 고마웠다."

"미친놈."

괜찮다는 뜻이었다. 휴대폰 수화부 너머로 걸걸한 아저씨 목소리가 넘어왔다.

"고맙다! 덕분에 같이 여행 간다. 갔다 와서 보자."

그리고 두 손가락을 뻗쳤다. 아저씨는 작은 그물을 던져 더 중요한 걸 잡았다. 검색대를 빠져나가는 모습을 아련하게 보았다. 그런 내 옆얼굴을 보고 마리가 말했다.

"선물이 있어."

"선물? 뭔데?"

"네가 산에서 업고 내려온 꼬마 알지?"

"알지."

"걔가 편지 보냈어. 약속 지키라고."

"어? 무슨 약속을 했는데?"

"무슨 약속 했다던데? 자전거랑 게임 가르쳐준다고?"

"약속은 안 했고, 자랑만 했는데…. 앞바퀴 들고 탄다고…."

"그게 약속이나 마찬가지지."

마리는 블루스파크로 가 직원들과 인사했다. 먼발치에서

나도 손 흔들어 인사하고 마리가 돌아왔을 때 물었다.

"바빠 보이는데 노조 만들어서 시급 더 달라고 해야 하는 거 아니야?"

"내가 있을 때보다 20% 더 주고 있어."

"아주 악덕 사장은 아니네."

직원들과 인사하느라 늦어진 마리와 검색대를 통과하자마자 어깨를 툭툭 치며 앞서나갔다.

"뛰어!"

죽으려고 비행기를 타려는 건지, 살려고 비행기를 타는 건지 헷갈려 헛웃음을 터뜨리고 말았다. 항공사 직원이 팻말을 들고 승객을 찾을 때 아슬아슬하게 비행기에 올랐다.

"무서우니까 창가 자리는 양보할게."

"좌석이 꽤 넓고 좋네."

"비상구 앞이니까. 혹시 문제가 생기면 스튜어디스 도와야 하는 자리. 그런 일은 없어야겠지만."

"귀찮아."

"나중엔 귀찮은 일도 없어지니까 즐기라고 했잖아. 난 의자와 컵홀더만 있으면 돼. 그리고 책 한 권이면 세 시간은 즐겁게 보낼 수 있어."

"나머지 시간은 뭐할 건데?"

무심결에 마리 시계를 봤다. 수리 맡긴 시계바늘이 움직이고 있었다. 내색하지 않고 안심했다.

"…자야지. 아참, 다른 선물도 있어."

"그래, 진짜 선물을 내놔. 계약서 이행하는 거지?"

손바닥을 비비고 감동할 준비를 마쳤다.

"공 던지길 기다리는 개처럼 눈이 빛나네. 근데 어, 그 아이가 고맙대. 동물 친구."

"연락 왔어?"

놀란 나머지 제자리에서 들썩였다. 마리가 어깨를 눌러 진정시켰다. 지금까지 고생한 일들이 주마등처럼 스쳤다.

"학대범은 잡았고?"

"근데 진짜 괜찮다는 건지는 모르지."

"아동학대는 대부분 가장 가까운 사람이 범인이야."

당장 잡아서 뺨이라도 한 대 올려치고 싶었지만 비행기에서 내리기에는 이미 늦은 시간이었다.

"아직 못 찾은 게 너무 아쉬워. 너무. 대체 어디에 있었던 걸까…. 지금까지 새로운 스테이지 앞에 두고 포기한 적이 없어. 내 유일한 오점을 남긴 꼬마. 내 눈으로 확인해야 시원할 거 같은데…."

"자긴 억울한 건 참아도 궁금한 건 못 참잖아."

"못 참지."

"생계 바깥에 존재하는 미지의 즐거움을 발견하는 거. 난 이게 인간이 가져야 할 태도라고 봐. 무해한 오타쿠가 되는 거."

"즐거움이 아니라 잡히면 눈알을… 아! 빼먹었다."

내 머리를 쥐어박으며 말했다.

"뭘?"

"로지 월세 얘기. 월세 좀 싸게 해달라고 부탁하는 편지. 분명 국가대표급으로 지랄할 텐데. 해준다고 해놓고 안 할 때 개는 때린다고."

"종종 알 수 없는 얘기로 당황시키네. 외계인과 교신해?"

마리의 말대로 미지의 영역을 더 탐구하고 싶어졌다. 죽는 건 조금 미뤄도 나쁘지 않겠다. 내 의문이자 이유. 나아가 다른 미지의 세계를 들여다보고 싶다. 두렵고 호기심 넘치는 미지의 세계가 꿈틀거렸다. 미지, 혹은 미제, 문제.

그래, 모든 인간이 문제다. 영구 미제 스테이지. 이 시효 없는 나를 조금만 더 풀다가 죽을 것이다.

아빠의 뒤를 잇고 싶은 마음도 움트기 시작했다. 익히 알려진 수퍼 히어로의 4대 업무에 대해 생각했다. 높은 데서 떨어지는 사람 구하기, 불이 난 건물에 들어가 사람 구하기, 혜성 충돌을 막아 인류 구하기 그리고 무고한 아이를 지키는 일이었다.

이들은 결코 자신을 드러내 영웅담을 펼치지 않았다. 아빠가 그랬고 엄마, 할머니가 그랬다. 히어로의 자격은 관찰! 사랑으로 관찰하는 것이 유일한 자격 요건이었다.

변화하는 모든 것들을 유심히 살펴보는 것. 그러고 보니 난 내가 죽으려는 것을 잊은 채 더 절박한 누군가를 살리려고 했다는 걸 깨달았다. 투신하려는 힘보다 끌어 올리려는 힘이 더 크다는 걸 증명이라도 하듯이. 마리의 계획은 맞아떨어졌다.

"시원하게 못 끝내서 끌려가는 거 같잖아. 찝찝해."

"내 인질이라고 했잖아."

"당장이라도 돌아가서 찾고 싶어. 비행기 세우고 싶다. 윗배 부여잡고 뒹굴어볼까?"

비행기가 활주로에 반듯하게 섰다.

"늦었어. 일단 괜찮다고 연락 왔으니까 믿어야지."

"하아… 난 그 말을 안 믿는다고."

"이번엔 믿어야지. 여행 다녀와서 다시 찾아봐."

"알았이."

"에이, 뭘 그런 걸 가지고. 괜찮아. 별말씀을."

"고맙다는 말 안 했는데?"

이륙을 알리는 알림음이 짧게 울렸다. 엔진이 힘차게 돌았고 이어 몸이 젖혀졌다. 마리가 손을 꼭 잡았다. 같은 힘으로 맞잡았다.

"… 고마워."

마리가 두 눈을 질끈 감고 말했다.

"혹시 말한 적이 있던가? 사랑한다든가, 대충 그런 말."

마리 귀에 속삭였다.

"아니!"

마리 보조개가 들어가 있었다. 이번엔 마리가 내 귀에 속삭였다.

"어디선가 봤는데 전생에서 한 가지 기억만 흐릿하게 가지고 태어난대. 내가 무슨 죄를 지어서 자기랑 얽혔는지 모르겠지만."

"그러게."

"핵분열보다 핵융합 에너지가 훨씬 커. 그러니까! 닥치고, 뭉쳐!"

마리가 입술을 내밀었다. 공공장소에선 창피해하는 걸 알면서. 그대로 멈추고 있을 것 같아서 오랜만에 입을 맞췄다.

바닥 아래에 먼지 쌓인 추억들이 있었다. 피식 웃게 만드는 바보 같은 추억들과 그래도 괜찮다는 친구들. 조금 모자라지만 모자람 없는 친구들의 위로와 응원이 있었다.

긴 여행을 다녀와서 해야 할 더 긴 일들에 대해 생각했다. 아빠를 꽈악 안고 안 떨어져야지. 방화벽을 만들고 보호프로그램을 만들어야지. 박물관에서 놀기, 놀이터에서 하는 오징어게임, 할리갈리할 때 종 훔쳐가면 안 된다는 것과 우노할 때 카드 숨기지 않아야 한다는 매너에 대해서, 또한 스마트폰이 없던 시절의 약속 잡기, 친구 만드는 방법에 대해서, 첫사랑에 대해서 말해주면 둥글게 모여 앉아 눈망울을 반짝일 것이다. 꼬마들의 악의없는 질문에 시달리는 일이 당황스럽겠지만 즐거울 것 같았다. 세대를 이어 놀이를 가르치는 저출산 시대의 사랑이었다.

순항고도에 올라 안전벨트를 풀고 움직여도 된다는 알람음이 울렸을 때, 귓속말로 말했다.

"나도."

"아직 말 안 했는데?"

"제대로 해."

"사랑해."

"나도, 사랑해. 수천 가지 다른 방법으로 사랑해."

비행기에서 귓속말로 주고받는 말이 간지럽고 좋았다.

1개월 전

마리

혈전처럼 몸속 어딘가를 떠돌아다니다 심장 근처에 불현듯 나타나 아프게 했다. 진상 중에서도 아주 그레이트 한 진상이었다. 그 진상의 어린 날을 찾아야 했다. 그때, 그리고 어떤 날에 유난히 크게 다친 녀석을 찾아 꺼내야 했다. 변두리에 내팽개친 어린 마음에 손짓하고 자세를 낮춰 네 발로 천천히 기어 다가가기로 했다.

평소 안 입던 정장을 차려입고 화장도 단정하게 했다. 그리고 녀석의 부모님 댁을 찾았다.

"어머니, 아버지, 안녕하세요? 처음 뵙겠습니다. 전화로 먼저 인사드렸는데 실제로 보니 더 좋네요."

"어서 와요, 고생했어요."

나긋하고 긴 호흡을 담은 한 박자 느린 말투가 포근하게 느껴졌다.

미리 편지와 전화로 상황을 오해 없이 설명한 터라 동지의식 같은 게 형성된 상태였다.

푸른 잔디를 입은 동산 내지는 언덕이 제일 먼저 눈에 띄었다. 언덕의 크기를 가늠하기 어려워 묻지 않을 수 없었다.

"저 언덕 얘기 많이 하던데, 벤치도 참 좋네요. 햄스터 무덤치고 커요."

"햄스터 무덤이래요? 그놈이?"

아빠가 껄껄 웃었다.

"네, 엄청 사랑했던 햄스터와 강아지와 고양이를 묻었다고…."

"다 평지인데 여기만 높은 언덕이 있는 게 이상하지 않아요?"

"그러게요."

"옆집 동생이 포크레인으로 열심히 흙 쌓고 잔디도 심어서 아이 놀이터가 된 거예요. 여긴 내 소중한 친구 부부의 무덤이기도 하고. 이 사진 볼래요?"

안주머니에서 낡은 사진 한 장을 꺼냈다.

흐트러진 초점과 검붉은 하늘 빛, 잔뜩 긴장한 사람들 표정을 보고서 긴박한 소방 현장이라는 것을 짐작할 수 있었다.

전신 방화복에 겨우 헬멧 커버를 들어올린 소방관들이 연신 생수병을 얼굴에 붓고 있는 와중에 바닥에 앉아 부러진 팔을 치료받고 있는 아빠의 사진.

아기를 안고 어쩔 줄 몰라 하는 엄마의 표정이 그날을 고스란히 옮겨놓은 듯했다.

"겨우 한 장 건진 거예요."

"아⋯."

"그날, 창문이 깨지면서 백드래프트가 생겼고 안은 화염으로 둘러싸였어요. 검은 연기가 건물 틈으로 새어 나오고 촌각을 다투는 시간에 창문이 깨졌고 5층에서 던져졌죠. 이불로 싸맨 뭔가였는데, 1초도 안 되는 시간에 알았어요. 만약 하나만 구할 수 있다면 무엇을 가지고 나올 것인가. 당연히 아기죠."

"아빠는 주저하지 않고 던진 거네요? 아래에 다른 아빠가 있을 거라는 걸 믿고."

"저도 없었으니까⋯. 아버지가."

아빠 없이 자란 아빠는 그 서러움을 완전히 이해하고 아빠가 돼준 것이다. 고마워서 두 손을 포개 거친 손을 잡았다. 소방관이라 화장은 안 된다는 실랑이가 있었지만 그는 불을 두려워하지 않는 소방관이었고, 화장 후에 얕은 언덕을 쌓았다. 그렇게 녹색 융단을 입은 큰 언덕이 됐고 계절마다 다른 옷을 갈아 입었다.

"왜 티라노를 좋아하게 된 거예요? 다 커서도 공룡 인형을 가방에 매달고 다녀요."

엄마를 보고 말했다.

"여섯 살이었어요. 매번 꿈을 꾸다가 울면서 품을 파고 드는 거 있죠? 악어가 나오고, 호랑이가 나오고, 화염에 있던 그 순간을 기억하는 건가⋯. 이틀에 한 번은 새벽에 깨서 왔으니까 걱정이 이만저만이 아니었어요. 아이 방 벽에 알파벳, 공룡도감을 붙였는데 그때 애 아빠가 문득 그러는 거예요. 티라노사우르스가 가장 강하단다. 그러자 아이가 물었어요. 곰보다 더요? 호랑이보다 더요? 그럼 저 티라노 인형 사주세요. 우린 그날로 큰 인형을 사줬고 당장 그날부터 악몽도 멈췄는지 새벽에 우는 일도 없었어요. 아직까지 저럴 줄은 몰랐지만."

아이와 아빠를 넘나드는 목소리 연기에 웃음을 삼출 수 없었다.

"그래서였구나."

"워낙 오래돼서 그 녀석은 기억도 못 할 거예요. 파프리카가 피망보다 맛있다고 하니까 그럼 피망은 어떡하냐고 울던 순수했던 아이였는데⋯."

아빠가 대뜸 멀리 지나가는 유람선을 향해 손을 흔들었다.

옆에 있던 어머니와 나도 같이 흔들었다. 맞은 편에서 서른 명은 돼 보이는 단체 관광객도 손을 흔들었다.

"이거 데이트할 때 보고 물어봤어요. 똑같이 그러거든요."

"이 양반이 그래요."

"아직도 따라해요, 그 녀석이?"

"네, 습관인 줄 알았어요."

"시간은 뛰어서 건널 수 없는 바다가 됐지만 멀리서 윤곽은 볼 수 있다고 보는 거죠. 존재를 확인하는 것으로 안부를 대신하는 거요. 일렁이는 어린 나에게 묻는 거예요. 어쩌면 순수했던 시절을 향해 손 흔드는 거죠."

마음에 새길 수 있을 정도의 속도로 천천히 낮게 말했다. 멀리 있는 익명의 사람과 인사하는 이유를 이제야 정확히 알았다.

"저 여기 온 건 꼭 비밀로 해주세요."

"아니, 오히려 고마워요. 저 성격 감당해줘서."

"서로 감당하는 거죠. 저도 한성격 해요."

비릿한 미소를 띠며 말했다.

"우린 옛날 사람들이라 숨겨야 하는 줄 알고 숨겼어요. 그렇게 시간이 지나버린 거죠. 언제 말해줘야 하나 기회만 엿보다가 시간이…."

"괜찮으시면 저한테 맡겨주실래요?"

"그래 주면 우리야 고맙죠. 여기에 집 있다고 생각하고 자주 와요. 응석 부리고 싶을 때, 배고플 때. 같이 아들 욕하면서."

내 마음을 꼭 알아줄 것 같아 웃음이 새어 나왔다.

"두 분이 사이 좋은 비결 같은 거 있어요?"

"사랑도 시간이 지나면서 우정처럼 바뀌는 거 있죠? 바보 같은 모습을 보여줘도 부끄럽지 않고, 장난치고 도망치고 잡는 것만으로도 즐거워요. 거리낌없이 보여줄 수 있는 소중한 친구. 처음 친구를 사귈 때처럼. 편안함과 익숙함의 영역으로 들어가는 거죠."

"친구 같은 거예요?"

"네, 무엇보다 잘 싸워야죠. 우리는 꺼내기 어려운 말이 있을 때 암호를 만들었어요. 수영하러 가자."

아빠가 말했다.

"수영이요?"

"바다에 가서 발이 안 닿는 곳에 가서 물에 뜬 상태로 얘기하는 거예요. 둘이 오붓하게, 그리고 은밀하게. 완벽히 비밀이 지켜지는 곳에서. 오리처럼 발을 구르고 팔도 저으며 둥둥 떠 있죠. 에둘러 묻거나 중얼거릴 시간 없이 할 말만 하게 되는 간결한 대화죠."

"아하."

"찰랑거리는 물소리가 좋아요. 젊었을 땐 오래 얘기 나눴는데 요즘은 체력이 안 돼서 할 말만 딱."

"그래도 그게 어디예요. 추울 땐 어떻게 물에 들어가요?"

"케이크에 초를 하나 꽂아서 녹을 때까지 다 얘기하고 후련하게 먹죠."

"긴장감 넘치는 케이크네요? 째깍째깍."

"그래요?"

"너무 좋은 방법이에요. 저희도 해볼래요."

"우린 그냥 좀 더 오래 산 사람들이에요. 각자의 노하우가 생겨요. 저기 보면 두 강이 만나서 바다로 흘러가는 곳이 있는데 격랑이 일고 굉음을 낼 거 같잖아요? 그런데 흐릿한 경계를 유지하면서 고고하게 흘러요."

"근데 다리는 왜 그래요?"

여간 자세히 보지 않으면 모를 정도였다. 걱정 어린 관찰이었다. 미세하게 저는 다리를 보고 엄마가 조심스럽게 물었다.

"그게… 발가락으로 그림 그리는 연습을 하느라 작은 물집이 생겼어요. 금방 좋아져요."

"왜 발가락으로 그림을 그려요?"

"그게… 얘기하자면 길어서요."

그래도 며칠 연습한 덕분에 아이 특유의 필체에 가까워졌다.

"여기는 사진관이고 2층은 아들 방이 있어요. 카메라 좋아하면 한번 쭉 둘러보세요."

계단을 올라 복도 끝에서 오른쪽 문이라고 했다.

방 앞에 키높이 표시가 서른 개는 넘어 보였다. 조밀하게 채워진 선을 보자 흐뭇했다. 지금 내 팔꿈치가 마지막 높이였다.

나는 펜을 들어 녀석의 키를 가늠해 선을 그었다. 긴 공백 동안 잃어버린 동심을 되찾을 때라고 확신했다.

한쪽 벽에는 어린 시절 티라노의 낙서가, 침대 머리맡 벽에는 여자 연예인들 사진이, 다른 벽 선반 맨 위에는 그림책들이 얼굴을 유쾌하게 드러냈다.

한 바퀴 돌면 그 녀석의 연대기를 훑어보는 듯했다. 선반에서 오래된 필름 카메라를 만지작거리며 결심했다. 망원렌즈로 관측하는 시선을 단렌즈로 바꿔 관찰하는 것으로. 녀석의 어둠 깊숙이 왜곡 없이 들여다보겠다. 불친절한 여행 가이드가 돼서 혼내주겠다. 공포의 여행길이 될 것이었다. 노르웨이까지 갈 것도 없다. 히말라야 절벽 도로에서 살려달라는 말 나올 때까지 괴롭힐 준비는 이미 끝났다. 개활지에서 만날 고양이와 쥐의 관계를 기다렸다. 살려달라는 말이 나올 때 촬영 종료다.

노크 소리에 뒤돌아보니 따뜻한 미소가 다시 반겼다.

"이상하게 이 방이 너무 편해요. 녹색 잔디가 좋은 건 말할 것도 없고요."

"좀 잘 봐줘요. 내 자식이어도 고집이, 고집이…."

"따끔하게 혼내줄게요."

두 주먹을 불끈 쥔 인사로 전의를 불태웠다. 돌아오는 길에 35mm 단렌즈를 선물 받았다. 먼저 그의 부모님 사진을 찍었다. 중요한 순간마다 녀석의 사진을 찍을 예정이었다.

***

첫 기내식이 나왔을 때 이마를 가만히 봤다.

관측 가능한 우주만큼 넓고 시원했다.

사용자 편의를 고려한 인체공학적인 이마. 아무리 봐도 한 대 때려주기 좋은 마빡이었다.

시원하게 한 대 때리고 놀란 녀석의 뺨에도 불이 번쩍이게 때릴 만반의 준비를 끝냈다. 입맛을 다시고 손바닥을 비볐다.

멍하니 창밖을 바라보는 티라노를 찍었다. 손, 발로 줌아웃을 당기며 찍는 사진은 간직할 것과 놓을 것을 선택하게 했다. 사랑에 대해 믿는 건 영원함이 아니라 다시 오지 않을 지금, 반짝이는 순간뿐. 찰칵. 순간의 진심. 영원에 가장 근접한 사랑을 담고 싶었다.

"무슨 생각해?"

"거추장스러운 꼬리를 어떻게 떼야 하나…."

"가장 낮은 곳에서 가장 높은 곳을 오르는 여정에 함께 해주는 걸 고맙게 여기진 못할 망정…."

"농담이고. 밤 비행기에서 별 보는 게 좋아."

"못난 얼굴 치워봐. 나도 좀 보게."

몸을 창가로 기울였다. 비행기 날개 불빛 너머 광활한 별빛에 취해버렸다.

"천문학은 아무리 봐도 인문학에 가까워. 반짝이는 건 누구나 좋아하지. 우리가 다 저기서 왔다는 거잖아."

녀석을 창문 쪽으로 밀며 말했다.

"어떻게 가는지는 과학이고."

찌그러진 녀석이 말했다.

"난 저기서 온 것만 기억할 거야. 안 가."

우린 숨죽여 웃었다.

"새롭게 발견되는 별도 결국은 다 중고야. 새것 같은 중고. 뉴가 되고 비기너로 살다가 죽어볼까 싶어. 실패를 가슴팍에 훈장처럼 달고."

녀석의 고백 그리고 어색한 적막이 흘렀다. 더 더할 것도 없이 마음에 드는 말이었다.

"너 부모님한테도 잘해. 그런 부모님 없어."

"알아."

"바보 같은 자식 믿어주는 부모님 계시는 게 얼마나 축복인데…."

"…."

"아무튼 잘해."

"무슨 말을 하고 싶은 거야. 엄마, 아빠가 뭐라고 했길래."

"몰라도 돼. 나한테만 따로 부탁하신 게 있어."

"그게 뭔데?"

"누구에게나 비밀 같은 거 있으니까 굳이 알려고 하진 말고, 그냥 잘하라고."

"나 다 알고 있는데? 중학생 때 이미 알았어."

"뭘?"

"우리 친엄마, 아빠."

"뭐어? 너희 부모님은 모르는 줄 알던데?"

별거 아니라는 표정이었다.

"사춘기 때 아빠 옷에서 돈 훔치다가 알았지. 낡은 사진에 내 어릴 적 모습, 날짜 보고 바로 신문 검색해봤어. 딱 한 문장은 또렷해. '소방에 평생 헌신한 그가 25일 11시, 화재 진압 도중 오른쪽 방향으로 무너졌다'. 멋진 부고 기사여서 아빠가 멋있었어."

어수룩한 놈인 줄 알았는데, 은근 예리한 구석이 있었다.

"숨기고 싶은 비밀은 지켜줘야지. 평생 지킬 비밀 하나를 가진 채 살아가는 것도 멋지잖아?"

"그런 거야?"

"가족은 피보다 기억을 공유하는 거랬어. 우리에겐 많은 기억이 혈관을 타고 흘러. 나랑 엄마랑 아빠는 웃는 것도 닮았어."

"…"

"DNA는 달라도 우리는 AND로 묶여 있다고. 나 그리고 아빠 그리고 엄마. 가족이라는 이름으로."

"다신 나쁜 계획 세우지 마."

눈을 가늘게 뜨고 다그쳤다.

"…엄마가 사랑은 다시 돌려받지 못할 걸 주는 거라고 했어. 시간, 일부, 혹은 전부. 근데 난 전부를 받았지. 넘치게."

건강한 반응에 안심했다.

"언제까지 모른 척하려고 했어?"

"모른 척이 아니고 뭐랄까, 설명하기 어려워. 아빠가 1년에 한두 번은 엄청 취하는 날이 있어. 술이 나보다 더 약한데도. 양말 벗겨드리고 뭐라 웅얼거릴 때 기회다 싶어서 직접 물어봤어. 내 친엄마, 친아빠에 대해서. 그랬더니 반응이 웃겼어. 그랬나? 오래돼서 기억이 가물가물하다. 그리고 이어진 드르렁드르렁 소리."

"혹시 어디에 모셨는지도 알아?"

"그건 몰라."

"너희 집 앞마당. 언덕."

"…"

"이 아저씨가 울지도 않고 착하네."

"잠깐 생각 좀 정리하느라. 뭐? 그럼 다 봤다고?"

다시 들썩이며 튀어 올라 어깨를 눌렀다.

"엉덩이가 뜨거워?"

"와… 뭐지. 진짜? 하이 씨, 왜 주책맞게 눈물이 고이냐."

"자기가 놀고 울고 웃고 첫사랑, 진로로 고민하던 시기를 다 지켜본 셈이지."

"밤새 노닥거리고 별짓 다 했다고, 벤치에 서로 기대고 거기서 첫 키…."

나는 이대로는 안 되겠다 싶어 한 대 쥐어박았다.

"닥쳐. 그게 여자친구 앞에서 할 말이야?"

"미안해. 아무튼. 그랬다고."

"엄마, 아빠 품에서는 괜찮아. 다 이해하셔."

녀석이 얼굴을 감싸며 괴로워했다. 팔을 치워보니 입은 웃고 있었다.

"울음 섞인 웃음, 네가 무섭다고 했던 거 기억 안 나?"

대답 없이 가만히 내 얼굴을 보다 주머니에서 주섬주섬 꺼내느라 몸을 비틀었다. 겨우 꺼낸 건 아직 바르는 습관이 안

든 핸드크림과 립밤이었다.

"손."

강아지처럼 손을 내밀었다. 핸드크림을 쭉 짜서 손목까지 야무지게 발라주며 타박을 더했다.

"입술."

나는 주변을 살피고 입술을 내밀었다.

"이제 말해줘. 집에 언제 돌아갈 거야?"

"집 없다고 몇 번을 말해야 알아들어?"

무슨 대답을 바라고 물은 걸까. 난 인상을 팍 쓰고 말했다.

"그게 말이 돼?"

"이번은 진짜야. 집이 없을 예정이니까."

"그건 또 무슨 말이야?"

"그걸로 빚 갚아. 무슨 일을 해서든지 갚고. 채무 인수. 들어봤지?"

내 밀에 너석이 '뭐?' 하고 놀랐다.

"채권자 앞에서 그 표정은 뭐야?"

"지옥에서 온 금융이지?"

"하는 거에 따라 달렸어. 엔젤투자자가 될지, 행동주의 펀드가 돼서 뜯어고칠지. 다 아는 말이지?"

내 말에 훗, 비웃음을 터뜨렸다.

"곧 닥칠 빚이 얼만 줄이나 알고?"

"생명보험에 적힌 금액보다는 적겠지."

"…"

"표정 관리 진짜 못 해. 그러니까 내 인질이라고 몇 번을 말해. 돌아가면 계약서부터 쓰는 거야. 죽을 때까지 다 갚고 가는 걸로. 알았어?"

"…"

"알았냐고!"

"이게 뭐야… 진짜!"

그의 입에서 나오는 가장 듣기 좋은, 빠르게 운명을 받아들이는 소리였다. 웃음을 들키기는 싫어 입술을 힘껏 다물었다.

그러는 사이 로지가 건넨 편지지를 만지작거렸다. 여행길에서 가장 힘들 때 건네줄 요량이었다. 먼저 읽고 실링왁스로 봉인된 답장. 누가 보낸 고민인지 모르고 누가 보낸 답장인지 모른 채 서로를 위하고 있는 엔젤클럽의 비밀주의가 완벽히 이해되는 순간이었다.

힘든 마음에 일인용 텐트를 짊어지고 산에 올랐던 적이 있습니다. 쓰러진 나무가 있길래 옆에 나란히 누웠습니다. 이내 해가 졌고 밤은 적막할 줄 알았습니다. 아니었습니다. 거기서 보는 세상은 완전히 달랐습니다. 힘들 땐 아예 눕는 것도 좋겠다, 생각했죠. 위에서 보면 서 있는 모습으로 보일 테니까요.

힘든 계단도 위에서 내려다보면 피아노처럼 음양이 진 횡단보도처럼 보이겠구나. 천국의 계단은 오르막길이잖아요. 그런데 계단의 목적은 오르기만 하는 게 아니에요. 내려가는 용도이기도 했습니다.

밤이 어둡다고 안 보이는 것도 아니었습니다. 소리가 있었습니다. 어두컴컴한 동굴에 갇힌 상태에서 위치를 알리기 위해 박수만큼 좋은 것도 없다고 생각합니다. '자자, 여기야, 여기, 짝짝'. 응원해주는 소리가 좋았습니다. 아무리 짙은 어둠도 소리를 못 감추니까요. 우린 이미 겪은 동굴이니까 박수치면 그것보다 보람된 일은 없습니다. 힘찬 응원가는 필수죠.

조심히 벽을 더듬으면서 나와보세요. 당신 자신조차 당신을 안 믿을 때도 우린 믿습니다. 그게 응원 아니겠어요? 이기든 지든 응원하는 마음이야말로 순수강이라고 생각합니다.

좋아하는 일을 멈추는 게 가장 어려운 일이거든요. 스카우터가 있다는 첩보를 안 투수, 얼혈팬이 지켜보면 더 열심히 하겠지요! 우리는 관찰자로서 최선을 다해 응원할게요. 우린 서포터즈로서 응원하지만 그라운드를 뛰는 건 당신입니다. 훌리건까지는 안 될게요. 늙어서 그럴 에너지도 없으니 걱정 마세요. 이제 다른 사람의 소망이 이뤄지는 걸 보는 것도 좋아요. 노는 걸 즐기다가 어느새 노는 걸 흐뭇하게 보는 게 좋아져요.

젊을 때를 돌이켜보면 성공담보다 아래에서 위로 불어넣는 실패의 위로담이 좋았어요. 번지점프대 밑 사람들이 보내는 환호, 격려의 박수. '여기도 괜찮아'. 보통 사람들이 건네는 위로 말이에요.

꿈을 이뤄야 존재 가치가 생길까요? 그럼 꿈을 이룬 순간이 삶의 끝일까요? 성취는 삶의 측정 도구가 될 수 없어요. 꿈을 기회, 성취, 성공과 혼돈하면 안 돼요. 절대로. 꿈은 도달하는 지점이 아니니까요. 꿈은 꿈이고 드림은 드림, 몽은 몽, 유메는 유메잖아요. 어느 경지까지 올라야 한다는 생각도 했습니다. 근데 살다 보니 저 지경까지만 안 가면 된다고 봐요. 최고는 어렵고 최저는 싫고, 최적이 좋겠다고 합의했지요. 최첨단의 꼭대기에 서고 싶지 않아요. 앉아 있을 수 없어요. 앉으면 큰일나지요. 긴장하며 발끝을 세우고 서야 하는 건 너무 고된 일이에요.

차선과 차악을 지향하는 건 어떤가요. 우리는 볼넘버가 많다는 걸 기억해야 해요. 볼륨투, 넘버쓰리, 버전포(Vol.2, No.3, Ver.4). 위험한 건 No.1, Ver.1, Vol.1만 추종하는 겁니다. 꾸준히 업데이트하며 바뀌어가는 숫자가 좋아요. 살아 숨쉬는 것만 같거든요. 등 뒤에 써진 숫자를 바꿔보는 것부터 시작해보죠. 일단 작은 걸 채워서 새로운 2.0으로 시작하는 거예요.

순수한 열정을 담아 당신 꿈을 응원할게요.

아, 그리고 떨어진 과일은 잼으로 만들면 돼요. 지금 숙성 중에 있는 거잖아요. 와인이 되려면 포도가 으깨지고 발효가 돼야지요. 당신 비싸지려나 봐요. 우유가 치즈가 되는 거니까요. 어제와 오늘을 이어 붙일 수 없이 다르게 보내면 인생이 재밌어지더라니까요?

엄마, 아빠는 아들의 고민이라는 걸 모른 채 정성껏 엔젤클럽 멤버들과 상의해 답장을 썼다.

멋대로 살아. 나뭇잎이 제멋대로 예쁜 것처럼. 자르면 개성을 죽이는 거야. 울퉁불퉁한 게 좋아. 낮게 피는 데이지가 해바라기보다 못한 게 아니잖아. 너만의 이야기를 써. 사랑이야말로 네버엔딩 스토리지. 네가 기억하지도 못할 10만 년 전의 사랑이 네 안에 있어. 말이 생기기 전에도 있었으니까, 길고 긴 이야기를 끊지 마. 다음 챕터가 무수히 많은데 그대로 한 페이지에만 머물러 있기엔 아깝다. 너에게 남은 2만 페이지가 있어. 40, 50권 장편을 쓸 수 있는데? 절찬리에 진행되는 매일을 빈 공간으로 두지 말고 채우자. 감자처럼.

글만 보고도 녀석은 반드시 메신저 발신처를 알 수 있을 거라 확신했다. 그것도 모르는 바보라면 주저 없이 놔줄 작정이었다. 녀석이 음모론자를 싫어하듯 눈치 없는 남자는 내가 싫었다.

도착 후 다음 날이면 녀석 휴대폰에 울릴 자동이체 알람.

녀석을 살릴 돌려받지 못할 보험.

3일에 한 번, 매달 열 번은 필요한 사람이라고 일깨울 알람. 기간은 종신형이다.

개인정보를 어떻게 빼냈냐고 앙탈 부리겠지만 내 알 바 아니다. 비밀번호도 내 생일로 한 단순한 녀석이라 나머지는 쉬웠다.

가만히 창밖을 바라보는 옆모습을 보다 눈을 감고 여행 막바지에 로지에게 특별히 부탁한 이메일 발송에 대해 생각했다. 보조개가 들어가는 것을 들키지 않기 위해 입술에 힘을 바짝 줬다.

사람은 이따금 희망의 근거를 찾으려 실낱을 갖고 놀던 유년 시절로 돌아간다고 했다. '나랑 같이 추억의 골목으로 갈래?'를 녀석에게 최적화된 문장으로 바꿨다. 보다 강력한 다음 스테이지 초대장이었다.

FWD: 괴롭히는 친구들 때문에 죽을 거 같아요. 제발 도와주세요.

총총한 밤,
티타임즈
입니다

1쇄 발행 2025년 9월 29일

지은이 케이시
펴낸이 배선아
펴낸곳 고즈넉이엔티

출판등록 2017년 3월 13일 제 2022-000078호
주　　소 서울특별시 강서구 마곡중앙2로 15, 테크노타워2차 311-312호
대표전화 02-6269-8166 **팩스** 02-6166-9199
이 메 일 gozknockent@gozknock.com
홈페이지 www.gozknock.com
블 로 그 blog.naver.com/gozknock
페이스북 www.facebook.com/gozknock
인스타그램 www.instagram.com/gozknock

ⓒ 케이시, 2025
ISBN 979-11-6316-660-3 (03810)

표지/내지 디자인에 Freepik 요소가 포함되어 있습니다.
Mapo 금빛나루, Mapo 꽃섬 서체가 사용되었습니다.